字里行间

余斌／著

钱穆与胡适的"过节"

桨声灯影

张爱玲出版物中的"良市"

学者文章亦好看

"书有命运"

《世说新语》与"鱼暄三话"

普鲁斯特与励志书的干系

"吾何取焉？！"
——康有为的法国印象

隐私·塞林格·心理治疗

一本正经地不正经
——读《红尘难舍》

《状元境》中的两个世界

三联书店

Copyright © 2019 by SDX Joint Publishing Company.
All Rights Reserved.
本作品版权由生活·读书·新知三联书店所有。
未经许可，不得翻印。

图书在版编目（CIP）数据

字里行间 / 余斌著. —北京：生活·读书·新知三联书店，
2019.1
ISBN 978-7-108-05900-0

Ⅰ.①字… Ⅱ.①余… Ⅲ.①中国文学－当代文学－作品综合集 Ⅳ.① I217.2

中国版本图书馆 CIP 数据核字（2017）第 082411 号

选题策划	知行文化
责任编辑	马 翎
装帧设计	刘 洋
责任印制	卢 岳
出版发行	生活·讀書·新知 三联书店
	（北京市东城区美术馆东街 22 号 100010）
网 址	www.sdxjpc.com
经 销	新华书店
印 刷	北京市松源印刷有限公司
版 次	2019 年 1 月北京第 1 版
	2019 年 1 月北京第 1 次印刷
开 本	635 毫米 × 965 毫米 1/16 印张 18.5
字 数	213 千字
印 数	00,001-10,000 册
定 价	58.00 元

（印装查询：01064002715；邮购查询：01084010542）

目 录

1 / 自 序
5 / 钱穆与胡适的"过节"
14 / 桨声灯影
21 / 给《海上花》算命
27 / 《色·戒》"考"
41 / 关于《郁金香》
51 / 张爱玲出版物中的"良币"
55 / 翻译文体与现代汉语书面语
64 / 茅盾的翻译
73 / 学者文章亦好看
76 / 杂家与"杂文"
85 / 回归常识说《红楼梦》
91 / 碧空楼的情思
96 / 文章与年纪
101 / 宝二爷·富家儿·邵洵美 ——读《我的爸爸邵洵美》想到的
105 / "书有命运"
110 / 酒后

113 / 游春乎？

117 / 《世说新语》与"负暄三话"

121 / 海伦三题

138 / 大师笔下的大师

151 / 马尔罗在中国的命运

159 / 普鲁斯特与励志书的干系

167 / "吾何取焉？！"——康有为的法国印象

176 / "多礼"与"无礼"

183 / 《廊桥遗梦》怎样接着写——对《梦系廊桥》的一种复述

192 / 隐私·塞林格·心理治疗——读《红尘难舍》

199 / 无法还原的真相

206 / 一本正经地不正经

212 / 漫谈《第三个孪生子》

220 / 格林的故事

230 / "海滩"存在吗？"海滩"在哪里？

239 / 物化的生活，物化的人

251 / "人之子"的还原

255 / 贵族之家的一曲挽歌

258 / 霍尔顿长大以后

261 / 似曾相识的"房子"

265 / 两种暴力

269 / 畸恋·谎言·罪与罚

273 / 可能性的探寻

276 / 《本能》证明了什么？

280 / 血·杀人·西部神话

285 / 《状元境》中的两个世界

自　序

收在这里的文字比较杂，有书评，有随笔，有论文，有书的序与后记，不一而足。倘性质相同或相近，虽也以交代作意、言明次第为宜，事情倒好办；一杂，特别是像现在这样，杂到不可收拾，就麻烦。为读者阅读方便计，似乎应稍稍分个类，然而分类实在是门学问，事情也不像萝卜归萝卜、青菜归青菜那么简单。

最简单的办法似乎是按篇幅长短分，但这就像书架上书按照开本大小排列，省事自然省事，就是太形式主义，结果分类变得毫无意义。按写文或发表时间的先后分也是一个办法，无如这对名家甚或大家才合适：大家名家与读者间是特别的主宾关系，他们为主，我们为宾，俯首下心，愿意围着他们转，跟着编年体亦步亦趋，反正都是要读的。普通的作者如我之辈，要读者追踪你的轨迹，未免托大，何况原本就没个头绪。

因为没头绪，另一办法，即按内容相关程度归类，也变得不好办。此前出过一本集子，名为《事迹与心迹》，也杂，不过大体有个范围，限于中国现当代文学。此范围大致合于教育部的学科分类标准，"级别"都有——二级学科。这一本却连大致的范围也没有，忽东忽西，大多数时候与文学有关，勉强可算"批评"，有时则与广义的文学也扯不上。"打破学科界限""科际整合""跨学科"之类的口号倒是早就在喊了，无如那是明了学科界限、专业意识发达之后有意识的越界，不算乱"伦"，结果则可能是建立新的"类"。专业意识淡薄如我，如果所写时有四不像的情形，那也只是"不伦不类"，因为说到底不过是读书心得或读书心得的放大，与专门学问之间，距离岂止一间？懵懂地犯规与旗帜鲜明地"跨"不是一回事，我也从来没将自己零散的知识"整合"过，以学识之薄，对时新理论、方法之隔膜，就算有心也"整合"不出什么名堂来。过去有一关于尚未觉悟的劳动人民的描述，称他们具有"朴素的阶级感情"，此话褒贬参半，从贬的方面去听，即是指未将本然的原始情感上升到某个高度，成为自觉的意识。我想自己读书求知的情形，大略就是如此，往好处说，是还算老实，害处则是太随意，以致漫无所归。

相对说来，按文章的类型来分也许合理些，比如书评归书评，随笔归随笔，论文归论文。只是收在这里的文章，即从这角度说，有些还是显得界限不明，有时正经论文染了随笔的调子，随笔倒又冒出论文腔，带了论文的意味。写书评，自认为至少一度是中规中矩的，后来却又对其中的评论腔渐生不满——"评论"无罪，带出"高屋建瓴"的"腔"来，则未免让人厌烦。都说"气盛言宜"，其实仗气盛而求言宜，结果往往是不宜，被某种腔调挟持，仿佛箭在弦上，不得不发，哪里还顾得什么"言宜"？此外又想让这类文字也带上几分游词余韵，于是书评也不大像书评了。其实写文章正如说话，带上某种腔调几乎是不可免的，不入于此，即归于彼，各种文体间的不同，有时也体现在"腔"上，要说"批评腔""论文腔"不好，那"随笔腔"亦未必佳,关键还在于此处的"腔"是不是"拿腔作调"的"腔",或"装腔作势"的"腔"。若所谓"腔"可以赋予正面的理解,即言之有物而非徒然"使气",不同的文章类型各得其体、各有其"腔",倒是正道。这问题一直也没想明白,所以虽然偶或也有有意为之希图"兼容"的时候,通常却是图省事,也就是偷懒——写成什么样就是什么样了。懒人的读书求知往往就是如此,不拘思考问题的半途而废,不能穷尽其理,还是曾经悬想过什么万全之策,临了其实都是一个"懒"字说了算,什么"好读书不求甚解""顺其自然"之类,托词而已。

将文章像现在这样排列组合,也还是懒字做主。原是想让书稍有眉目,读者读来省些气力的,最后还是不了了之,其情形颇似最近搬家理书,开始颇想细细分门别类,不想书不算多却来得杂,可此可彼,非此非彼,亦此亦彼,标准混乱,莫衷一是,结果不胜其烦,胡乱塞进书橱了事。虽然我在目录上间以空行,似有归类之意,实则还是眉毛胡子做一处,没有一定之规,有时是论长短,大体是分中西,放在前面的写的时间靠后,并非特别满意,只因早先所写更不济。《茅盾的翻译》一篇原是《沈雁冰译文集》的后记,我的老师叶子铭先生的命意,由我执笔。为叶老师做事作为弟子多少尽了些力的,似乎只此一回。叶老师已逝,文章放在这里,在我个人,不无纪念的意思。此外好像也没有什么合适的所在可以往里塞。

若要勉强赋予这些杂乱的文字以"同一性",我只好说它们都与读书有关,有时是功利地读,有时是无所求地读。不拘怎样读,总是自以为读出了字里行间的东西,最有快感。英文里有 between the lines 一语,没专门记就记下了,就因翻成中文是"字里行间"的意思，无端地喜欢。其实有的书并无字里行间可言，有的书字里行间意蕴无限又未必读得出来。这里所谓"字里行间"似还不能完全等同于夹缝文章，大略是指书的后面，藏于书页之后的东西，写书的人，时代，人性。至少对我而言，读出字里行间也算是读书的一个境界，虽不能至，心向往之，一时不到，有个追求，也好。——这是书名的来历。

余 斌
二〇〇七年九月二日于南京黄瓜园

钱穆与胡适的"过节"

——说"过节"也许有点言重了，彼此之间存着芥蒂却是真的，至少从钱穆这一面看去是如此。钱穆述《师友杂忆》作意时写道："……惟生平师友，自幼迄老，奖劝诱掖，使余犹幸能不虚度此生。此辈师友往事，常存心中，不能忘。今既相继溘逝，余苟不加追述，恐其姓名都归澌灭，而余生命之重要部分，亦随以沦失不彰。良可惜也。"故他苦搜冥索，于八十衰年，将自幼迄老的师友一一追忆。儒家素重人伦关系、亲情友情，钱穆记师友间的过从往还诚挚温厚，正是儒家的典型。但我不知钱穆写上面那段话时是否也想到了胡适。这书里好几处写到了胡适，而且都不是一笔带过，想来应在"师友"之列的。只是书中述及的师友不下数十人，或是赞叹，或能曲谅，唯对胡适、傅斯年、冯友兰等数人，不肯稍假辞色，尤其是胡适，每述及几乎总有微词。这书成于1982年，胡适故去多年，而二人抗战爆发后似再未谋面，钱穆对多年前往还的细节还记得分明，且似乎犹不能释然，谓之有"过节"，也不为过吧？

胡适与钱穆，一个是白话文运动的首倡者，"全盘西化"的代表人物，一个是国学大师，文化守成论者，道不同不相为谋，行迹上的疏远，似乎是意料中事。新文学家与鸳鸯蝴蝶派文人壁垒森然，新派教授与旧派学人间舌剑唇枪、明争暗斗（如胡适掌控下的北大不续聘林公铎），故事委实不少。但也不可一概而论，钱穆与"疑古派"代表人物顾颉刚（钱之反对疑古，不言而喻）相处，即甚是相得，顾颉刚荐身为中学教师的钱穆入燕京大学、北京大学执教，由此开始其学术生涯，乃是学界共知的佳话。又如以新诗闻名的陈梦家，与钱穆之间亦是厮抬厮敬，钱的名著《国史大纲》，即是由与陈之间的两夕话促成，钱穆晚年闻陈梦家辞世消息，甚至因未在该书引论中道及此事而频生悔意。可见门户的壁垒，并非不可逾越。钱、胡二人的不洽，治学取径的不同、观念的相左固然是一个方面，另一面，很大程度上也是因机缘不凑、性情不投而起。二者孰为因孰为果，很难说得清楚。

钱穆与胡适相识，应是1928年的事。其时钱穆尚在苏州中学教国文，而身为北大教授的胡适早已名满天下。钱穆当然知道胡适之的大名（回忆中虽未提及，有论者则已经证明，《新青年》等新书刊，钱是时常寓目的），而此前胡适对钱穆想必一无所知。此亦不足怪，胡适仅长钱穆四岁，但以社会身份论，则相去不可以道里计。彼时的钱穆虽不能说是处江湖之远，胡适之于中学教书匠，其地位却近乎庙堂之高。但胡适前此曾得人叮嘱，来苏州有两人必见，其一便是钱穆。必见的理由可以想见：胡适的《中国哲学史》研究的对象是先秦诸子，而钱穆也正于此处用力，对诸子问题别有洞见。胡适往苏州中学演讲之际向校长汪懋祖（此人作为反白话文的后期反派人物，在各种现代文学史书上时常现身）询问，演讲时汪即招呼原本在台下落座的钱穆登主席台与胡适同坐，于是有二人的首次谋面。

《师友杂忆》记当时的情景道:"余时撰《先秦诸子系年》,有两书皆讨论《史记·六国年表》者,遍觅遍询不得。骤遇适之,不觉即出口询之。适之无以对。"这应是就在台上发生的事。演讲结束,校长请客,钱穆陪席。主人请胡在苏留一宵,胡适以忘带刮胡刀为由,坚持当日即返回上海。钱穆肯定以为刮胡刀区区小事,不足挂齿,以此为由,未免小题大做。虽未明言,观其上下文,给人的印象是,钱穆忖度胡的坚辞与他的"无以对"多少有些干系("无以对"三字煞是好看,好似两军对阵,交手只一回合,有一方便已落荒而走)。胡适行前留下上海的住址,告钱穆:"来上海,可到此相晤。若通讯,亦照此地址。"

头次见面,钱、胡二人在对方心目中留下何种印象?胡适那一面,不得而知。或许他根本没把此次见面当回事,虽有人揄扬于前,未必即此就认钱是个人物(对钱的推许是后来的事),因钱穆突然"发难"而不悦,过后即忘也是可能的,因为他是名人,经得见得多了。至于钱穆,既然他视胡适之从速离去与己有关,不免要将其间的曲直推敲一番:

……余与适之初次识面,正式与余语者仅此。自念余固失礼,初见面不当以僻书相询,事近刁难。然积疑积闷已久,骤见一天下名学人,不禁出口,亦书生不习世故者所可有。适之是否为此戒不与余语。倘以此行匆匆不克长谈,可于返沪后来一函,告以无缘得尽意。余之得此,感动于心者,当何似"颜躅见齐王,王曰'躅前',曰'王前',终不前"。此后余亦终不与适之相通问。余意适之既不似中国往古之大师硕望,亦不似西方近代之学者专家。世俗之名既大，世俗之事亦困扰之无穷，不愿增其困扰者，则亦惟远避为是。

"天下名学人"云云是否语带讥诮？初见面即以僻书相问，固然可以"性迂而直，不能应付现代之交际场合"（钱穆自谓）解释，另一种可能的解释是，钱穆原本对名人胡适的学问就不佩服，潜意识中未尝没有几分叫板的意思。无论如何，钱穆对胡适的不满从这一面已经开始。有意思的是，钱引"颜斶见齐王"的典故来比况二人间的关系，责胡适殊少礼贤下士之风。他倒并未要求"王前"，胡适居高临下让他往访或通信，一无主动之意，则被当作要求"斶前"而自家"终不前"的明证无疑了。

1930年秋，钱穆赴北平燕京大学任教，半年多过去，方以顾颉刚相邀，同去访胡适。如果不是顾颉刚告以胡适曾于信中提及他论老子生年的文章及相识事，钱穆是否一直坚持"远避"方针，真还难说。这一次不是寒暄，乃是钱穆希望的相与论学了，讨论的都是老子问题。但是钱的印象并未改变。胡适告他平日来客频繁（后来他知道胡适门庭若市向不答访，而他在北平七八年，胡适来访仅一次），证明他"世俗之名既大，世俗之事亦困扰之无穷"的判断不错。此后不久胡适一篇论老子年代的文章也令钱穆不悦。该文举与己说相异的三家观点，胡对顾颉刚、冯友兰之说讨论甚详，对钱穆之说则简略到近乎存而不论。钱穆显然觉得，他没有得到应有的尊重，至少是胡的论述未穷其理。

其实胡适在学术上对钱穆是尊重的。有人向胡适请教有关先秦诸子的问题，答曰不必再问我，可问钱穆。此话钱穆闻之于同事，在回忆录中提及，不说自矜，欣然是有的。而且从胡适的日记中也可见出对钱穆的推崇（1930年10月28日记读钱穆《刘向歆父子年谱》事，有评语云："钱谱为一大著作，见解与体例都好，他不信《新学伪经考》，立二十八事不可通以驳之。"）。但是尊而不亲，敬而远之，关系上的疏远又是肯定的。胡适患病住院，有人问钱穆，胡对他尊敬有加，现在病中，访者盈户，为何不去探视？钱的回答是："此显属两事，君合并言之，将教余何以为人？"实则受此责问、听说"访者盈户"，钱穆心下恐怕倒是更不欲前往探望了。

钱穆与胡适间更多地相对论学，是钱穆进入北大历史系任教以后的事。所论集中在老子年代先后，胡适主老子在孔子之前，钱穆则认定老子在孔子之后。不论犹可，论辩起来二人在学问上的"过节"即愈发地不可解。曾有传闻，说二人某次在一会上相遇，钱对胡说，老子成书年代晚，证据确凿，你不当坚持己见。胡适答曰你的证据尚不能服我，果能服我，我连自己的亲老子亦可不要。以胡适之善于应对，果有此事，"不要亲老子"云云也是戏谑之言，断不会弄到剑拔弩张，不过即此也可想见二人观点的水火不容。

照钱的叙述，他似乎始终是攻方，而且有点不依不饶的味道，胡适则取守势。比如胡适的先秦哲学史，方法上是以时代背景说明思想之由来，胡适既主老子早于孔子，却又以不同时代的《诗经》为据讨论老子背景，钱便以此矛盾处相问；又如，胡适思想必有其时代背景的主张未贯彻到底，老子以下即撇开时代不论，仅追溯思想自身传承之迹，钱又追问何故如此。对第一问，胡适的回答是，著书时钱穆的《刘向歆父子年谱》未出，听信今文家之言，不敢信用《左传》材料，是"当时之失"。对第二问，则是避而不答。承认"当时之失",在钱穆看来,大约等于服输,听了当然满意,但不答第二问,仍然令他不悦。而且据他的观察,胡适此后再见到钱,"再不乐意讨论《老子》。别撰《说儒新篇》,观点也是一仍其旧。这更令钱穆不满,也许在他看来,这说明胡适并无求道之诚,反有文过饰非之心。

面对面论学即不洽,周围的环境也加重了二人关系中的紧张色彩。钱穆相对论学之际看去咄咄逼人,在北大则显然处于弱势。北大自新文化运动后一直是新旧冲突的战场,虽说到钱穆执教之际,已无五四时代浓烈的意识形态色彩,门户之见、新旧的畛域却还是有的。故而钱穆慨叹:"余自入北大,即如入了一是非场中。"钱穆讲上古史,有人便以其不通甲骨文,何以有脸讲上古史相难。钱穆据理反驳,反驳之外,他对疑古之风深致不满,有意无意间又惹出是非:他在课堂上以己姓为例说,某姓钱,此钱姓即属古,无可疑;近有人不愿姓钱,改姓疑古,岂不荒唐?钱玄同废己姓,自称"疑古玄同",此事无人不晓——这番话是把他给捎上了。妙的是钱玄同的儿子就在钱穆班上听课,而且笔记特详,几乎一字不落,而且钱玄同还看他笔记,一字不遗。

这是不小心踩着地雷,他讲课的"正文",则差不多是和胡适唱对台戏:二人都在历史系任教,胡适讲先秦哲学,他讲诸子,范围大体相同,说法却是正好相反,不独老子年代问题这一项。针锋相对,分庭抗礼,当然是校园中的奇观,据说有北大同事的夫人们旁听钱穆的课,同时也去胡适的讲堂旁听,课后相传说以为谈资。学生中传说或在两人间传话的就更多,不仅传话,而且常有以胡适观点质之钱穆的,所以钱穆有言:"大凡余在当时北大上课,几如登辩论场。"

有学生问，两位老师可否面商讨论，归于一是？答曰："不可，若他人尽可告汝一是，则又何待汝多学多问？"遇学生说胡适主张，钱穆必会将两人间相异处说个明白。对此他引孟子的话解释说："余岂好辩？余亦不得已也。"

辩，有在堂上者，亦有在纸上者。钱穆曾应哲学系学生之请，就老子年代问题撰写一文，刊于毕业纪念刊上。学生告他，也将请胡适同为一文讨论其事——钱穆一诺无词，与听说请胡适撰文不无关系也说不定，但是，"适之则竟未为文"。胡适爽约，可能的原因有很多，比如他是忙人，无暇及此；学生有所请，他并未答应，等等。钱穆大约不这么想，是理屈词穷，挂起免战牌，还是不屑以自己为对手？不管是何猜测，下一"竟"字，分明见出钱的不满。有此事在前，下次学生再因胡适《说儒新篇》请他别撰一文，申说己意，他便拒而不为了，理由是，自己的意见对胡适已一一当面相告。偏有好事者，请钱的助教贺次君据课堂讲授大意写成一文，发表在毕业于北大历史系学生主编的天津《益世报》副刊上。钱穆得到的消息是，胡适很不高兴。胡适的势力在北大谁人能敌？他的不悦迅即转为巨大的压力，主编者不胜惶恐，请作者另写一文以为解释，作者不干，编者不得已自家写了启事说明原委。登启事，等于认错。胡适有没有施压，无可查考，反正他自己不说，也会有人主动替他出面。此事可见出胡适派的势力之大，钱穆于此虽未置一词，却让人觉得胡有仗势压人之嫌。

成见如此之深，二人间要说合作，几乎是不可能的。胡适还当真有过合作之意。事缘商务印书馆希望胡适编一中学国文教材，因钱穆有中学教书的经历，便邀他合编。钱穆拒绝了，他对胡适说，二人对中国文学,意见大相径庭,若各编一部,让读者对比读之,或有益处,两人合编,甚难措手,"并使他人亦无可窥其底里"。——回得干脆,不稍假借,"婉拒"二字在这里都用不上,而且"对比读之""窥其底里"云云,听去大有与胡划清界限之意。有意思的是,钱穆说他与胡适之间甚少谈及文学,却又称见解正相悖反,岂不自相矛盾?然而胡适提倡白话文学,于中国文学史上白话作品之外,一笔抹倒,这是人所共知的,对文学传统深具信心的钱穆当然不以为然。

另有一事,宽泛地讲,也可以理解为胡适向钱穆寻求合作。胡适任文学院长时,为不续聘蒙文通事来访钱穆。按上下文,胡适此来的真实意图,似乎是通气探口风之外,要请钱穆传言给蒙文通。钱穆不唯拒绝传话,而且为蒙据理力争,胡适每出一语,他必有言针锋相对,胡适这唯一一次登门拜访,最终自然是不欢而散。钱穆谨守儒家君子之风,述及己所不以为然之人,也绝对是"不出恶声"的,只是记此事经过时不经意带出的两句话又大可玩味:"文通在北大历史系任教有年,而始终未去适之家一次,此亦稀有之事也。"我们若从话中读出几分暗示胡适党同伐异、剪除异己的意思,实在也不能算是"过度诠释"。

凡此种种,在二人的交往中皆属荦荦大者,还有二事,似乎是不值一提的,钱穆写上一笔,读来却也有趣。两件事都和书有关。北大图书馆馆长毛子水曾以书商送来的《章实斋遗书》相询,请其判断真伪。钱穆根据种种证据,判定此书确系章氏家传,而章学诚书素为钱所深喜,"若余诓言告子水,此书即退回原书肆,余可收归私藏。然余念公藏可供众阅,不宜秘为私有",所以他还是将原书退回，嘱毛子水为北大购取珍藏。未料事过多时，"颇闻子水实未为北大购取，特以转归胡适之家藏"。此事与胡适无关，即使传闻属实，也是毛子水所为，只是此处与钱穆的出以公心相比照，总是对胡适的形象不利了。又胡适藏有潘用微《求仁录》一孤本，钱曾向其借阅，胡适往别室中开保险箱取书，让钱与他同去。别处取书，自己径去取来即可，为何费周折邀他同往？钱穆忖度道："或恐余携书去有不慎，又不便坦言故尔。"胡适此举是否果有这样的用心，不得而知。鲁迅曾将韬略比作仓库，说胡适予他的印象是："紧紧的关着门，门上贴一条小纸条道：'内无武器，请勿疑虑。'这自然可以是真的，但有些人——至少是我这样的人——有时总不免要侧着头想一想。"钱穆与鲁迅间的距离，恐怕比他与胡适间相去更远，有趣的是，他对胡适，经常也不免要"想一想"。写此细节，也是要见胡适的"城府"于一斑吧？

这"想一想"是关及胡适的为人了。钱穆对胡适，第一次见面印象即大不佳，其后这印象只有加深，绝无改变。是因言废人，还是以人废言？也许在钱穆的眼中，胡适以言以人，两无可取，不过按儒家的观点，立身还要在"立言"之先，他的微词也多在为人这一面。胡适的为人处世、待人接物令他反感，关键是，他认定胡适是个社会名流式的人物，骨子里不是个读书人，至少不是纯正的读书人。钱穆取人，常以是否为真正读书人为判，汤用彤、顾颉刚、熊十力、蒙文通乃至苦读时的闻一多氏，他即赞叹或是首肯；胡适、张东荪、张君劢、傅斯年等不是，他则虽有交往，终觉隔膜。在他那里，称不上真正读书人，已是很严峻的判词了，至少对胡适是如此。

桨声灯影

1923年8月某天的晚上,朱自清与俞平伯同游秦淮河。其时俞平伯在浙江做视学,朱自清在温州教书;更为我们所熟知的,则是二人都已在新文学的舞台上扬名立万,是用白话做"美文"的名家了。此次同来南京,似乎是参加教育方面的什么会议。既到南京,荡漾了六朝金粉的秦淮河似乎不可不游(尤其俞平伯还从未去过);既游秦淮,身为文人似不能无作。二人遂相约各作一文,以志其事。于是便有了新文学中的两篇散文名作——这是二人自己命题的同题作文,都叫《桨声灯影里的秦淮河》。

名虽相同,二人写来却是各有侧重:朱自清偏于纪事写景,游河的过程,舟中岸上的景致,娓娓道来,交代得清清楚楚,更像一篇中规中矩的游记;俞平伯则偏于述感说理,最用力处在于捕捉到秦淮河上艳异的气氛,和他此行说不清道不明的感受,与朱文相比,似乎是更多几分诗的空灵了。新文学尚在争取合法性的阶段,落实到散文上,便是要竭力做得美轮美奂,以证明白话文可以写得像古文一样漂亮。这两篇也颇在文字的精致光润上用力,虽说相比之下俞平伯更浓艳华丽,朱自清则要清淡一些,要之则是一样地留有刻意雕琢的痕迹吧。

不过这里提起两篇《桨声灯影里的秦淮河》，倒不是想评品文章的得失，我感兴趣的是文章的内容：两个经过新文化洗礼的年轻文人到了这颇多色情意味的地方，有何异样的感觉？秦淮河之为温柔乡、销金窟，早已闻名遐迩；梦里繁华，旖旎风光，其实都与一个"色"字缠绕。虽无折戟沉沙，然脂粉坠钗，也可认出前朝。朱、俞二人上了河中的小舟，闲闲说起《桃花扇》《板桥杂记》描摹的秦淮艳迹，一种历史的氛围也就于桨声灯影里在身边弥漫开来。可秦淮河并非全然是发思古之幽情的场所，对于他们，它也是色香俱全的"现在"，耳边是曼妙的歌声，触目是倚栏美女，扑鼻是脂粉香气，身历其境，能无所感？

有何感受是来了之后的事，先要问的似乎应该是跑到这里来的动机。朱自清从前同朋友来听过两回歌，都是在茶舫上，扰攘声里，颇不适意，后听说歌妓被取缔，无端地有"怅怅"之感——那么这一回大约是要好好听一回歌吧？俞平伯是初到，每到一地，搜奇览胜，在文人似是题中应有，何况秦淮河之奇又更在一种暧昧不明的情调呢？

猎奇的心理可以说人皆有之，在一般人的心目中色情场所即算得上一奇。现而今出国的人每不忘看上一回夜总会、红灯区，未必是有心或有胆要去做嫖客，为的是要一睹西洋景，其情形就像刘姥姥逛大观园。在"旧社会"这用不着出国，从乡下跑到"娼"盛的都市，做主人的常要将领着看看妓家风光当作略尽地主之谊。《知堂回想录》里周作人记他1901年头一次到上海，就曾随了人一道去四马路的青莲阁喝茶，四马路是上海妓女最集中的所在，青莲阁则是集散地，据周作人说，"凡往上海观光的乡下人，必定首先到那里去……那里茶本来颇好，不过'醉翁之意不在酒'，目的乃是看女人；你坐了下来，便见走着的全是做生意的女人，只等你一句话或是示意，便兜搭着坐下了"。周作人看出了什么名堂，他没说，印象不佳是肯定的，因为那里都是"野鸡"一流的下等妓女，去街头拉客也就一步之遥，实在恶俗不堪。

相比起来，秦淮河上似乎要风雅得多了，月色下明灭的波光，画舫灯影中姑娘的靓妆，花的香气，脂粉的香气，都让这销金窟有了醉梦的诗意，以致俞平伯的意识中，眼前朦胧的一切都幻化为"一个如花的笑——这么淡，那么淡的倩笑"。所以二人躺在小艇的藤榻上观望闲谈，心下倒也并无不快和罪恶感，虽说俞平伯承认，诱惑是有的，"且于我已留下不易磨灭的印记"。

可以证明诱惑为实有的是俞平伯自觉"怦怦而内热"，而据他的忖度，"自认曾经一度摆脱了纠缠"的朱自清也不是止水不波。毕竟是年轻人初出茅庐，"情景是颇朦胧，滋味是怪羞涩的"，好在不像《儒林外史》中那位道学气的马纯上，西子湖边一路逛来"他不看女人，女人也不看他"，只知道"眼观鼻，鼻观心"，朱、俞二人还有看景致、看靓妆的余裕。假如不是后来卖唱的逼上前来拉生意，二人的秦淮之游也许由开始的紧张"羞涩"到渐渐放松自在，也就这么过去。可待卖唱的逼上身来，事情似乎一下变得严重：在先他们是观光客，虽有动于中，眼前的一切也是云里雾里有着距离，与己不生干系，现在却好像真与这风月场有了实质性的牵连。

这一幕委实有几分戏剧性，在二人的文章里也都是"文眼"：歌舫拢到他们的船边，伙计跨过来递上歌折让点歌。俞平伯来得干脆，扭过头连说"不要";朱自清长俞两岁,来过两回,要在老弟面前显大方,接过歌折视而不见扫一遍,又还对歌妓看两眼,想要拒绝得不那么生硬,结果还是窘到脸红耳赤地说不要。那景况,要以俞平伯的记述更有趣:

> 好!自命超然派的来看榜样!两船挨着,灯光愈皎,见佩弦的脸又红起来了。……老是红着脸终久不能打发人家走路的,所以想个法子在当时是很必要。说来也好笑,我的老调是一味的默,或干脆说个"不",或者摇摇头,摆摆手表示"绝不"。如今都已使尽了。佩弦便进了一步,他嫌我的方术太冷漠了,又未必中用,摆脱纠缠的正当道路惟有辩解。好吗!听他说:"你不知道?这事我们是不能做的。"这是诸辩解中最简洁,最漂亮的一个。可惜他所说的"不知道?"来人倒真有些"不知道!"辜负了这二十分聪明的反语。他想得有理由,你们为什么不能做这事呢?因这"为什么!"佩弦又有进一层的曲解。那知道更坏事,竟只博得那些船上人的一哂而去。……

——"你不知道?这事我们是不能做的。"答得真妙,伙计回说:"不知道!"追问"为什么"更是十二分的妙。一问一答加在一起,幽默到妙不可言。不过,当事人没有一点制造幽默的意思:辩解者十二分的严肃,追问者则是十二分的不解加不满。答者那句话的重音显然在"我们"上,"我们"里隐含了朱、俞二人对自我身份特异的定位。

那么,"我们"是谁?——读书人?那是说不通的。走马章台,醉卧花丛，历来被文人视为风雅事，唐代的孟郊中了进士，"春风得意马蹄疾"，要"一日看尽长安花"，还写进诗里，硬是骨头轻得不行，哪里会有什么心理障碍？"我们"是指未经历练的新手？初涉风月场者临阵露怯落荒而逃者自是不少，却没有几个这般郑重搬出"我们"做辩解的。所以说"我们"，只能是指"新文化人"——像他们那样的知识分子新近获得的身份。

新文化人有新的道德标准，新文化之为"新"是全般的，其中就包含了对性的严肃态度，对妇女人格的尊重。可惜他们脸上并未写着"新文化人"的字样，这里的伙计想来阅人无算，那份世故练达却并不能助他看出眼前这两位与寻常客官有何相异处。不知朱自清"进一层的曲解"是何内容，若是朱自清在那里认真地向伙计阐述新文化，这颇富喜剧性的一幕就更令人绝倒了。

事情到此还未结束——二人终于将不断上来纠缠的歌艇打发走之后，开始认真地进行自我反省。这里有两问，其一，怎么会跑到这里来？起先未尝追究，就这么来了，经了方才尴尬的"短兵相接"，不由就要扪心自问一番。其实归于游客的心理也就可以将自己敷衍过去，但"情哥哥偏寻根究底"，结果二人都认定，"欲的胎动是无可疑。正如水见波痕轻婉已极，与未波时究不相类"。其二，既然有"欲的微炎"，何以卖歌的找上前来却又避之唯恐不及？二人说法不一，朱自清说他是受到道德的制约，俞平伯则说他是因为一种"似较深沉的眷爱"，他且背诵周作人的诗句来说明这立场："因为我有妻子，所以我爱一切的女人，因为我有孩子，所以我爱一切的孩子。"后者是人道主义的态度，究其实还是一种道德感，不过是由内向外推己及人而已。

在桨声灯影的秦淮河上，如此一本正经地讨论这等问题，若过去的风流文人有知，一定要大呼"煞风景"。其实过去的人对出入风月场，也不是全无顾忌，在一般人眼中，接近妓者总算是一种不正当的行为。但在旧时的人，那或许是担心会于个人的前程有碍，通俗文学中叙述因沉醉勾栏而败家或自毁前程的劝惩故事，委实不少；要不即是对欲望本身怀有罪恶感，声色之乐则正是欲望也即罪恶的证明，至于是否是对女性的侮辱伤害，非其所计。在朱自清、俞平伯，问题则在于"妓是一种不健全的职业，我们对于她们，应有哀矜勿喜之心，不应赏玩的去听她们的歌"。

同情歌者的不幸，古代文学里并非没有，君不见浔阳江头，"江州司马青衫湿"？可白居易"同是天涯沦落人"的悲叹，大半倒是对自己宦途多舛的自怜，即或怜惜琵琶女，也是怜其个人的遭际，不像朱自清，其对"赏玩"态度的自责，乃是基于现代的人格平等的意识，具有更多道德原则的意味了。

人格平等，似应是现代人共有的意识。不过我相信，后来的人未必会像朱自清、俞平伯那辈人将事情看得那么严重。毕竟是启蒙时代的人，人生的种种都可以成为事关原则的"问题"，什么事都要来一番"为什么"的追问，且要得到理性上的彻底解决，而对于他们信奉的新道德，他们又自有一份后人所不及的执着与虔诚，——这才有朱、俞二人口问心、心问口的自我审视，他们也才会从一次游玩的尴尬中"升华"出如此严肃的讨论，而且郑重其事地宣示于众。

幼稚可笑么？有点。大约只有未经世事的年轻人才会这样"小题大做"、煞有介事，玩世不恭的人甚至要怀疑他们在那里"为文造情"，因为太不自然，太像做文章。然而游记里夹上那样一通议论有硬"做"的味道是不假，生硬笨拙里投射的却恰恰是作者情感态度的诚与真——那似乎是五四文学的典型特征。幼稚也罢，可笑也罢，那里实有"五四"一辈人的不可及处。试想求之于今日，求之于我辈，那份认真岂可得乎？

给《海上花》算命

这里说的《海上花》既指韩子云的小说，也指台湾导演侯孝贤的同名电影。话题是由电影牵出来的，因为该片的小影碟正在市面上卖着。说是"算命"，其实有一方面已然"水落石出"有了结果，不用去"掐指"。我指的是它前不久刚在戛纳电影节上铩羽而归。据说起初很被一些圈内人士看好，以为有望折桂，结果名落孙山，也颇有些人为其鸣不平。落榜的原因，是故事头绪太多，人物太众，中国观众若没读过原著都很难看出名堂，洋评委原本看东方人就是一个模样，见片子里那些人物穿了差不多的服装你方唱罢我登场，只怕是要分出个张三李四都困难，整个片子看下来，不弄得一头雾水才是怪事。

得奖既然落空，要"算"的就是市场这一端了。但这似乎也是明摆着的：它会因其含而不露的风格、细致微妙的处理引来一小部分观众的喝彩，同时几乎肯定得不到大众的青睐。一方面，侯孝贤从《悲情城市》到《好男好女》，一直走的是曲高和寡的"小众"路线，《海上花》据说是要向观众靠拢的，其格调却仍然绝对地"小众"化。另一方面，据以改编为电影的小说，原本就缺少人缘，叫座固然谈不上，叫好的人也为数不多。

《海上花》既是一部以沪上妓家风光为素材的小说，对公众的胃口似应不乏亲和力。妓院与一般人的生活有相当距离，在公众的想象中，妓院的种种神秘撩人，既风光旖旎又是罪恶渊薮——一个投射着人的隐秘欲望，混合、重叠了浪漫幻想、性幻想乃至虐待狂幻想的所在，由此生发，写来可以是极新鲜而富刺激性的，用今天的话说，就是很有"卖点"。

事实上文学史上有不少以妓院为题材的作品，正对应着公众的隐秘欲望，制造并且满足着读者的想象。鲁迅在《中国小说史略》中有"狭邪小说"一目，将写妓家风光的小说归为一类，所列举者大体上可以划入以下二型中的某一型中去。其一是《品花宝鉴》《花月痕》《青楼梦》一流，那是文人把才子佳人的梦搬到妓院里去做，主人公多半怀才不遇，北里佳人则莫不工诗善画，最能做才子的知己，不论结局是喜是悲，这里描摹柔情，敷陈艳迹，已成一则则浪漫的爱情佳话。其二是《九尾龟》《海上繁花梦》一流，这是对"佳话"一流反其道而行之了，摘奸发伏，意在暴露，将妓家种种坑蒙诈骗的伎俩一一抖落，且"大都巧为罗织，故作已甚之辞，冀振耸世间耳目"（鲁迅语），于是解语佳人一变而为母夜叉，温柔乡一变而为虎狼窝。

两种类型，看似一传奇，一写实，全然相悖，其实都恰好是公众关于青楼两种夸张的想象的延伸，或者说，正是读者对妓院的心理的正反（既向往又戒惧）两面的投射。前者是桃色的梦，足供耽溺性的"意淫"；后者是黑色的梦，吻合普通人自以为是的"世故"和戒惧心理，他们并非妓院常客，小说中揭发的妓家的种种奸谲既满足其期待着"拍案惊奇"的好奇心,又是对其想象的某种印证。

《海上花》既不制造浪漫的佳话,也非夸大其词地刻意揭露嫖界的"黑幕",归不到上述两种类型中去。说起来它应算是后一类暴露性小说的先声,可虽然韩子云在此书第一回里即声称要"以过来人现身说法",使读者"按迹寻踪,心通其意,见当前之媚于西子,即可知背后之泼于夜叉,见今日之密于糟糠,即可卜他年之毒于蛇蝎",但他写来却是"记载如实,绝少夸张"。他笔下的妓家生活没有任何神秘撩人之处,不风流,不凶险,甚至并不让人产生多少色情的联想,相反,这里倒是颇有一种日常生活的况味。嫖客不是才子,亦非怜香惜玉的情种,却是满身烟火气的商人官吏;妓女不是佳人,也不是嫖客口中所谓"姐儿爱钞""婊子无情"的婊子,却是有情也有算计的女人,骨子里与寻常的良家妇女无异——总之,男男女女都是既不配充当传奇的主人公,也无资格做黑幕小说里的坏人。由这样从好坏两个方面看都凡俗不过的人物上演的戏剧,当然平淡无奇,固然也有生意经,也有"仙人跳""倒脱靴"之类,但韩子云的笔下更多出现的,却是近乎居家过日子的场景,嫖客与妓女、鸨儿之间有时竟有一种类乎家庭的关系,也使小性,也有嫉妒,也要争名分,勃谿口角,一样不少。凡此种种,与公众关于妓院的想象大相悖反,若说公众看此类题材抱的是看西洋景的心理,那么韩子云有意无意间是将这西洋景拆穿了。从读者的阅读期待这一面看去,如此实写妓家,实在是煞风景。公众的想象往往是执拗的,他们并不真的在意所谓"真相",他们只愿意在小说中看到他们希望看到的东西——他们的幻想。韩子云"煞风景"的结果是,他被读者无情地抛弃。

然而也正是因为"平淡而近自然"(鲁迅、胡适语)的写实,韩子云在不同时期都得到过高人的赏识，民国时期有鲁迅、胡适、刘半农，80年代有张爱玲，现在到了世纪末，又有侯孝贤——都是对文坛或公众有号召力的人物。文学史上，一度湮没无闻的作品经了名家的品题、改写而重新见赏于世人的例子，中外都有。上述诸人的褒扬，的确也助成了《海上花》的传播：1926年上海东亚书局出标点本《海上花》，正是由于胡适的推动，以他和刘半农这样的新文化名人为其作序，自然引人注目；1983年张爱玲译注的中文本《海上花》出版，使得已被忘却了半个世纪的韩子云重新进入读者的视野，其时张爱玲在台港的声望如日中天，"客大欺店"，她的名字在封面上非常醒目，比作者的名字大出几倍，"韩子云"几个小字却只有在角落里叨陪末座的份，而仗了她的名声，中文本《海上花》在台湾问世后居然每年都再版。侯孝贤的地位当然不能与胡、张二人相比，可从传播的角度讲，他可以扮演更重要的角色——许多名著都是改编为影视作品后才变得家喻户晓的，甚至中文系的学生多半也是通过影视的媒介来接触经典的。电影《海上花》一出，韩子云至少眼下是又得到了被人想起的机会了。

　　侯孝贤的改编对原著相当忠实。他可以用他的影像对清末上海的妓家风光做风俗史式的展览，也可以像时下一些拍旧上海的片子，来一点怀旧的调子，但他不走这些容易讨好的路子。鲁迅说《海上花》的风格"平淡而近自然"，胡适说"平淡而近自然"是"文学上很不易做到的境界"，侯孝贤似乎是要用视觉语言来再现这种风格，追求这境界。这"平淡"是叙事上的，也是情绪上的。他一直做的是减法，减到无可再减。小说里有许多夹缝文章，作者并不道破，留给读者去体味，他这里也有大量的空白，供观众去填补、想象，他甚至不愿向我们提供故事的轮廓，即连场景的运用也吝啬到极点，从头至尾，我们的视线都封闭在室内，被要求通过一些零碎的片断去忖度人物的性格及其相互的关系，或者说，去领略张爱玲所谓"细密真切的生活质地"。

说到张爱玲，我们应特别指出她与这部电影精神上的联系（该片的片头上并列着打出了"韩子云原著""张爱玲注译"的字样，似乎是对这种联系的一个提示）。张爱玲当然与该片的改编并无实际的瓜葛，但她的译注，特别是那篇译后记，对小说《海上花》做了非常独特的现代意义上的阐释，某种程度上讲，这样的阐释实为张爱玲式的创造，而它恰恰是侯孝贤用电影形式进行再创作的依据。这可以从两方面讲。其一，张爱玲让小说中最精彩的部分从全书看似庸常的外表下浮现出来，她在译后记中几乎逐一解说了书中最耐人寻味的几个故事，而侯孝贤于"列传"中选取的沈小红、周双珠、黄翠凤等人的故事恰在其中，张称小说中写情最不可及的是王莲生、沈小红的故事，电影中此二人正是排头里的男女主角。其二，张爱玲赋予这些故事以新的意义（此前鲁迅、胡适对该书的肯定均未涉及"意义"的层面），她从关于王莲生与沈小红、陶玉甫与李漱芳等人关系的描写中发现了"爱情"。这里的"爱情"也许与我们的定义相去太远，但这些故事在她那里成了普遍人性的注脚。显然，侯孝贤正是顺着张从几个故事中梳理出来的意义去探索人物的"情感世界"的。

然而，正因忠实于原著的风格，忠实于张爱玲式的诠释，电影《海上花》几乎注定了是"行之不远"的。电影远是比书更要面对"通俗"的要求的，大体而论，观众比读者更不能忍受"平淡"，侯孝贤式的处理，则真要让观众"口里淡出鸟来"。爱情是观众乐道的，形形色色的言情片之受欢迎便是明证，但观众绝不会恋恋于《海上花》里没颜落色的灰扑扑的"爱情"。下此断语时我颇有点犹疑，因为近日在几个卖盗版光碟的小摊上，发现《海上花》很好卖，甚至于缺货。但随即也就料想，多数人也许是被它的表现妓院所诱，回去看了昏昏欲睡甚而大骂导演挂羊头卖狗肉也说不定。

  《海上花》第一次出版无声无息，第二次有胡适等人捧场，仍难获读者赏识，张爱玲称之为读者对该小说的一弃二弃，她对自己的注译本也不敢乐观，以为很可能是"众看官三弃《海上花》"，差不多也真是如此。如果我所料不差，侯孝贤将小说拍成电影，其结果也许是"众看官四弃《海上花》"。

《色·戒》"考"

张爱玲不喜打笔仗，也不善打笔仗，其创作生涯中拉开架式为自家作品辩护的，似乎只有两回。头一次起于迅雨（即傅雷）的批评，她写了篇《自己的文章》，第二次则是1978年有人为文指责《色·戒》有同情汉奸的嫌疑，她作《羊毛出在羊身上》予以回应。二文中显示的辩术皆未见高明，但相较而言，《自己的文章》尚属气定神闲：故隐其名，远兜远转，却将迅雨的攻伐一一化解，顺带着还亮出了独树一帜的"参差对照"说。为《色·戒》辩护则有几分急火攻心的味道，不免陷入与对手的缠斗——虽说论敌原本是不合格的对手。这位域外人先生所恃者仅是"政治正确"的姿态，深文周纳，上纲上线，难怪张爱玲耿耿于怀。1983年《惘然记》出版，前言里又有一番写反面人物是否当进入内心的议论，虽于《色·戒》不着一字，明言人一看便知，还是自辩的延续。

《色·戒》题材"尖端"，注定要给张爱玲惹事，同情汉奸说方告消歇，又有人指证小说的故事实有所本。这说法没有前一说的攻击性，似可听之任之，但如稍做引申，未尝不可导向立场问题的追究：原型既为抗日英雄，将其低矮化居心何在？不管是否有这方面的担心，张在《续集》序言中又做一番解释："最近又有人说，《色·戒》的女主角确有其人，证明我必有所据，而他说的这篇报道是近年才以回忆录形式出现的。当年敌伪特务斗争的内幕哪里轮得到我们这种平常百姓知道底细？"

许是急于与"本事"划清界限，她竟忘了自己说过的话。《羊毛出在羊身上》起首便说："这故事的来历说来话长，有些材料不在手边，以后再谈。"——岂不是说《色·戒》有出处？"以后再谈"终成空头支票，张爱玲既然决意"将真事隐去"，当然不会再抖包袱，这就留下关于"材料"的种种想象空间。其实说"种种"是夸张，所有的猜测都是一个指向，许多人都认定，沦陷时期发生的郑苹如刺丁默邨一案，即是《色·戒》所本。至于张爱玲文中所说的"以回忆录形式出现"的报道，则必是朱子家（即金雄白）的《汪政权的开场与收场》无疑。

众口一词，仿佛已是铁案如山，其实却并无一人亮出铁证，想当然耳。如此推想，唯一的理由只能是，《色·戒》与郑苹如刺丁一案二者之间，何其相似乃尔。张爱玲自己的说法有破绽，《惘然记》前言甚至称包括《色·戒》在内三篇小说的素材"都曾经使我震动，因而甘心一遍遍改写这么些年，甚至于想起来只想到最初获得材料的惊喜"，可见"材料"之重要，但即使当时找她对质，她也可以说彼材料非此材料，安知《色·戒》不是别有所本？

我这里也并无独得之秘，只能算是可能性的探询，稍稍系统些的"想当然"。大胆假设之余，更感兴趣的倒还在将小说与本事两相比照（假如果然是所想之"当然"），看张爱玲如何将一段野史全盘张爱玲化。

郑苹如刺丁默邨是汪伪时期一大事件，抗战胜利后审判丁默邨，杀害郑苹如也是一大关目。《色·戒》故事与此案极相似，从男女主人公身份到谋刺经过几乎一一对应，而抗战期间国民党刺杀汉奸之事虽时有发生，施以美人计的，则只此一桩——由不得你不往上面想。这里有几问，其一，她是否读过金雄白的书？她对谋刺的所谓"内幕"是否知情？其二，倘若她知道底细，为何要矢口否认？

先说金雄白的书。金雄白抗战前曾任国民党《中央日报》和上海《晨报》（CC派潘公展所办）采访部主任，是个资深报人，又是著名律师，与国民党高层人物多有交往，同周佛海早就熟识。汪伪时期他随周佛海下水，任汪记国民党候补中央执行委员，并任伪中央政治委员会法制专门委员会副主任，据他自称，该时期主要是在周支持下办报纸开银行，并未正式出任伪职，但他与周佛海是拜把子兄弟，称得上是周身边参与机密的心腹，不拘"国"事家事，周常委他办理，故他对汪伪内幕知之甚详。(他办的《海报》开小报风气之先，当时读者甚众。有趣的是，张爱玲曾为《海报》写稿，该报抗战胜利后由毛子佩接管，改称《铁报》，解放初期又改为《亦报》，张的《十八春》《小艾》即连载于该报，牵丝攀藤地说，张与金间接地也算是有点因缘。) 50年代金避居香港，应《春秋》杂志之约，撰写《汪政权的开场与收场》。此书记述汪政权始末，确有报道意味，书名系编者代拟，亦似报人之书，唯因身份特殊，所写多为亲历，或得之当事人，与张爱玲所说"以回忆录形式出现"的报道倒是正相符合。

论者认定张读过此书，实因书中有一节曰"郑苹如谋刺丁默邨颠末"，专述刺丁事件。金雄白如何分解，容后再述，现在要说的是张的矢口否认。

张爱玲也许当真未读过该书，不过写于1988年的《续集》自序中称金书"近年"才出现，却显然不确。《汪政权的开场与收场》1959年在香港面世，在《春秋》杂志上连载则更早（1957年），只是那时张已远在美国。《惘然记》中交代包括《色·戒》在内的三个短篇均写于"1950年间"，鉴于张到美国之初对在西方文坛立足抱有幻想，心无旁骛，专事英文写作，《色·戒》初稿当是1956年离开香港之前完成。果然如此，《色·戒》的写作时间就早于金书。至于小说"屡经彻底改写"的过程中张是否没碰过该书，我们可以存疑。按说她60年代初返港为电懋公司编《红楼梦》，甚至在美国，都有可能看到该书，既然《色·戒》写的是同样故事，书中所写又是她熟悉的时代，作者还是她认识的人，她应该并不缺少阅读的兴致。

但是不论如何，关于郑苹如刺丁默邨一事，张爱玲原是不必待读朱书而后知的。她将沦陷时期的身份说成"平常百姓"，这不能算错，却也不全是实情。她周围的人，有不少都与汪伪人物有来往，比如苏青，更不用说身为汪伪高官的胡兰成曾与她朝夕相处，无话不谈，凡此皆使她有可能成为"内幕"的知情者。这当中胡兰成的"嫌疑"最大，一则二人关系是夫妻更胜似夫妻，相处的日子以胡的话说常是"连朝语不息"，所语何事？当然不全是谈艺论文，所闻之事，所阅之人，所历之境，皆付谈中。二则汪伪特工的内幕，胡一点也不陌生，相反，他曾是七十六号的座上宾，虽不喜丁默邨其人，与另一特工头目李士群则一度颇有交往，这是《今生今世》里写着的。他甚至吹嘘，后来李士群之死与他的略施小计不无关系。像刺杀丁默邨这样爆炸性的事件，他断无不知之理；以他的名士趣味，这样香艳的话题未曾向张提起，反倒于理不合。

张爱玲于政治是隔教，对所谓"内幕"素来不感兴趣。寻常特工黑幕、政坛秘闻之类，她的态度也许是姑妄听之。但刺丁案不同，是谋杀案，也是风流案，阴冷血腥中搅入男女情，自然又当别论——男女之际，男女的心理乃是张爱玲小说一贯的题材。

但是且慢，张爱玲对《色·戒》本事，就是不肯认账。此举确乎有几分反常，因张的小说，故事多有所本，人物则几乎皆有原型，而她通常情况下似乎也并不忌讳道出小说的来历。张爱玲不是天马行空型的作家，其写作常需有所依凭，她的个人经验其实很有限，唯如此，她总是最大限度地充分加以利用，这里的经验有些是亲历，有些得自亲朋，有些得自书面材料，要在具有某种直接性，与己可产生某种关联。《传奇》中对旧式家庭生活的描写本于张的亲身经历和家人亲友的故事，现在已是人所共知，《色·戒》故事与她的关系看似远得多，但故事发生于她最活跃的那一时空，背景、气氛她自能有一种奇异的感知，间接里也就存着某种直接。对她这种孜孜于传达"事实的金石声"的作家，这样的故事如没有原型，才是怪事。在此原型之重要，在于她可借此生动地延伸想象，曲尽其妙地达到生活的逼真性。

如确有原型，《色·戒》中的王佳芝舍郑苹如而外，还能是谁？

小说家时而信誓旦旦为故事的来历做证，时而对"本事"秘而不宣，这样的事屡见不鲜，采取何种态度，端视彼时的需要。张爱玲曾为《秧歌》的真实性大打包票，与水晶谈话，主动说及小说原型，一部未完的《连环套》，也居然花费笔墨长篇大论地道出本事，与读者分享材料中传递出的幽幽气息。《传奇》中人物被论者还原（如夏志清指出《茉莉香片》中聂传庆以张的弟弟为原型），她亦未加申辩。唯独对《色·戒》，她现身反驳，申说再三。个中缘由，恐怕还是与材料的特殊性有关。《传奇》中人物均为普通人，张身边的人知道底细，固然对辨出"真身"怀有浓厚兴趣，一般读者难于索隐其间的对应关系，即便能够对号入座，这样的索隐趣味也只是读小说的余兴，小说固还是小说。《色·戒》则不同，事关重大事件，对应关系太过明显，读者更容易买椟还珠，还原的兴趣超过其他，而一经还原，又以为作者底牌，尽在于此，终是将小说做了野史对待。

将小说作野史的小说家大有人在，大名鼎鼎的高阳便是，高氏恰好写过一部《粉墨春秋》，以演义之体铺陈汪伪内幕，于七十六号多所着墨，郑苹如刺丁默邨事当然不会放过。张爱玲对历史小说及纪实色彩颇浓的社会小说甚是偏爱，但兴趣仅限于材料。作为小说家，她对自己的作品则别有期许，小说于她是别一独立世界，索解普遍的人性，捕捉普通的人声的回响才是她的标的。假如我们所料不差，那么同写刺丁事件，高阳所重在事，张氏所重在人，高是就事论事，张是借题发挥。《粉墨春秋》中的"红粉金戈"一章是据金雄白书稍加点染而成，明眼人一看便知，高阳所为，仅在踵事增华。《色·戒》与"本事"之间的关系显然复杂得多，说面目全非也许夸张，至少就人物论，是面虽未革而已然洗心。抱负如此，用力如此，张爱玲当然希望读者专注小说本身，拒绝读者将《色·戒》"还原"为野史黑幕（真正用心的作家谁不希望读者以自己所期待的方式对待自家作品），倘若由还原的冲动引出政治化的索隐或对她个人隐情的究诘（比如由易先生联想到胡兰成），则她更不能容忍。拒绝还原的办法有多种，彻底斩断小说与本事间的联系也许最干脆，是故张爱玲推得一干二净。

　　谋刺丁默邨是重庆、南京双方特工战中的一幕。丁默邨系汪伪特工首领，中统选中他作为行刺对象，一方面是题中应有，另一方面也可说是知难而上。郑苹如在这一幕中扮演吃重角色，实因她具备三个条件。其一，丁是好色之徒，郑则是上海滩出名的美人。金雄白曾与郑为邻，称法租界法国花园一带，"活跃如邹韬奋，美艳如郑苹如，都是最受注意的人物"，郑的玉照且上过发行量最大的《良友画报》（1930年130期）的封面。其二，郑十九岁加入国民党中统，因其母为日本人，抗战爆发后即利用此方便，周旋于日方高级官佐之间，据说在汪精卫离重庆前郑曾探听到汪"将有异动"的重要情报，通过秘密电台上报重庆，在特务活动方面，可称训练有素。其三，郑在上海光明中学读书时，丁默邨是该校的校长，二人算是有师生之谊。

　　施展美人计的过程无须细述。谋刺的大概经过如下：某日丁在一朋友家午饭，临时打电话邀郑参加。饭后丁往虹口，郑谎称要去南京路，与其同行。车经静安寺，郑忽提出欲购皮大衣，令丁偕往挑选，丁不知是计，随往皮货行。然丁毕竟久干特工，十分警觉，将入店时发现两彪形大汉各挟一纸包逡巡不去，形迹可疑。丁情知不妙，乃不动声色入店内，甫入内即自另一门狂奔而出，坐上汽车逃逸。行刺者反应不及，拔枪射击为时已晚，仅中车身。暗杀遂告流产。事后丁料定郑必是重庆方面特工，但仍按兵不动，令郑以为身份尚未暴露。郑果然中计，第三日还打电话慰问，丁假意敷衍，且与郑约定下次幽会日期。郑竟自如期赴约。方至约会地点，即遭逮捕。（一说郑苹如怀揣手枪往七十六号与丁会面，欲孤身行刺，旋被捕。）

关于郑苹如之死，金雄白的说法是，即在郑苹如供认自己为重庆工作之后，丁最初也并未决意将其置之死地，除欲追查相关线索之外，亦因"余情未断，颇有怜香惜玉之心"。（又一说是郑苹如被捕后并未供出真实身份，称自己只是不甘被丁玩弄，行刺纯属个人行为，与中统无关。丁虽心知郑为特工无疑，却仍贪恋郑的美色，打算关一阵即放她出去。）事情的急转直下，乃因于"妇人之心"，金写道："一天在佛海住宅中午饭，我也在座，许多汪系要人的太太们纷纷议论，事前都曾经到她羁押的地方看过，一致批评郑苹如生得满身妖气，谓此豸不杀，无异让她们的丈夫在外更敢放胆胡为。默邨的太太当然是醋海兴波，而其余的贵妇人们尤极尽挑拨之能事，当时我看到这样的形势，早知郑苹如必难幸免。"后丁默邨老婆赵慧敏悄悄找到看押郑的林之江，令其下手，1940年2月某日夜晚，郑苹如被林之江自囚室中押出，遂被杀害。

虽有细节上的出入，有一点诸说是一致的，即丁默邨并未动杀心，郑苹如最终被处决，与汉奸众太太的嫉妒之心有绝大关系。这一点除金书之外，尚有其他证据：郑母为丁默邨杀害郑苹如致首都高等法院的信函即有郑被捕后"丁逆之妻及其他某某两巨奸之妻亦参与逆谋，极力主张应制苹如死命"等语。其后郑苹如之兄代母上法庭接受讯问时说得更明白："丁逆之妻、李士群之妻、吴四宝之妻均主张将我姐处死，（我姐）遂被杀害。"（见《审讯汪伪汉奸笔录》）处决令似不可能得自丁妻，但丁即或知情乃至默许，也非他的初衷。顺便说一句，吴四宝太太名佘爱珍，即是胡兰成逃亡日本后与之结婚，在《今生今世》中对其英爽之气大加称许的那一位。

谋刺丁默邨事件，大概如此。有关此事的各种版本大同小异，不管得之何种渠道,张手中的"材料"应该与上面的叙述大致不差。两相对照,我们会发现,在《色·戒》中,行刺的经过及事件的结局大体一仍其"旧",但人物、细节,尤其是对人物行为动机的解释,则已面目全非。事实上,该事件只为张提供了一个叙述框架,人物的行为动机,则只能诉诸想象。《色·戒》所重,显然更在人物的心理,若说野史中的刺丁案只能是一"物理"事件的话,那它到张的手中,很大程度上已成为一个心理事件,而此事件的核心部分则是男女间的爱欲情仇。某种意义上,《色·戒》可以说是张爱玲对刺丁一案的重新诠释,诠释的资本,是她对男女情欲本质的洞察。

刺丁案首先是一政治事件,殆无疑问。环绕这一幕,"美人计"之外,尚有隐情。一种说法是,行刺发动之前,郑苹如的上线张某已落入七十六号另一头目李士群手中,逼问之下,张如实招供,刺丁计划亦为李侦知。只因李士群与丁默邨是对头,为争夺七十六号控制权,正欲除之而后快,当然不肯通报。后郑苹如被捕,李也曾想插手。这是真正的内幕,一度与李过从甚密的胡兰成也许有耳闻。如此素材供给高阳,或可在《粉墨春秋》中又有一番铺陈,而张爱玲即或知晓,于她也没有太大的意义,张爱玲的"历史"非以政治上的钩心斗角构成。《色·戒》中对"内幕"的化用仅限于一点:易先生担心周佛海追究他疏于防范中美人计事,为对手所乘,遂杀人灭口,不待细细审问,迅速将王佳芝等一干人枪决。

就《色·戒》的命意而言,张爱玲对刺丁案的"改写",真正值得注意的是以下两点:一是女主人公的身份,二是主人公的死因。郑苹如是个职业特工,与张爱玲"在普通人身上寻找传奇,在传奇中寻找普通人"的要求不合,《色·戒》中的王佳芝因此被写成偶然进入特工世界的普通人。

在各种野史中，郑有时以抗日志士、有时以交际花的形象出现。前者见于对她身世、经历的交代，对其从容就义的描述，后者见于对她美貌的渲染，对其诱惑性的描摹（金雄白书中说，看押郑的特工大队长林之江曾亲口相告，郑在囚禁中曾以色相诱，而他几乎不能自持。高阳在《粉墨春秋》中据此将狱中"美人计"写得绘声绘色）。前者为义士，后者为尤物，统一于她的职业训练。在张爱玲的字典里，"义士""尤物"都是类型化的形象，"义士"于她固是隔教，倾国倾城的"尤物"她也只作神话看——此中无"人"，故而两皆不取。

张爱玲曾针对小说中于女主人公爱国动机"全无一字交代"的指责辩护说，"那是因为我从来不低估读者的理解力，不作正义感的正面表白"。实则她根本不相信存在什么抽象、纯粹的"爱国心""正义感"。王佳芝爱国冲动是有的，与之相伴的是潜意识中的个人动机：虚荣心、冒险的欲望、演戏的刺激。唯如此，王佳芝乃至她的原型郑苹如，对张来说才是可以理解的。至于"尤物"，《色·戒》的开篇倒像是在有意描画，麻将桌上酷烈的灯光好似聚光灯打出王佳芝秀丽的脸和"胸前丘壑"，但对"色"的强调仅限于此，当我们很快进入她的意识之后，神话性的因素即荡然无存，以"色"而论，她的校花级别尚不及郑苹如之曾为封面女郎。总之，从里到外，王佳芝比之于她的原型，都在下降，下降为寻常人。

张爱玲有言，"写小说，是为自己制造愁烦"（《论写作》）。这一次的"愁烦"与以往不同，以往是寻常人加寻常事，《色·戒》所写则是寻常的人，不寻常的事件。以寻常人的心理、动机、反应为起点，进入不寻常的事件，这中间的缝隙需得由她的想象来填补。刺丁案给她提供了一个终点，结局是明摆着的，她并不越出"本事"的规定，她要探究的是，作为一个心理事件，这样一桩谋刺行动如何成为可能。

于是她打起十二分精神做种种的铺垫。她对暗杀活动的交代不无破绽（比如谋刺行动的实施者竟全是毫无经验的学生），但对主人公心理过程的把握则堪称天衣无缝。王佳芝自怜自恋，一路下去，终而达于最后的高潮戏——现代女性心理版的"捉放曹"。如此书写，可说是对刺丁案最大的"颠覆"：谋刺流产，分明是丁默邨老奸巨猾，到这里变作王佳芝情的困惑。职业与业余，最大的区别在于前者清醒地知道自己是在演戏。郑苹如明白这一点，如金雄白的说法可靠，那她在被捕后还在对看押者继续施展美人计。与之恰成对照，王佳芝的业余，正见于她之分不清戏里戏外。说不上假戏真做，弄假成真，但在电光火石的一刹那，她弄不清何者为她扮演的角色，何者为自己了。

恍兮惚兮，如真似幻，都市男女有视情场如战场者，王佳芝的问题在于错把战场当了情场。前面写到王佳芝在校园里演话剧，后面又写到她戏瘾的发作，《羊毛》文中且致意再三，明示演话剧与扮演美人计之间的关联，张爱玲对一"戏"字，确乎别有寄意。当然是对主人公性格逻辑的呈现，同时却也牵涉到张爱玲对女性的某种理解。"苍凉的手势"是张氏关于女性最经典的表述，论者多读出了其中的无奈，实则此意象一面是无奈，另一面是对手势的陶醉，陶醉于角色的扮演——女人在情场上不期然露出的真情。至此，王佳芝与其原型相去已不可以道里计——但也难说，没准张爱玲以为，在另一意义上，王佳芝反倒是郑苹如的心理原型。至少她对郑苹如们的合理化解释只能是这样。

与佳芝相比，小说中的另一人物易先生与原型丁默邨之间保持了更多的对应，从年龄、身份到好色。但有一处与本事大有出入：郑苹如被处决是别人背着丁默邨所为，他原想手下留情；杀王佳芝则易先生完全是主动，并且绝对地果决，王佳芝等人事发后很快统统被处决（张爱玲不经意间还流露出对特工活动或曰政治的厌恶，参与谋杀的人当中只有一名是职业特工，最后唯他脱逃，其他是学生，都成了牺牲品）。尽管对易先生速下杀手的动机有所交代（特工内部的倾轧），张爱玲却不愿在这上面多费笔墨，强调的是易的不动声色。只是到事过之后，她才为易提供显示其"多情"的机会。似乎是未免有情而愈见其冷酷无情。

上述"改写"至关重要。历史上的丁默邨当然是个十恶不赦的恶魔，然而就事论事，张笔下的易先生在事件过程中显得更无情。张爱玲的小说世界的人物中向无正派、反派之分，以通常的标准，她的惯常做法是将"好人"往坏里写，将"坏人"往好里写，从来不惮烦于揭示人性的复杂。即如易先生，她也坚持"人"的理解，而不视之为"魔"。从王佳芝的视角侧写他落寞的神情，正面写他的心理活动，都说明这一点。可是对照原型，易先生的形象更为阴毒，似乎张是有意将其往"坏"里写了。《传奇》中的男性形象，振保之外，落墨较多予人印象较深者，多为浪子，如乔其乔、范柳原、姜四爷等辈，玩世不恭、游戏情场是其特性。易先生与此类形象固有相通处，但身上那份骨子里的冷已使他大大溢出张记浪子"小奸小坏"的范畴，尤其当那种冷借杀王佳芝后的自鸣得意显现出来的时候。

冷漠寡情部分地可以归于特工的职业特性，对易先生自鸣得意的描写却不可能直接得自原型丁默邨。正如王佳芝的心理真实性无须某个具体的原型一样，对易先生的心理描写也无待且不可能是依托丁默邨，想象在此是必不可少的。但是有时候，某个原型太现成太典型了，简直不容回避。这原型不是丁默邨，乃是胡兰成。易先生这个人物贯注了张爱玲对男性某一侧面或曰某一型男人的理解，"就近取譬"，胡兰成恰恰就是理解的通道。倘若如我们悬揣，刺丁故事确是先从胡兰成口中得知，张命笔之际想起当时情景，当更有一重刺激，将从胡兰成身上悟到的东西写入小说，实在是顺理成章。易先生下令处死王佳芝，胡兰成所为不啻是对她感情上的谋杀，而面对她责问时的面无惭色以及在《今生今世》中记述一次次负情时的跌宕自喜，活脱就是易某内心独白的另一版本。逼肖若此，说易某的轮廓得自丁默邨，胡兰成是他的心理原型，当无穿凿附会的嫌疑。

话说至此，我们应该不难看出，谋刺丁默邨事件只为张提供了一个叙述框架，人物的行为动机，则只能诉诸想象。《色·戒》所重，显然更在人物的心理，若说野史中的刺丁案只能是一"物理"事件的话，那它到张的手中，很大程度上已成为一个心理事件，而此事件的核心部分则是男女间的爱欲情仇，谋刺事件只是外壳，为其提供了高度戏剧化的舞台。《色·戒》可以说是张爱玲对刺丁一案的重新诠释，诠释的资本，是她对男女情欲本质的洞察。野史的兴味来自内幕的披露，《色·戒》中若有"内幕"的话，张爱玲所张看的，也是男女情欲的内幕。

从素材到小说，张爱玲构思时必是大费周折，因为较之她其他小说中的人物，不论王佳芝还是易先生，离她所熟悉的世界都更为遥远。而她终能移花接木，让一个特工谋杀事件负载她的人性理解，纳入她探究男女情欲的惯常轨道。这也足证张爱玲是一个独特的作家：她有独特的个人视野，她张看到的一切总是与他人所获不同，无论何种题材，她总是能在其上留下鲜明的个人印记。

关于《郁金香》

"张爱玲热"兴起之后,张爱玲"打捞业"一直都很兴盛。我对张氏佚作的"出土"也一直抱有兴趣,虽说其中并无什么让人喜出望外之作。有兴趣是因为"张爱玲"三字如大品牌一样,是品质的保证。还有一比:张爱玲可说是一位高人,高人并非不会犯错,然而对有对的理由,错有错的理由,绝不会有莫名其妙的错,因为有理由,即使犯了错,也必有可观。

但我对新近"出土"的张记产品,并无急不可耐、一睹为快的迫切心情,比如《郁金香》,两年前就知其已然现身,出书也有两个月了,却一直没想到特意去找来看——这是基于我的一个判断:张爱玲最好的作品都已问世,要想从她的遗作或散佚作品中找出上乘之作(不是相对于其他作家,而是相对于她本人的平均水准),近乎不可能。张爱玲的经典地位,无待旧作的发掘来巩固,反过来说,再多的发掘,也不可能将其地位垫得更高。她的高度,已经由《传奇》《流言》《秧歌》标示出来,不论是佚作的重现,还是遗作的出版,都不会产生"重估"的必要。

是故现在读张爱玲新问世的"旧作",已没有"发现"文学史意义的意义，在喜爱张爱玲的读者看来，那是熟悉的调子的重温，好比看名角的戏，即使不是特别出彩的时候，乃至嗓子倒了，"张腔"还是"张腔"；对于研究者，则有可能借以修复张爱玲研究中某些遗漏的环节。

若将《郁金香》放入《传奇》之中，《郁金香》毫无奇异之处——要指望张爱玲在《桂花蒸：阿小悲秋》《留情》等篇之后"平地起高楼"，不管在回归"传奇"路线的意义上，还是在"突破"的意义上，都不大现实。将其与《传奇》挂钩，盖因此篇遥承《传奇》后期风格之余绪，时间上也是距《传奇》诸作最近的一篇（《多少恨》虽写在前，却又是一路），虽然其写作与《传奇》最末一篇《创世纪》，时间上已隔了将近两年时间。这两年小说写作的中断与她后来在美国创作时断时续的情形不同，在美国虽有生计的压力等种种外因，但无可讳言的是，彼时她的创造力已有衰竭之相。40年代后期则她的创作欲依然旺盛，《传奇》阶段的"气盛言宜"原可至少维持一段时间，中断带有突然性，其中缘由，自然要归之于她当时的处境，一是她在沦陷时期的身份暧昧加上大红大紫令她在抗战胜利后的文坛上很尴尬，二是与胡兰成关系的破裂给她精神上很大打击。后者可能影响到她写作的心绪，但她早就认定卖文为生这条路，写作于她有职业性的一面，仅因失恋，一年半的沉默不可想象。所以更关键的还是不利的外部环境。

因为"张爱玲热"的持续升温，也因《郁金香》的"出土"显得突兀，网上有读者甚至怀疑该小说的真实性——是否是伪作？理由多至五六条。其一是张爱玲怎么肯在下三烂的小报（《郁金香》1947年5月16日至31日连载于《小日报》）上发表作品。这实在是昧于张当时的处境。张认同世俗的立场令她向来并不排斥小报，相反她是小报的热心读者。陈子善先生曾举她与《力报》编辑黄也白的通信为证,说明她与小报的关系。此外她还在公开场合(比如杂志社搞的"纳凉晚会")以及散文(比如《私语》)表示过她对小报的好感。这并非敷衍之词。当然有好感是一事,是否将自己视为个中人,又是一事。张对小报的态度正如她对所谓"小市民",毋宁是俯视的,要看,也要刻薄,比如她对鸳鸯蝴蝶派作家顾明道就没少奚落。此无他,她心里明白,她有她的格调(或曰精神高度),根底里与小报别是一路。所以只要有可能,她雅不欲与小报为伍。证据是《郁金香》之前她虽也给过小报稿子,却都是"残丛小语",绝对是应付性质。她的用心用力之作,一概发表在当时的主流杂志或媒体上,只有《第一炉香》《第二炉香》发表于与小报气息相通的鸳派杂志《紫罗兰》,那还是因为刚出道,所谓文坛者尚不得其门而入,而一有可能,她马上就转移阵地,另占高枝了。

但抗战胜利后,情形已经大大不同。顶着"文化汉奸""文妖"等恶名,没有哪家主流杂志或报纸敢找她。具体的情形她自己未说过,然我们可从处境与她相仿的苏青那里找到一些旁证。苏青在《关于我——〈续结婚十年〉代序》中就对自己的处境有竹筒倒豆子式的详尽交代,这里只需提到与卖文相关的几点。其一,仍有大报找到她编副刊,不过要求她换个笔名,为她峻拒。有一家许她继续用"苏青"写文章,声称正要借她大名相号召。不料"号召"之后即招来一串恶骂,该报慌了,不敢再登。其二,大报怕惹麻烦,小报则不怕她的名字(虽然当时小报也以传播"汉奸""文妖"的花边以广招徕),而且肯给较高的稿酬("我为了生活,也就替他们效劳了,眼看他们把我的文章排在'木匠强奸幼女'等新闻下面,未免心痛,但却顾不得")。张爱玲沦陷时期与苏青齐名,讨伐的文章也常将二人骂在一起。苏青引《文汇报》1945年9月6日创刊号上一段文字曰:"……至于色情读物,年来更见畅销,例如所谓女作家苏青和某某某,她们颇能在和平作家的一致支持下引起上海人普遍的注意,其实她们的法宝只有一个:性的诱惑!"名字是苏青有意隐去,应该就是指张爱玲。《关于我》写于1947年2月,距张发表《郁金香》仅数月,张发表作品之难,由此可想见一二。

鉴于张爱玲的号召力,类似的事情当然也会发生在她身上。其间必会有小报找到她。她没有家累,卖文为生的压力没有苏青那么大,把作品交给小报肯定心有不甘,此外恐怕也不愿招惹是非,所以一度从文坛抽身退步,躲到幕后写电影剧本。及至1947年4月在《大家》复出,她的发表环境仍未有多大改善——《大家》虽比小报高出一筹,其实力及"纯文学"色彩与她沦陷时期发表作品的主要阵地《杂志》相比,不可同日而语,至少不属主流杂志,而该杂志的主编唐云旌与小报实颇有渊源。在此情形下,小报向她约稿,她也就半推半就了。既然此前曾上过鸳鸯蝴蝶派的杂志,此后也曾在小报(《亦报》)上连载小说,张爱玲将《郁金香》交予《小日报》,也不能算是出人意料之举。就像《十八春》《小艾》的情形一样,她实在没有多少选择的余地。

有没有哪家报纸杂志开过口请她用笔名,不得而知,张爱玲比苏青难说话是肯定的,如果有此不情之请,她恐怕也唯有敬谢不敏。在沦陷时期是清是浊的问题上,她和苏青的态度一样,即声明自己只是卖文为生,与政治无涉,所不同者,苏青是大声抗辩,她只在《传奇》增订本序言《有几句话同读者说》里就婉拒大东亚文学者大会事稍作交代。此时用笔名，无异于服罪，或是承认心中有愧。张爱玲后来用过笔名，即五十年代初发表《十八春》《小艾》之时，署"梁京"，这是循《亦报》之意还是出于她的主动，待考。然不论如何，与抗战胜利后讨伐声中改用笔名，显为两事，彼时如将真名隐去，那是大大的屈辱（用"梁京"如是出于主动，动机也大可推敲，我们只能说，她的嗅觉实在是灵敏，以她个人主义的立场，那是一个"更大的破坏"来临的乱世）。《郁金香》署名"张爱玲"，别无蹊跷，乃是一贯的做法，有人因其出现在小报上，便疑为伪托，那是将张看得危乎高哉。那一特殊的时期，"张爱玲"三字倒更是真品的保证——既然这个名字仍是某种忌讳，冒用乃是有可能触霉头的事。

那么，张为何从未提起这篇旧作？作家不提旧作，无非两个原因，一是已然忘却，二是不愿提起。张爱玲忘却或愿意忘却的作品不在少数，不独《郁金香》为然。后者如《连环套》《小艾》《殷宝滟送花楼会》《创世纪》等，或者未完，或者有明显败笔（以致整个被视为失败之作），或者是"遵命"之作（因此在某种程度上是违心之作）。何者她愿意忘却，40年代所作最易区分，1947年《传奇》出增订本，原先未收集的小说大多收入，此时距写作、发表时间未远，当然全都记得，发表的刊物较集中，她手里应该都有，未收入的，就是她主动遗弃的。这以后到她去国这一段，情形就有些复杂，因她出走时许多材料并未带出，而张爱玲"打捞业"始于70年代后期，时间既久远，张在美国又居无定所，面对生存压力，有些小说（遑论散文、电影剧本）怕真是淡忘了。发掘出来的张氏佚作多出在这段时间，并非偶然。《传奇》增订本初版于1946年11月，1954年香港天风版《张爱玲小说集》序言中说："《传奇》出版后，在一九四七年又添上几篇新的,把我所有的短篇小说都收在里面,成为《传奇》增订本。""都收在里面"不确,出版时间则她肯定是误记了。这可以解释为何张未将已经完成的《多少恨》《郁金香》收入其中——其他未收集的小说都是未完之作。

当时疏忽的可能性不大,几十年后忘却则极有可能。作家中完全不把自家作品当回事的,与不论好歹一概敝帚自珍的,都属极端。通常的情形是有取舍,好比嫡出、庶出的不同看待。而其记忆与一般人无异,最容易记住的,端在两头,即特别好的与特别差的,要不就是有特殊的写作背景,最易淡忘的是平平之作。得意之作,如《金锁记》《倾城之恋》《红玫瑰与白玫瑰》《阿小悲秋》这样的,任是怎样张爱玲也绝不会忘记。以我之见,《郁金香》在张的全部作品中不高不低,恰在平平之列,而因发表在一不起眼的所在,去世前一直未经人提起,她的遗忘应是在有意无意之间。

事实上根据上面的种种外证考论《郁金香》必出自张爱玲之手,实属多余——《郁金香》本身就是最有说服力的证据。这里有太明显的张氏印记:风格、语言、细节、题材、人物、句式、节奏,还有这些后面张爱玲所特有的感性、感受方式。模仿张爱玲者或者可得其一其二,要诸般齐备,除非还有一个张爱玲。这里说的不是水准高下的问题,而是说"张腔"得那么地道、完整,可挑剔处也是张爱玲式的。而且喜爱张爱玲者,多好的是《传奇》前期的风格,至少是有《金锁记》《倾城之恋》乃至《第一炉香》等垫底,倘她出手就是《留情》《等》之类"嘴里淡出鸟来"的作品,是否招人待见,很难说。学张者,更多关注的,也是较早的作品,而《郁金香》显然是张爱玲由绚烂趋于平淡之后了。

《郁金香》之值得注意，首先在于该小说的写作时间，这是张爱玲近两年沉寂之后作为小说家真正的复出之作。张爱玲的第一身份当是小说家，她作为小说家的复出无疑最应关注。不论主动还是被动，张爱玲这段时间里移情于电影乃是事实，论影响，电影也当在其他作品之上。然而电影剧作家张爱玲不可能是百分之百的张爱玲，这还不是指电影须多方合作的性质，即以剧本而论，张也受到很大的限制，她不得不迁就拟想的电影观众的趣味，此外构成"张腔"极重要一面的语言在剧本中也没有多少施展空间，差不多仅限于对白，《传奇》那种极富暗示性的文体用于剧本不仅奢侈，而且反成其累。

从时间上看，刊于《大家》的《华丽缘》《多少恨》在《郁金香》之前。《华丽缘》发表时有副标题"一个行头考究的故事"，不知是否就是因被"故事"二字误导，编者将其标为"小说"。事实上当然是篇散文，90年代被人发掘出来，收入《惘然记》时，张自己也如是说。至于《多少恨》，不用说，确为小说，然却是根据电影《不了情》改写，先有电影后有小说，在张爱玲作品是特例，也仅此一例。张爱玲自认为"写得差"，所以检点旧作带出时将其"刷下"。因有电影在前，《多少恨》不免受牵拘，又因是电影的副产品，写时是否用心用力，多少也是个疑问。最关键的是，《不了情》是个从俗的言情故事，与《传奇》诸作旨趣各别，其病在根，其实是改无可改的。

《郁金香》则不同，我以为这是张爱玲自抗战胜利到赴港这几年间最"纯粹"的作品。所谓"纯粹"是指该小说的写作与这段时间其他作品相比，最是我行我素，虽因搁笔近两年，不免手生，难以达到《红玫瑰与白玫瑰》《阿小悲秋》等作的水准，与《传奇》中相对较弱的小说相比，亦自不差，关键还在于张爱玲的回到《传奇》

后期路线——平淡的故事与近乎无事的日常生活的悲剧性。该小说在小报上连载,实在是阴错阳差,在张氏刊于小报的小说中,这是最不相宜的一篇,若与《多少恨》调换一下,登在《大家》上,多少还要好些。

关于该小说的归类及意义,我与陈子善先生的意见稍有不同。陈子善先生在《〈郁金香〉发表始末初探》一文中道:"如果把这篇小说置于从《桂花蒸:阿小悲秋》到《小艾》的女仆形象小说系列中加以考察,其重要性应该无可置疑。"我以为若将张氏中短篇小说——从《沉香屑:第一炉香》到《同学少年都不贱》——看作一部广义的"传奇",则《郁金香》的意义当在于它在时间上补上了其中缺失的一环,《小艾》因为意识形态因素的干扰,不在"传奇"线索之上,要算也只能算是《传奇》的"外篇"。此外,以人物、题材来归类,也还可商。倘硬要归类,我更愿意把《郁金香》归入其他系列,比如《年轻的时候》《茉莉香片》乃至《红玫瑰与白玫瑰》之类的男性系列——虽然其实颇为不同。

虽然篇名似乎暗寓女角"金香"之名,这里"郁金香"却像《传奇》诸多篇什的命名一样,更多是情调、氛围的提示,与那女仆的关系,只在通与不通之间。《郁金香》首先应被看作宝初的故事,他是小说的"意识中心",故事大体上也在他的意识中展开:旧式家庭特有的那种让现在人绕得头昏的复杂关系(正房偏房,同父异母,新仆旧仆等等),其间的种种微妙,以及在这背景之上一段主仆之间的男女故事。宝初、宝余兄弟都对金香动了念,在宝余,是意在调戏,在宝初,是怜香惜玉而"未免有情"。什么也没发生,宝余既未得手(其实宝余并非老手,也未必真敢怎样),宝初也只是意意思思,止于似有若无的遐想。

　　这是又一型的"年轻的时候"，只是宝初不是单恋，金香是恋慕他的，格于身份，于不敢指望中暗存期待。这是张爱玲式的爱情，只有反讽，没有浪漫。最具戏剧性的时刻出在金香为他缝被子适被他撞见的一幕，二人居然有机会将久存心中的意意思思表白出来，张将二人间那一刻弥漫的一种奇异气氛营造得极饱满，同时又暗示个中人于恍惚中未必意识到的做戏意味。二人的确都入戏了，金香的拭泪，宝初期期艾艾的表白，极像戏台上的场景，而唯有点破其中不自觉的戏剧化，才是张爱玲。她在宝初的表白之后垫了一句道："其实宝初话一说出了口听着便也觉得不像会是真的，可是仍旧嘴硬。""不会是真的"还要"嘴硬"，一则已然入戏，"规定情境"中所谓箭在弦上，不得不发；二则并非有意欺骗，是真的有情，只是如同张笔下其他旧家里的软弱男性，没有实现的意志，话出口自己也吃惊。但是有这一缕绮思也是好的，这是他无数人生当中仅有的一抹桃色的云，可于遐想中存在的一种可能性，此外全是灰色。张爱玲笔下只允许有这样的"浪漫"（指《传奇》一路的小说而言，《多少恨》《十八春》之类，另当别论），灰姑娘的故事没有余地。后来宝初、金香当然是走散，各自在自己的轨道上结婚，度日，都是定了的，就像他自己娶的太太和后嫁宝余的阎小姐，"都是好像做了一辈子太太的人"。宝初偶或想起金香，是一缕绮思的重温，而张爱玲安排的尾声，宝初回上海听人说起金香，则是再来一点反讽，同时因为时过多年，此情可待成追忆，只是当时已惘然——恰可上演张派又一出"惘然记"。

　　摹写男女间说不清道不明的情愫，张爱玲最是拿手，状拟旧式生活中的人际关系,她亦是驾轻就熟。宝余、阮太太、老姨太、荣妈乃至阎小姐这些人物均着墨不多而活灵活现,其间嘀嘀咕咕,切切嚓嚓,细密地织出一种生活的质地。老姨太心态的刻画,对她与荣妈主仆心态的揣摸,则非张爱玲莫办。《郁金香》不过一万字之谱,却有藏闪,有伏笔照应,有暗示,机关多多,的是张氏含蓄蕴藉的风格。虽然已是趋于平淡,与前几年发表的遗作,70年代写作的《同学少年都不贱》相比,后者是枯瘦,《郁金香》则平淡之中仍见丰腴。

可惜我们对张爱玲的短暂复出也唯有感到惘然:《郁金香》之后,直到1950年《十八春》发表,张氏创作年表上一片空白。算起来将近五年的时间里,真正的小说,仅此一篇。经过1943至1945年的创作高峰之后,张爱玲确有被掏空之虞,她自己就曾有过表白。加上个人生活中的波折,政治环境的压力,要产生《金锁记》《倾城之恋》《红玫瑰与白玫瑰》那样飞扬的佳构,确非易事。但说老调子已经唱完,却也未必,至少形形色色的"传奇"故事她还可以讲下去,而且她已经以《郁金香》热身,复出了,起点也不低,找不出重新搁笔的理由。陈子善先生以为,张爱玲从文坛的再度消失与《太太万岁》上映后遭受的批评大有关系。果真如此,则我们不免又要想起柯灵先生在《遥寄张爱玲》中的话,张爱玲的走红,实在是"过了这个村,没那个店"。

张爱玲出版物中的"良币"

"张爱玲热"带动了张爱玲出版热,从1984年到现在,各种选本层出不穷。版权的混乱提供了方便,众多出版社抢着到她这儿来分一杯羹也是意料中事。尽管从选目到名目,书出得五花八门,论质量论规模,像模像样的也不是没有,我还是敢肯定,眼前的《张爱玲集》(北京十月文艺出版社出版)是可以从粉头堆里跳出来的一部。书评不比论文,用不着"关键词"之类,如果有必要,我倒可以用上两个——这是就我手边的这一册《郁金香》而论,一是"打捞",二是"版本"。

先说"打捞"。1995年张爱玲去世,"张腔"新作再也不可能出现,张迷只好于旧作的重温中找满足。当然,如果"旧作"中又添了"新",比如发现了散佚的作品,也还是喜出望外。对张氏旧作的发掘,在海外早已开始,当年批张的急先锋唐文标,因批判需要而研究,因研究而发现张氏未收入集子的《连环套》等作,阴错阳差成为张爱玲辑佚的先行者。20世纪80年代中期以降,海外的张爱玲热愈演愈烈,大陆则由冷趋热,发掘旧作的工作亦随之进入新阶段。迄于今日,不仅是小说,张向不以为意的电影剧本亦搜罗殆尽;不仅是"旧作","少作"(中学校刊上的习作)、画作也打捞一空。在大陆,张爱玲作为新文学作家是地道的出土人物，在不算长的时间内，打捞旧作能有此规模有此成绩，恐怕是绝无仅有，这也就见出"张爱玲热"的一端。

所谓"旧作"，其实当中还有新旧之分：早先发表未收入集子的，乃是百分百的旧作；早已写就而压在箱底不肯拿出发表的，就写作时间而论，是旧作（不是新鲜出炉，反倒是尘封已久），就读者这一面看去，却是十足的"新作"。比如《同学少年都不贱》一篇，前两年首次面世，写作则在70年代，发表时张已去世多年，应叫作"遗作"，而即在去世之前，张于小说也是多年少作，或尽可以说是不作了，所以也只能看作是向她旧作（或旧稿）的发掘。向张爱玲遗作的发掘，我们还可以有所期待，说不定何时皇冠又在什么时机理出一篇来；至于十足的旧作，发掘的工作我想已是近乎"山穷水尽"了。"旧作"的总量是一定的，打捞出一点，亮出一点，就少一点，而且此种资源危机没有任何形式的弥补。唯其如此，发掘出来的点点滴滴，都显得弥足珍贵。《张爱玲集·郁金香》并非尽是新近"出土"之作，却可以看作是"旧作"的集中展览，《连环套》《殷宝滟送花楼会》《小艾》等都曾是张氏"悔其少作"不肯收集的，"曝光"之后才半推半就编入皇冠版文集中，《同学少年都不贱》是从"故纸堆"里挑出，《郁金香》则是最新成果，"出土"尚不及一年。以量而论，电影剧本的发掘在张爱玲"出土文物"中应居大宗，不过我一直认为，张的第一身份是小说家，电影剧本乃是小说之余，或是稻粱谋的性质，所以《张爱玲集·郁金香》一册应该说是汇集了张氏作品辑佚中最重要的成果。

值得称道的是，这里收入的篇什虽均非首见，编校者的态度却不是收在一处便算了事。比如《小艾》,这小说早已被发现,1987年4月江苏文艺出版社就出过,而且就是从《亦报》辑录下来,编者拿掉了发表时的目次,令其"一气呵成",这里编校者则一仍发表时的旧观(全篇八十一节,每节字数大体相等,应该就是在《亦报》上连载了八十一天),其意义倒不是让小说眉目清楚,而在于我们即此可知道每日连载的情形,进而研究者还可由此去寻思连载这种形式对张爱玲创作以及读者的阅读有无影响。

话说至此,已然及于"版本"的问题了。前面"粉头堆里跳出来"云云,似乎有些不敬。所谓"粉头堆"当然不是指张氏作品,而是指坊间诸多不良版本。1984年至今,大陆出现的张爱玲版本不计其数,真正具有权威性的,此前还未出现。上海书店作为"中国现代文学史参考资料"影印出版的《传奇》《流言》,原汁原味,当然是好的,却不适于一般读者,且影印只可"推陈",不能"出新"。其他大多数本子,往往是拼凑而成,看不出编选的思路,装帧设计则媚俗得厉害,有相当长一段时间,各种版本的张爱玲的确也就混迹于通俗文学读物之中。指为"粉头堆",不能算是酷评。这与张爱玲在大陆的暧昧身份倒也相符:很长一个时期,她的定位恰好就是徘徊于经典与通俗之间。好的版本不是没有,比如浙江文艺出版社的《张爱玲散文全编》,惜乎限于散文,难窥全豹。安徽文艺出版社的四卷本《张爱玲文集》一度相当流行,现在看来,不论就规模,还是就质量而言,只能说是差强人意。至于哈尔滨出版社推出的《张爱玲典藏全集》,收入作品是大陆最全的,质量和品位却实在不敢恭维,虽说是有授权,也只能说是皇冠所托非人吧?

时至今日,张爱玲在中国现代文学史上的座次依然众说纷纭,然而说张爱玲的经典化已告完成，大概不会有异议。张爱玲著作的出版，也该是良币驱逐劣币的时候了。十月版《张爱玲集》显然就是冲着"权威"二字而来：不仅有"张学"专家主其事，有"编"，而且有"校"，思路亦有出新之处，其最著者即是所收作品多保持初发表时的原貌，令其具有了真正版本学的意义，与海峡那边的"权威"皇冠版《张爱玲全集》恰可互补。

"权威"还体现于这套书的装帧设计，这显然是定位于"经典"的设计，典雅、厚重自不待言，然这"经典"不是那"经典"，张爱玲向居于主流之外，与其他的大师相比，气味各别，厚重到近乎"道貌岸然"，也不对头。现在的设计于开本、图案、色调的选择搭配上均颇见匠心，达成了典重与温润之间的某种平衡，或者说，它于"经典"之中，另有一种张氏的"华丽"。

遗憾也不是没有，明摆着的是，张爱玲很重要的两部作品未见收入。"非不为也，是不能也"——这也是明摆着的。

翻译文体与现代汉语书面语

钱锺书先生在《读〈拉奥孔〉》一文中有一段话,谈的是中国古代美学的研究,大意是研究者的目光大都被经典的理论著作吸引过去,而事实上大多数这类著述是陈言加空言,对理论并无真正的贡献,倒是在诗词、笔记、小说、戏曲以至谣谚、训诂里,往往三言两语,不经意间道出了富有启发性的精彩见解。我想不独中国古代美学,这番道理也适用于其他的学问:真知灼见未必都在理论化的表述中。近年来翻译学已成为一门独立的学问,讨论翻译的意义,翻译家的地位,又或翻译史的专门化"定性"著作、文章越来越多。此类文章读过一些,也许是孤陋寡闻,也许是眼拙,印象大都不是很深。作为翻译学的门外汉,研究中国现代文学出身的人,我倒是觉得已故作家王小波谈论他文学师承的一些只言片语大可玩味。王小波在《我的师承》里声称,翻译家查良铮、王道乾"对我的帮助,比中国近代一切著作家对我帮助的总和还要大。现代文学的其他知识,可以很容易地学到。但假如没有像查先生和王先生这样的人,最好的中国文学语言就无处去学"。他又说过,"在文学以内讨论问题,我认为最好的文体都是翻译家创造出来的"。在另外的场合,他还对两位翻译家表示过最崇高的敬意,给人的印象是,在他的心目中,他们几乎与杜拉斯、卡尔维诺居于同样的位置。鉴于他一而再再而三地提起,鉴于他谈此话题时态度之恳挚,我想没有谁会怀疑他的陈述的真实性和严肃性,尽管他的文章中通常少不了游戏三昧,"黑色幽默",但这里肯定没有。

假如王小波之言只可视为个人化的陈述,其有效性只限于他自己,那就大可不必深究。然而滤去其中的个人经验(对王、查二位译笔的情有独钟),从中实可牵引出我们对译文的功用,对翻译家地位等一般性问题的思考。据我所知,白话文学运动以来的中国作家中,通过译本接受外国作家的影响是普遍的路径。这样的情形应该使从事翻译的人感到欣慰,而以我的推想,王小波的话对于翻译家和从事译介学研究的人肯定是很受用很悦耳的,因为即使在强调翻译家贡献的今天,翻译家也只被认为是文学及学术活动的二流角色,只配充当文学史的配角。但我初读王小波的文章,第一反应却是要当"反方",第一冲动就是要做"驳论":对于一直在现代文学史里打转的人,很难想象放着鲁迅、周作人、胡适、沈从文、钱锺书、张爱玲这样的人物,一个中国作家还只有从翻译家(即使是最优秀的)那里才能学到"最好的中国文学语言",难道上举作家的语言与王、查的译文相比都还不够漂亮、纯粹、地道?假如王小波纯然是道出个人的心得,外人当然无须置喙,每个人都可以有自己的判断,但他分明还断言"最好的文体都是翻译家创造出来的",这就有点语不惊人死不休的味道了。

事实上,直到现在我仍以为王小波之言作为一种普遍性的陈述是站不住的,如果不是出于自恋,恐怕翻译家们也不会心安理得地接受这样的说法。不过太容易做的驳论因为太常识化总不免令人疑惑，而聪明人犯常识性错误一般总有他的理由。在按捺下最初的冲动之后，我想还是不要"以辞害义"，寻思寻思其中可能存在的"合理内核"。

在我看来，王小波对翻译家的赞美中，最值得注意的是他"拈出"了"文体"二字：他不是一般地、笼统地肯定翻译的意义及译家的贡献，而是将我们的目光聚集到一点，即作为文体家的翻译家。很显然，王小波之推崇查良铮、王道乾，并非因为二人的翻译如何忠实、准确，"信"的问题非他所计，至少不是他取舍的第一标准。他所说的"最好的文体"甚至与"达""雅"也不是对等的概念，如果不是全然不相干的话。证以严复以周秦诸子译泰西鸿儒的翻译实践，我们可以知道，在"信、达、雅"标准的倡导者那里，"达"与"雅"关涉到的是"旧瓶装新酒"的问题，即如何将西学妥帖完满地转换为优雅的古文。这里的文体是旧有之物，既定的，现成的，就是周秦诸子之文。王小波所谓"文体"则非既成之物，乃是从译家翻译活动中产生出来，可以说是新的创造。以他之见，翻译中产生的这种文体还参与了"最好的中国文学语言"的塑造。不论我的理解是否完全符合王小波的原意，不论其是否百分之百地令人信服，我想他的表述都可以促使我们思考两个问题：其一，在某种意义上具有自足性的翻译文体；其二，翻译文体与现代汉语书面语的关系。

已经有一些研究者在使用"翻译文学"这一概念，《翻译文学概论》《翻译文学史》之类的论著近年也已不鲜见，作为一个独立的概念，它显然是意在强调翻译活动的独立性，不可替代性，承认译文也是一种作品。在此前提下，翻译文体这样的说法似乎也不难被接受。

事实上，翻译文体不仅涉及文学作品的翻译，还关涉到其他，比如理论、学术著作的翻译。译家各有各的手眼，翻译风格千差万别（王道乾与查良铮的文体就不一样），然而撇开雅俗、巧拙、高低不论，其间又实有共通性。要之翻译文体是直接从翻译活动中产生出来，其文体特征在很大程度上是原作及翻译过程赋予的，如果没有翻译，很可能就不会有这样的文体。作为不同民族、不同语种间进行思想文化交流的中介手段和转换形式，翻译是"把一种语言的产物（话语），在保持内容不变的情况下改变为另一种语言的言语产物"（巴尔胡达罗夫），而译家在面对翻译对象之时，完成语言转换之际，并无趁手之物——一种在自己的语言中与原文恰相对应的现成文体。他必须调动自己的各种语言储备，在原文的制约牵引之下不同程度地越出既成文体的边界，一种新的文体于是在不同语种的转换中"应运而生"。"中介""转换"等语让人联想到翻译的中间性、居间者的身份、过渡的作用，然而不论是"居间"还是"离间"（钱锺书语），翻译一旦结晶为译文，就成为某种具有自足性的存在物。从文体的角度说，它显然不能与原文等量齐观，同时与译者本人的写作语言也不是一回事。

翻译文体之受到翻译对象的牵引限制，即使是翻译学的门外汉，对外语知之甚少之人，从不同译本的阅读中亦不难察知。不同的语种有不同的特点，纵然译者并非有心要在翻译中表而出之，有意无意间他也会传递出某种信息，文学作品的翻译尤其如此。比如英国文学的翻译作品，我们往往从中能够领略到灵活、幽默、距离感；法国文学的译品，我们往往可以感到一种语言的明晰、精致；俄国文学的译品，则我们常可感受到某种泥沙俱下的混沌，以及浓重的感情色彩；日本文学的译品，又会让我们体味到纤巧、淡雅和有几分病态的美。中国社会科学出版社曾经出过一套"世界散文随笔精品文库"，因是以国别、语种或是地域分卷，对比起来阅读，尤可感到译文语言风格整体上的差异，而这种差异我想与翻译对象语种的不同是有很大关系的。

  至于翻译文体的自足性，我想考察这个问题最简便的办法就是将作者的译笔与他本人为文所操之语做比较，丈量二者之间的距离。好在文学史上身兼作家与译者的人物为数不少。以查良铮为例，他是译家，也是诗人（穆旦），读过他的诗作与翻译作品的人不难觉察，他的诗作与他译的诗在语言风格上是有差异的。如果说诗歌的情形比较特殊，那么散体文译作的情形也许更能说明问题。我们会发现，最具个性、形成鲜明个人风格的作家命笔译述之际，他的语体风格也会发生变异。周作人是公认的散文大家，甚至从他的译文中我们也可看到周氏文体的印记——不少译作与他本人的文字多有仿佛，即便如此，二者仍然有所不同。丰子恺译《猎人笔记》，与他本人的写作更全然像是两种笔墨，关键还不是一些在他著作中通常看不到的词语的出现，而在于王小波视为文体要素的节奏、句式、韵律都变得不一样了。我还可以举出的一个例子是巴金，巴金是大作家，同时，从与萧珊合译的《屠格涅夫中篇小说选》到《往事与随想》，译作也不少，其译笔与写作在文体方面的差异一望而知，而且在我看来，他的译笔比他本人的文字更优美、漂亮。导致译笔与个人写作风格差异的原因除了翻译对象的制约导因之外，也许还有其他因人而异的复杂因素，这不在本文探讨的范围之内，也为笔者力所不及，这里通过举例想说明的不过是这样一个事实：对外国作品的翻译确乎衍生出了独立的文体。

接下来的问题是,翻译文体与现代汉语书面语乃至"最好的中国文学语言"之间有何关系。现代汉语书面语是在白话文运动之后开始形成,在此之前,汉语书面语的标准形式是文言文。如果可以把现代汉语的形成形容为一个"无中生有"的过程,那么在此过程中,翻译家创造的翻译文体可说是扮演了非常吃重的角色。最乐于捍卫汉语纯洁性的人也会承认,现代汉语书面语形成的一个重要方面是欧化,而翻译文体恰恰构成了白话文欧化的至关重要的环节。

当胡适提出白话文学的主张时,西方文学发展的事实曾经给了他信心和鼓舞。他认为现今欧洲诸国之文学"在当时皆为俚语",而各国所以有现今的"活文学"与相当于中国文言文的拉丁文的废止有着必然的因果关系。在新思潮汹涌而来的情势下,这一论点显然比他关于"白话文学史"的"大胆假设"更有吸引力。但是西方近现代文学对中国白话文运动的影响还不止于对发起者个人动机的促成,它还参与了中国白话书面文学的形成。白话文运动在回答要不要以白话取代文言的同时,还须回答怎样做白话文的问题。对此,新文学倡导者有种种主张,如学习《红楼梦》《水浒》等白话小说的语言,兼采文言文中尚有活力的成分,从口语中汲取营养,等等。但是在二三十年代新文学创作中直接提供方便的,乃是对西方语言的借鉴。傅斯年在《怎样做白话文》一文中,把"直用西洋词法"视为"一宗高等凭藉物",主张"直用西洋文的款式,文法,词法,句法,章法,词枝(figure of speech)……一切修辞学上的方法,造成一种超于现在的国语,欧化的国语,因而成就一种欧化国语的文学"。胡适对傅斯年的主张大加赞赏,并认为欧化白话文的趋势在白话文学的初期实际上已经开始,又举周氏兄弟等人为例,声称白话文做得好的,正是那些在外国语言上训练有素的人。在此意义上,不妨说胡适将白话文高手同时也看作是欧化的榜样。但是,不论文体的高下,单就"欧化"这一点而言,翻译作品显然是更地道的,因为是被翻译对象"逼"出来,"直用"的色彩也就更为强烈,可以说,翻译家以其译作提供了"欧化的国语"更直接的样本。

当然,"直用西洋文的款式,文法,词法,句法,章法"形成的翻译文体未必就是胡适心目中的标准"国语"——现代汉语书面语,而随着翻译事业的走向成熟,特别是在一流译者的笔下,全盘的"直用"痕迹越来越淡,即就译界整体的情形而言,选择"硬译"的人也越来越少了,从某种意义上,翻译文体走向成熟的过程就是在尊重翻译对象的基础上趋于中国化。然而,既然现代的译者均抛弃了严几道、林琴南"中体西用"、移西就中式的译法,将传达原作原汁原味悬为鹄的,我们说"欧化"构成了翻译文体的底色大约是不过分的。这并不是基于推理得出的结论,实际的情形就是如此。时至今日,大约没有人会怀疑"欧化"在现代汉语书面语形成过程中所起的作用,而翻译文体实在是汉语欧化的一条重要途径——虽然杰出的翻译家在文体方面的示范作用不止"欧化"一端。

翻译文体如何作用于中国作者的写作是个难于回答的问题。人们乐于承认西学的译介对中国文学、学术思想产生的巨大影响,但这种影响多被固定在其他层面,由翻译形成的文体以及此种文体具有的意义显然被忽略了。就文学而言,中国现当代作家大都通过译本自觉地向他们心仪的外国作家学习种种技巧、表现手法,在主题意识等方面获得启迪,甚少有人像王小波那样,意识到对译本的阅读同时也是一个语言学习的过程。这也难怪,翻译家之受到尊重,只是因为他扮演的"居间"角色,没有几个人会同时将其视为文体家。(林琴南倒是被视为文体家的,林译小说在文体上当时也引来不少效仿者,一者他原本就是桐城派古文的高手,二者他译小说时所使用的文体尽管比"古文"松动而富弹性,但其语言成分都可在中国语言中找到"出处",与我们说的现代汉语书面语并无瓜葛。)说到语言上的师承,写作者更愿意归宗于前辈作家,这也顺理成章:如果说外国作家在其他方面值得效法的话,那么语言上我们还得靠自家;如果对前辈作家的学习是自觉的,那么通过翻译文学在语言上的获益往往是无意间得之。文学革命以后的中国作家,几乎人人心中都装着几尊外国文学偶像,这些大师的作品替代古代经典,成为揣摩的对象,大多数人不通外文,译本是其接触外国文学的唯一通道,而我们知道,"熟读唐诗三百首,不会作诗也会吟",翻译家的译笔冥冥中作为外国文学熏陶的一部分,也被潜移默化地承担下来。中国现当代作家普遍文体意识淡薄,其结果是,一方面他们很容易受到所尊崇的外国作家的译本语言风格上的诱导(包括好的方面和坏的方面),一方面又对此缺少自觉。唯其是不自觉的,很难在翻译家与作家之间发现影响的对应关系,很难指任翻译文体在作家写作中留下的痕迹。(事实上,若是没有王小波的自供,谁又会想到他的写作与王道乾、查良铮的翻译有关联?)不过这并不妨碍我们指出下面一点:由译作到写作者部分地潜移默化地受到翻译文体影响形成文字风格再到一般读者经由阅读(包括现代作者的作品和译作)形成关于现代汉语书面语体的概念,这的确构成了现代汉语书面语演进的另一条线索。翻译文体一经形成,其本身就已成为汉语书面语体的一部分，退一步说，它也是现代汉语书面语的重要参照物。

需说明的是，这里所谓"翻译文体"与王小波从中学到了"最好的中国文学语言"的一流译笔不是一回事，它是一个广义的、中性的描述，涵盖了优秀的翻译与拙劣的翻译。不同的译家有不同的文体风格，译笔之高下也常有霄壤之别，然而共通性也是存在的，"翻译文体"只能是就其一般性而言。显然，不仅好的译笔，糟糕的译笔也对国人的写作发生影响，高者得其高，下者得其下，正面与负面的影响同时存在，这倒更见出翻译文体对现代汉语书面语影响的广泛性，以及二者关系之密切。同时，"翻译文体"也不限于同文学翻译、同文学语言的关联。"欧化"对现代汉语书面语形成的最大好处也许是使之正规化、学术化，翻译文体对现代汉语书面语形成之贡献的一个重要的方面也正在于此。口语与书面语的一大区别在于一规范一不规范，以此古白话文不能直接转换为现代汉语书面语，《儒林外史》《红楼梦》的语言可以用来写小说，却不能写学术文章，不能作为标准的书面语。尽管现代汉语的书面化也许可以有多种途径，实情却是它借助了"欧化"来完成，而在某种意义上，翻译文体直接赋予书面语以"形式"。比较而言，文学作品在语言上是最不讲究正规，也不强调书面化的，报章文章（新闻体）、学术文章则要正规得多。要说翻译文体的影响在文学作品中还看不分明的话，那么看看现在的学术文章、学术著作，其所操之语、调子是否大都与翻译文体正相仿佛？

茅盾的翻译

作为五四新文学运动的先驱者，茅盾的文学生涯是从翻译开始的。

外国文学的大量译介始于近代，尤其是在19世纪、20世纪之交，小说的社会作用受到启蒙思想家的重视，译印西洋小说一时蔚成风气，译作数量之多超过了创作，而译者中也出了林琴南、伍光健那样的名家。然而由于国人的思想尚不脱"中学为体，西学为用"的公式的支配，译者对外国文学的认识支离破碎，外语水平有限，当时的译介还停留在相当幼稚的阶段：翻译的取舍带有很大的盲目性，译介过来的作品泥沙俱下，大多为消遣性读物。在众多的译作中，西方第一流作家的作品，十居其一就算不错了，此其一；其二，译者多采用以意为之的"译述"方法，移"西"就"中"，务使西方文学合于中国的"国情"，不仅以"史迁笔法""桐城义法"之类规范西方作家的文体，而且对原作随意增删，以致翻译在某种程度上成了撰述。译者本应充当读者了解西方文学的可靠向导，然而以近代译界引进工程的混乱无序状态，以及翻译中西方作品原貌尽失的情形而言，中国的读者显然被引到了错误的方向。正是有感于此，鲁迅与周作人1906年起发起了"新生"文学运动，开始有计划、有步骤、系统地译介外国文学，一方面，他们译、介并重，不是孤立地翻译某一家、某一部作品算数，而是希望引导读者了解把握西方的文学思潮、社会文化背景，以使读者对外国文学获得更完整的概念；同时，他们力主"直译"的方法，宁可译得不顺，冒犯中国读者的阅读习惯，也要一字一句地照译，以期"弗失文情"，保持原汁原味。周氏兄弟的翻译主张和实践在当时无疑是更先进的，然而因为整个文化氛围尚未发生决定性的变化，林琴南式的翻译尚左右着译界的风尚，而他们采用的生涩的古文又注定"行之不远"，故而"登高一呼"之后并无"应者云集"。直到新文化运动兴起之后，中国译界的局面才彻底改变。与旧文学一道，以林琴南为代表的近代翻译文学受到新文学倡导者的无情批判，与此相应，新的一代翻译家开始出现。这些人较之他们的前辈接受了更为系统的西方文化的教育，对西方社会文化、历史有更完整的理解，关键是，他们受到西方先进思想文化的洗礼，已具备了真正的现代眼光。以"西"就"中"的自大心理没有了，西方文学不再成为证明中国文学优越性的陪衬，相反，他们译介西方文学，广义上说，是要以文学为通道，输入西方新思想，振兴民族精神；狭义上说，是要为新文学提供借镜，从而使中国文学汇入世界文学的潮流。服务于这一目标，新一代翻译家不论在对象的选择还是在翻译的方法上均显示出不同于以往的时代特征。

  茅盾即是新一代译者中颇为引人瞩目的一位。

  自1921年主持改革后的《小说月报》起，茅盾开始在中国现代文坛中扮演特殊的角色：不同于埋头于个人写作的作家，作为一份权威文学杂志的主编，作为二三十年代一流的批评家，他更是一位对文学的动态、发展有全局观，且有意识地设计并推动新文学进程的人。而从一开始，茅盾就认定，对异域文学的翻译介绍，应是这一进程不可或缺的部分。《〈小说月报〉改革宣言》起首即曰：当此"谋更新而扩充"之际，"将于译述西洋名家小说而外，兼介绍世界文学潮流之趋向，讨论中国文学革进之方法"，由此明确地将译介外国文学与建设新文学联系起来。在他为《小说月报》重新设计的六个栏目中，"译丛"固然专载西洋名家著作，他如"特载""杂载"也都为外国文学留下很大地盘。茅盾的设想包括介绍"西洋文学变迁之过程""研究文学哲理介绍文学流派"，译西洋名家著作则"不限于一国，不限于一派，说部，剧本，诗，三者并包"，此外基于"必先有批评家，然后有真文学家"的信念，他又特别强调译介西方的批评。所有这些，显然是针对此前译界不加择别、杂乱无章的状况，要变译介的盲目混乱为清醒有序，以为刚刚起步的新文学建立可靠的参照系。所以这份改革宣言同时也可视为一份全面、系统地介绍外国文学的倡议或曰规划书。

茅盾并非坐而论道，他是自己主张的身体力行者。他写的《海外文坛消息》跟踪国外文学界最新动态，勉力使国内对世界性的文学潮流有同步的了解；另一方面又穷本溯源，对西方自古希腊、罗马迄于"世纪末"各时期、各个国家的文学的发展变迁详加研究介绍，仅20年代写下的有关的专书与论文集即不下十种，凡此均可见出他面对当下，又力图将西方文学完整而非"断章取义"地"拿来"的意图。他在这方面的主张一直未变，他的努力亦一直未曾中辍，30年代他之积极参与《译文》的工作，且在已成为文坛大作家之后仍勉力撰写《汉译西洋文学名著》《世界文学名著讲话》这样的书，即是明证。

与这些研究介绍文字相应，茅盾本人还动手翻译了大量国外文学作品。他以为"研究文学哲理介绍文学流派虽为刻不容缓之事，而移译西欧名著使读者得见某派面目之一斑，不起空中楼阁之感，尤为重要"，《小说月报》创作、翻译并重，曾招来创造社"以翻译代创作"的讥评，这远非事实，倒是从反面说明了茅盾对翻译非同一般的重视。他本人在这方面的实践则是几近两百万字的译文。

从 1916 年译述科普读物《衣、食、住》到 40 年代译介苏联文学作品，他的译述活动持续了三十余年，所译者包括小说、戏剧、诗歌、散文、批评，时间上从古希腊罗马到二战以后，地域上则从西欧到东欧到美洲到中东，其品类之繁，范围之广，皆足以惊人。文学之外，作为一个渴求新知、关注中国现代化的知识分子，作为一位早期共产主义者，茅盾还翻译过不少涉及哲学、政治、社会问题等方面的论文以及科普文章。他无疑是最勤于翻译的中国现代作家之一，仅以数量而论，我们也不难看出翻译在他全部文学活动中占有的重要地位。

不可不辨的是，茅盾并非作为纯粹的翻译家，而是以一位有号召力的批评家、作家，一位有全局观的文学建设者的身份从事译述活动的，这使他的译介具有特殊的意义。在翻译上茅盾似乎显得不够专注，他没有翻译过什么长篇名著，不像一些译者守定一位或几位名家，惨淡经营，孜孜穷年。他所选择的对象大多不是具有世界影响的大家，尽管他早在 1920 年 1 月即在《〈小说新潮栏〉宣言》中提出应先行翻译托尔斯泰、果戈理、易卜生、契诃夫、萧伯纳等二十位作家的四十三部名著，但他本人甚少动手。这一方面固然是与他身上特有的一种学者式的审慎不无关系（译名著显然需要精心的准备），另一方面更是由他为自己设定的角色所限定：他不欲成为一个专家，而要担当眼观六路、耳听八方，把握方向，规划布局的人。他所关注的是提供外国文学发展的全景，他的翻译因而常常是俯瞰扫描式的散点透视，即使他较为重视的作家，多者也只译得三五篇便歇手，端的是点到为止，涉及的作家数量则很多，其空间、时间上的分布又相当广。而他的翻译又往往带有查缺补漏的性质，所译者多为译界所忽略的作家作品，以补足西方文学的完整画面。在茅盾看来，只有面对这完整的图景，新文学作家对西方的借鉴才可不陷于盲目和褊狭。将他的翻译与他介绍、研究性的著述合而观之，便可见他对译介西方文学的完整设想。

当然茅盾之求全面系统，并非出于学院式的考虑，当他从事翻译之际，他的目光始终未曾离开新文学的进程。尽管求广泛求系统，他的翻译仍显示出强烈的选择性，而他的选择总是吻合着他对新文学发展的某种构想。比如他之偏重写实主义的作品，即是认定写实主义"真精神""真杰作"的输入对于中国文坛至为切要，虽说根据某种文学进化的图式，他认为写实已呈衰竭之象，而他对更新潮的"新理想派"（即具有表现主义、象征主义色彩的作品）亦曾表现出浓厚的兴趣。他之注重翻译弱小民族的文学，则是因为中国当下的境况与之有更多的相似，希图为中国作家提供更直接的借镜。有时候，他的翻译也是配合新文学界的某个动向，比如20年代初他一度热心翻译俄国东欧的民间歌谣，就显然是对周作人等人倡议搜集民间歌谣的回应。可以说茅盾20年代以后对自己的译述活动一直有着相当自觉的角色意识，同时对译述对象的取舍也非常理性化。服从于此种意识和理性化的设计，茅盾在翻译中甚少随心所欲，听凭个人的喜好。唯其如此,他的译述活动的意义不论就主观意图还是客观效果而论,都远不止于对他个人创作的影响。通过他的译述,我们可以看到新文学作家对西方文学的认识水准,可以比在别处更清晰地了解到中国现代作家引进西方文学的意图以及由这意图派生的对西方文学的有意识的取舍。与他介绍、研究性的著述一道,他的译文也是比较文学研究的上好材料。

这里提供给读者的并非茅盾译文的全部。既是一个选本,它自然也就包含着编者取舍的某种角度。80年代初,茅盾先生本人曾经编过一本译文选集,他并未明确交代他取舍的依据。不过既然他将序言的大部分笔墨用于讨论翻译问题("信、雅、达"标准,直译和意译,从原文翻译和转译,等等),我们可以推断,他至少在一定程度上是根据译文的是否成熟决定其取舍的,此外影响到他的编选的其他因素可能还有材料搜集的难易,译文是否"过时"(所译对象有无时效性,是否有新的译本出现)等等。所以所选多为30年代的译品(茅盾本人显然对这一时期的译文较为满意),大部出自1949年以前出过的三个单行本《雪人》《桃园》《回忆·书简·杂记》,且基本上"一直也没有别人翻译过"。此外他翻译的诗歌、文论、政论等(大多集中在20年代),则一概不收。

本书的编选角度有所不同。基于上面对茅盾译述活动的认识,我们以为茅盾的翻译在今天的意义,并非在于他提供了典范的翻译文本,而在于他取舍的眼光、范围和幅度,在于他基于新文学的特定语境对外国文学的把握,在于其中反映出来的那个时期的认识水准、翻译水准,在此意义上,即使有更好的译本,它们的史料价值仍是无可替代的。茅盾的自选本顾及普通读者,本书则主要供研究之用，史料性显得尤为重要。故而编者首先考虑的是尽可能地反映茅盾译述活动的各个方面及其特点，多选20年代的译文，收入译诗，特别是尽量收入他翻译的批评文学，皆出于这样的考虑。

同样出于注重其史料价值的考虑，收入本书的译文均保持初发表时的原貌，在这方面我们花费了很大的精力，下了很大的功夫，务使每一篇都有"来历"有"出处"。还需一提的是，茅盾为译文写的附记也一并收入。这些附记与他的其他专门的介绍、研究性文字一样，反映出茅盾同时具有的学者的严谨和批评家的敏锐，其中有关于作家作品的背景性介绍，有艺术风格的把握赏析，涉及创作方法的归属，更有结合"国情"而发的议论。对其评介的准确程度，正如对译文本身的可靠性，编者不能遽下判断，然而其中容或存在的误会、偏颇恰是其所以具有史料价值的一部分。从研究的角度看，这些附记弥足珍贵，其价值不亚于译文本身。根据附记的有无详略来判断茅盾对翻译对象的重视程度未免荒唐，不过一般情况下，那些有较详附记的篇什总表明了译者所下的功夫，而含有评论的那些则尤能让我们了解译者的评价和"拿来"的具体意图，因此编者对那些附有较多评述文字的译文不免有所偏爱，虽然这并非取舍的原则。

文学方面之外，本书也收入了茅盾思想政治、社会问题等其他方面的译文放在一处。茅盾早年曾对西方的各种思想学说表露出浓厚的兴趣，本书的编选力图反映出这一点。他对共产主义的尤为倾心是众所周知的，他曾翻译过列宁《国家与革命》的部分章节，译过《美国共产党宣言》《美国共产党党纲》，惜乎前者不完整，后者多涉及一些具体问题，"文件"的成分相对多些，我们的编选更偏思想学理的介绍输入,然考虑到反映茅盾翻译活动的多面性,这里还是同《共产主义是什么意思》等"义理"文章一并收入了。妇女问题、科学新知也是茅盾所关注的,这里也选入了一些。与文学方面的译文相比,茅盾其他的译文数量要少得多,这原也并非茅盾致力的所在,然而有此一编,我们或可对他向国人介绍异域文学,输入新思想、新知识的"播火者"形象,有一更全面的认识。

茅盾对外国文学的翻译介绍虽自1916年持续到40年代,然最集中最有成就的当在二三十年代,而以20年代更见突出:他将极大的精力投注于此,译介于评论之外成为他文学活动的又一中心。30年代他的大部分精力已转移到创作上,但仍未放松这方面的努力,只是在范围、有意识的选择及迫切性上,稍逊于前。40年代他的译述活动明显松懈下来,数量不多,且集中于苏联,较为单一,似已不具备他早先的特点。为突出重点起见,本书的选收集中于抗战以前。

如前所述,本书所选在二三十年代中又更偏于20年代,这应是茅盾文学活动中的"沈雁冰"时期,因为这个缘故,同时也为了避免与茅盾先生自编的《茅盾译文集》相犯,本书定名为《沈雁冰译文集》。

我们的编辑工作除确定选目外,包括以下几个方面:其一,为各篇译文做"题解",注明最初发表的时间、刊物,原作者的生平、著述,兼及译者译介之原委。因为译者很注意"查缺补漏",所译作家往往有不甚著名者,其相关资料各种文学史工具书中遍觅不得,政论的一些篇什及早期文言译作,其作者情形更是了无头绪(有些甚至国籍不明),凡此若译者有所介绍者,则于题解中略袭其意,没有的则只好注明"不详"字样。其二，对译文中明显的错误加以订正。为确保书中所选皆为初刊稿，故全部取自当时的报刊，其中错讹处甚众，尤以刊于报纸者为甚，手民误植、错漏比比皆是。编者于此取小心谨慎态度，凡有把握确定为手民误植或作者笔误者则予改正，凡无十分把握者则听之任之。其三，译者在翻译中时而直用原作中的外文，有时是专有名词，有时就是普通名词；另一种情形是译者所译人名地名与现今通行的译法相去甚远，而有些普通名词也用音译的方法，凡此均见出二三十年代翻译的风气，为便于读者理解，我们勉力加了一些注释。其四，译者在不少译文中原本就加了注，所注性质不一，有一些是"注"而兼"批"，又因当时译文注释无一定之规，加以求报刊排版的方便，这些注释体例不一，甚为混乱；有时是脚注，有时则加上括号在正文出现；在正文中出现者有时标有"注"的字样，有时则不加说明。为求统一起见，现将文中出现而标明"注"者一概移至文末，编上序号，未加提示者则一仍其旧。（至于这些注释何者为译者自撰，何者是译自原书，何者是借助原书复参以己意，编者无力区分，可以肯定的是三种情形都有。）

最后还需提及的是，在本书的编选过程中，我们得到了各方面的热情支持。茅盾之子韦韬先生慷慨地提供了他辛勤搜集的大量第一手资料；译林出版社的同志不仅参与了该书的前期筹备工作，并在筹划选题、制订体例以至"题解"内容的核定等细节问题上付出了很多心血。没有他们的帮助，本书不可能顺利地出版，在此谨向他们表示诚挚的谢意。

学者文章亦好看

记得读过夏志清先生一篇文章,内容已很是模糊,题目倒记得清清楚楚,叫作"正襟危坐读小说"。这并非"戏说",乃是"写实",因为照文中所述,夏先生读小说只挑上乘之作,此其一;其二是即使读小说,亦必端坐案前,打点起全副精神。第一点是个人趣味,所谓雅人深致,第二点,相信与多数人的读书经验颇有距离:小说属愉悦之书,如此这般,如承大事,岂不太累?再往下,就会有些于夏先生不利的推想了,夏先生是治中国小说的,既然板着面孔读小说,写出的书大约也是高深莫测,令人敬而远之?

其实不然。早就读过夏志清的《中国现代小说史》和《中国古典小说史论》,写论文、做学问,受益良多且不说,同时还觉得那是很愉快的阅读经历。夏先生正襟危坐地读,想必也是正襟危坐地写,然而写出来的书却可以甚至让你躺着读,而且读而忘倦。这里说躺着读并无不敬之意,其实读这两部书我也不乏正襟危坐之时,不过至少在我看来,学术性的书坐读而外也能让人卧读,那是一种境界。有的书通常只宜坐读,比如内容艰深的专业书;有的书通常只宜卧读,比如金庸、高阳的书,两类中均有好书,标准是读而忘倦。也有让你横竖不是、坐卧不宁者,比如大多数教科书,比如那些既无"学"也不见"术"却望之俨然、钱锺书所谓"不通得来头大"的"学术专著"。至于可坐读亦可卧读者,我总认定那必是好书无疑。根本无须坐读的书,大多缺少深度,拒绝让你躺着读的书,大多枯燥乏味。旧时人以"南人北相"或"北人南相"为贵,以此类推,学术书中我就偏爱那类内容精博却又明白畅达的著述。夏志清的书我就归入这一类。

夏书的学术价值,海内外早有定评,不说也罢。既然称其可以卧读,当然是指它们还兼具了可读性,可以面向普通读者。然则夏书的"可读性"从何而来?通常学术性的书而能取悦一般读者,总是作者的文字饶有趣味。夏先生用中文写的散文、评论我读过,纤细平易,娓娓道来,的确引人入胜。可《中国古典小说史论》这样的书,牢守西方学术著述的规范体例,笔墨要严谨得多,而且这书原是用英文写成,纵是文采斐然,经了翻译,恐亦不能曲尽其妙。所以夏书的可读性,对中国读者而言,大体不在文字风格上。

然则夏志清的书何以好读?夏好像对学生一辈的刘绍铭说过这样的话:"我幸福,你幸福,王德威就辛苦了。"王德威是较刘绍铭更年轻一辈正值学术盛年的学者,哥伦比亚大学的中国文学教授。眼下美国学界理论当道,结构、后结构、现代、后现代、女性主义、新历史,不一而足,学者趋之若鹜,若不端出理论的架势,几乎就没了学术游戏的入场券。夏氏显然是在对王德威身处其中之苦表示怜悯之意,而他当年那个凭借对作品充分理解和一己领悟即可在学界立定脚跟的时代是再不复返了。一番感慨别有背景,不过不经意间,倒也就其书可读性何来,透出一点消息。一般读者视为畏途的学术书，恰恰就是搬弄时髦理论、堆砌概念术语的那一类。这类书往往有它的一套"话语"，未经专门训练的人，读来云里雾里，简直不知所云。若是文学批评，则被评的作品几乎注定要成为某种理论的注脚，论者最关心的不是品评作品本身，而是给理论找个练摊的场子。说起来夏先生的书也是有背景的，他服膺的是英美的新批评，不过严格说来，新批评不是一种理论，而是一种批评实践，其要义是文本的细读和文学性的坚持。新批评纵有千般不是，这两点却会让一般读者感到亲切，因为文本细读不消假借，可以直通具体的审美经验。不同论者的细读不一样，不过至少有一类细读，与古人所谓"沉潜含玩"不无暗合之处，这也就与赏鉴式的批评相通。在各式各样的批评中，赏鉴式的批评也许是最"平易近人"的，因为诉诸具体的审美经验，最能唤起读者的共鸣。夏志清的书并不以赏鉴为特色，并且绝无旧式赏鉴批评的破碎感，不过这里既是在说可读性，那就得说，他的书里有鉴赏式批评的成分，当是能吸引普通读者的一因。当然，细读、赏鉴并不就是吸引力的保证，细读而读不出名堂，赏鉴而升华不出见解，一样的让人昏昏欲睡。事实上，玩理论的著述所以令人生厌，不在偏重理论，而在实无见解。即使从"可读"这项指标看，一部好书也必是一部"有所见"的书。夏书的妙处恰在由细读文本根基上生发出的大胆见解，以及那些见解带给读者的刺激性。都是何样的见解？这里且卖个关子，请君自向书里寻。

杂家与"杂文"

我读到黄裳先生的文字是在20世纪70年代末、80年代初,起先大约是在《读书》上,后来就先后买到《金陵五记》《榆下说书》和《珠还记幸》。黄裳先生的书,当时能见到的,就是这几种。每见必买,不是因为他的名气(当时并不知道他是名家,而以一介穷学生,买买重印的名著,也就不胜负荷了),也不是因为有用(他的杂学,即使对学中文的人,也没什么直接的"用处"),就是喜欢。为什么会喜欢却说不清楚。要是合于头脑中已然被灌输的某种关于"好"的标准也就罢了,但是并不,是故产生的倒是异样的感觉。

直到很久以后,对这"异样的感觉"以及"异样"的由来,才稍稍能够分解。循"内容""形式"二分的老套,或者可以析为两个方面,一是所写多半是在谈论书,谈书时又不免"抄书",而所谈所抄之书远出于我那辈人可怜的阅读范围之外;二是不拘谈书、记人、论书,一概出之以平和的语气,清淡的文字。二者合在一处,自有一种令人陶然的书卷气。既然所谈所抄之书去我那辈人所熟悉的"主旋律"相去不可以道里计,那些掌故与版本的知识本身也非我的兴趣所在,我就只能假定,自己的被吸引,多半还是因为内容与文字制造出的一种气氛，或者说，因于其中不绝如缕的书香气息。此种气息，对于年纪大一些的人，也许是旧梦的重温，对于我这样出生于60年代的人，则是全新的经验。

我之感到"异样"，毫不足怪：从小学到中学，读的都是别样的东西（雅不欲称其为"文章"），80年代初我读大学时，已然是"拨乱反正"了（否则黄裳先生的文章恐怕也只能存在抽屉里），但以散文说吧，也还只"返"到杨朔那里，至少我们的当代文学课上，《荔枝蜜》《泰山极顶》之类，仍被标举为典范之作，我有一同学毕业论文题为"杨朔散文的终结"，即令指导教师大光其火，而同学间对这样的"偏锋文章"也多不以为然。

事实上，"文革"史无前例或者再往前推到"拨乱反正"最初回到的所谓"十七年"，不唯中国古典文学的传统，甚至新文学的传统也中断了。黄裳先生最推崇的二周文章，周作人的"闲情"不入时调固不待言，鲁迅的"匕首""投枪"也由伟大领袖一言而定，过时了。"新社会""新时代"相伴的是一空依傍的新文章。其标志是高分贝的"文革腔"——其实也并非始于"文革"。我从小熟悉的文体，一种是"放声歌唱"一类的"颂圣"体，一种是杀气腾腾的讨伐文字。"文革"结束，"文革腔"并不随之即去，批"文革"时常用的还是颇多暴力色彩的语言。此无他，一两代人都是这样的"语"境熏陶出来的，"入鲍鱼之肆久而不闻其臭"，舍此便不知道别样的文章。也许当时并无明确的意识，但"异样"之余我隐隐得到的信息是，原来话可以不必提高声调，这样平和从容地说；文章可以无须拿腔作调，这样不疾不徐地写。

时至今日，黄裳先生的文章依然是我所喜爱的，但在那样的背景下读,又多了一重意义:它们填补了传统与我之间的巨大裂隙,让我具体而微地感受到某种悠远的、暌隔已久的气息。我相信这也是一种润物无声式的"拨乱反正":提示何为正常,何为变态。当然,触摸传统未必要通过黄裳,尽可去读古人的书、新文学作家的书,恐怕还更来得正宗,但是这与读一位正在写作的作家的书,感觉是两样的,后者更让人感到传统还是一种活的存在,传统在此呈现为某种可感的"现在"。对我而言,不妨说,黄裳与金克木、汪曾祺等老先生一道,构成了散文领地中"拨乱反正"的一部分。

二

黄裳先生的书读多了,渐渐也就识得他的多重身份:记者、剧评家、学者、藏书家、版本目录学家、散文家、书评家、杂文家等等。这些身份有些是确凿无疑的,比如记者,他长期在报社供职,不消说的;比如藏书家,有造反派抄去的成卡车的善本书为证。有些则是他自己谦辞不受的,比如版本目录学家、学者、剧评家等等。虽然名目各异,他所拒者实质上是一个,即他不承认自己是专家:做过《鸳蝴曲笺证》这样的考证文章,《远山堂明曲品剧品校录》,但他不承认自己是学者;剧评类的书出过好几种,但他坚称自己是外行,并且为证明这并非谦辞,自曝连摇板、倒板之类也弄不分明;喜做题跋,写有《清代版刻一隅》,然而一口咬定,与版本学家无涉……

当然可以看作是谦逊的姿态,不过他之对专家之号的敬谢不敏,未始不是某种自觉的选择和坚持。"杂家和专家之间并不隔着一条不可逾越的鸿沟。杂家不仅可能化为专家,有时还会有所创新和发展，在学术领域中开辟出一种新的流派，在文字上创立一种新的风格，这是更为困难，更不易达到的境界。"——黄裳如是说，这很可以看出他在杂家与专家之间的取舍，他未曾以这样境界的杂家自许，但他肯定以此自期。根底里这当然是源于性情，此外与周氏兄弟的影响恐怕也有相当的关系，鲁迅、周作人都是以杂家给自己定位的，鲁迅有言："专门家多悖。"一入于专门，难免要顶真，渗入较多技术性的成分，而黄裳先生对技术化的学问显然是排斥的，他宁愿保持一种业余的姿态或业余的状态，这允许他悠然游走于各种学问之间，从容进退。他的学识之富毋庸烦言，他与各种专门学问之间的关系却是不即不离，若即若离。如果"杂家""读书人""爱书人"也可以是一种名目，黄裳先生想必愿意笑纳。

但"杂家""读书人""爱书人"更多提示的是一种形象，作为身份的描述则模糊不清，显然不合于现而今的分类标准，所以我们还得回过头来，面对上面列出的种种定位。不管是黄裳先生坦然受之还是拒而不纳，将各种身份分出主次，排列出先后顺序，辨辨各种身份之间是怎样的关系，终不失为一件有趣的事。以我之见，黄裳先生首先是位散文家，以学问为根底，常由读书发为文章的散文家。其他种种，后面都有一位散文家在（当然，散文家后面，还有"读书人""爱书人"在）。写通讯报道，比寻常记者有学问，更重文章之美；做题跋，不喜考订之类技术作业，重在情趣；写剧评，不理会种种门道，偏好借题发挥的议论；写游记，必发思古之幽情，牵出诸多文史掌故；考史衡文，一概出之以随笔之体。总之，不论哪一文体，出诸笔下，总是思理、事实之外，还有文人的感性，此外还有一份对文字的讲究。

但黄裳先生宁可将自家的文章称作"杂文"。——此杂文非彼杂文,《珠还记幸》后记中说:"回顾几年来所写的文字,大致不出以下三类:读书笔记、记游文和随感。要简便,是统统可以归入杂文一类的。这里我用的是杂文的古义,指的是传统文集中挨不进论、议、考、说、碑传、庆吊文……中去的一切东西。如果读者宽容,把其中某些篇看作散文,当然也没有什么不可以。"如其所言,其实他心目中"杂文"范围尚不止那三项,现成的例子是,几本论剧的小册子合为一编重新出版,他就干脆将其中的文字归为"杂文"(见《黄裳论剧杂文》),按此意,他所谓"杂文"之杂,是杂七杂八之杂(无可归类谓之杂),这里当然有自谦之意,实则与这"杂"对应的是文体的多样,文字的不拘一格。"杂"当然是退之一流"气盛言宜"、端架子正经文章的反面,正是随意而谈、率性而谈的一路,今日我们所说的"随笔",或者约略近之。

随笔不就是散文的一部吗?但黄裳先生对"散文"的态度似乎是敬而远之,雅不欲厕身于散文家之列。其中原委,可向下面的一段话中去参详:"我一直有一种感觉,按照今天的通常概念,散文的范围已经狭到了难以想象的程度,仿佛只有一种讲究词藻、近于散文诗似的抒情写景之作,才可称为散文。其实按照过去的传统,无论中外,散文的种类和风格都非常繁复,并不如此单一。"此意他在不同的文章中多次说过,足见他不感冒的不是散文,乃是对散文的狭隘、僵硬的理解。"讲究词藻、近于散文诗"的"抒情写景之作"亦无不可,他一度折服的何其芳便属这一派,然将其视作散文的全部,以为唯此才是散文的正宗,却是荒唐之极。

我不知道黄裳先生心目中"抒情写景之作"的典型是不是刘白

羽、杨朔一流将散文引入死胡同的新馆阁体,如其是,以他的学养、趣味,羞于与之为伍,正是无怪其然。而对散文的褊狭理解,视写景抒情之作为正宗的倾向虽然于今为烈,却是其来有自。追溯起来,新文学初期的"美文"应是其滥觞。周作人是美文的首倡者,他之所谓美文,就是散文,倡导美文,意在鼓励新文学作家用白话做出漂亮文章。不料事情的发展有出于意料者之外:"美文"一味地朝堆砌辞藻、抒情写景的方向走,真个唯"美"是务了。周作人悔不当初,未及两年,便又著文对非他所愿的美文倾向痛下针砭,直斥其贫弱无力,矫情造作,而议论、叙事等功能,悉被摒于散文的门墙之外。这显然不合于他的散文观,他与鲁迅一样,显然对散文有更广大的理解,证据是他选编的《中国新文学大系·散文二集》:只要是散体文字,不拘何种文体,只要文章作得好,有审美的价值,他便目为散文。

可惜后来人们关于散文的概念是凭借朱自清、谢冰心、《荷塘月色》一类的文章建立起来的,而周氏兄弟尽管是新文学家中真正的大家,他们的散文观念却令人遗憾地未能产生决定性的影响(至少是在相当长的时间里)。周作人诚然被打入冷宫,鲁迅虽然被尊为第一人,他在散文写作上的丰富性却凝定在被赋予了特定解释的"杂文"之上,而杂文也成为于散文之外另立门户的部类。

我相信,黄裳先生心目中"传统意义"上的散文,应该与周氏兄弟的理解大致不差。如果像周氏兄弟那样定义散文,他大约乐于接受散文家的定位。而如若我们回到关于散文广义的理解,不仅他的游记、读书笔记、随感,他的题跋乃至他的通讯报道,无不可作为散文来对待。

时势推移,现今大陆的散文写作已不是当年的旧观,散文热热了几年之后，终能于所谓"大散文""小女人散文"的迷雾散去之后，看到这一园地里的百花齐放，虽然按照某种分类学的概念，"散文""杂文""随笔""小品"呈分而治之的局面，要之分途的发展叠加起来，已让我们看到散文正在重新回到它更为宽广的定义上来。这里面就有黄裳等老先生的劳绩，是他们提示了散文的"正途"，同时也提示了散文宽广的疆域。

三

前文说到黄裳先生让 80 年代的读者通过他的文章嗅到了暌隔已久的气息，这是说的"启下"，有这样的功效，当然因于他的"承上"，他置身在一个传统之中。这就需要稍稍辨析他的"行文出处"。像黄裳先生这样喜杂览的人当然不会独沽一位，他受到的传统的滋养也是全方位的。但是周氏兄弟的影响却不能不提，对黄裳而言，他们几乎就代表着新文学传统，而他们又恰恰是浸透着中国文典文化液汁的人，很多同时代的作家都经由他们来触摸和面对古典。套一句孟子的话，在三四十年代的很多读书人心目中，天下文章，不归于鲁，则归于周。黄裳就是在那样的语境里开始其写作的，尽管散文被公认为新文学各领域中成就最高的，亦且不乏名家，周氏兄弟则是秀出群伦的大家，黄裳肯定是这么看的。

但黄裳先生于二人之间的取舍颇为微妙。50 年代钱锺书给黄裳的一封信中赞其"深得苦茶庵法脉，而无其骨董葛藤酸馅诸病，可谓智过其师矣"。黄裳对此评语的反应是，这是他的一种看法。这里面当然有对"智过其师"的谦辞不受，同时也有对"知堂法脉"的有所保留。他在公开场合一再表达的是对鲁迅的崇仰，对周作人则甚少在师承关系的意义上道得一字。这不仅是因为1949年以后对周作人的以人废言令其不仅是人而且文也成为一种忌讳，将其挂在嘴边无异于触霉头，而且更因黄裳对周作人的为人确实不屑，这是他在《老虎桥边访知堂》等文中明确表示过的，而内心的纠结还有甚于此——按照中国传统的标准，道德文章是一体两面，不可分的，对于喜爱知堂的人而言，他抗战时期的附敌无异于一道无法愈合的精神创伤，这不能不影响到黄裳对周作人的态度，即使深喜他的文章。还可一说的是，越到后来，黄裳越接近左翼的立场，力求追上时代的脉搏，对消极避世持批判态度，对周作人的消极也就不能接受，而鲁迅的风骨则更有一种人格的感召力，进取的精神更与时代合拍，而就文章来说，鲁迅本是大家，与周作人又还不无相通之处。

但是任何熟悉知堂风格的人读黄裳文章，第一印象恐怕都是"知堂法脉"的存在。新近出版的《来燕榭集外文钞》收入黄裳先生早年发表在《古今》等杂志上的文章，从中更可清晰看到他学周的进路，从取材到语调、遣词造句，都分明见出模仿知堂的痕迹。当然在黄裳先生，那是"少作"，后来他的文章日益从模仿中脱化出来，而文章也更富变化，不拘于一体。以风格论，温文尔雅，金刚怒目，尽皆有之；以体式论，是愈见杂家之杂。不过周作人的影响还是隐现其间。说黄裳各体文章中尤以由学问发为文章的书话写作更出一头，也许不会有太多的疑义，而恰在书话中，不拘清淡的文字，平易的语调，舒缓的行文节奏，以及"抄书"，在在见出知堂家法的取用。

当然，影响的深浅是无法用百分比计算的，在此大可不必就鲁迅和周作人的影响做统计学式的演算，二人的存在并非非此即彼，而二人融入黄裳文章的方式也不一样。大体上我们可以说，以立身之道、政治立场，对现实的态度而言，他显然是从鲁；以个人趣味、文章风格而言，却是近周。

  提到立身之道，也许还应提到巴金，我在黄裳先生《十年旧梦》一文中分明听到巴老"讲真话"的回声（而巴金的深刻反省，与鲁迅严于解剖自己的精神正是相通的）："我时常想起自己在十年动乱中的经历，溯思想变化的过程，总是感到了痛苦的耻辱。……甚至还想，十年的'文化大革命'，也应该有自己的一份责任。这话听起来似乎狂妄而可笑，但事实总是事实。……这时候的心情应该说是一种奴才的心情，'平静'也不过是麻木和僵死的别名。……阿Q气与人的尊严是不能相容的。"显然，巴金影响到黄裳的不是文章，说到文章就又要回到周氏兄弟。"这话听起来似乎狂妄而可笑，但事实总是事实"，似乎出诸周作人的文章，"奴才"是鲁迅的术语，"'平静'也不过是麻木和僵死的别名"也颇似迅翁笔意。不可不辨的是，这里的坦诚是矜持的知堂绝不会有的。

回归常识说《红楼梦》

一般人的心理，遇喜欢的人、喜欢的书，不免也就想跟人议论，没本事议论，就想听旁人说道。我喜欢上《红楼梦》大概是在十六岁，看得似懂非懂，当然就更想听旁人的高论。可惜那时尚在"文革"末期，能看到的"红学"著作没几本，颠来倒去看的两本书是《红楼梦》诗词的注释，一本是哈尔滨师院出的，一本则是南京师院出的。都是"编写组"编写，都是非正式出版物。这些书便构成我的《红楼梦》启蒙书，至少诗词大意，还有金陵十二钗的判词之类，就是从这里才有些明白的。

只是读了不免又觉意下未足，我只对其中解释、串讲的部分感兴趣，"封建社会的挽歌"之类，就觉陈义太高；许多我觉得疑惑处这些书不给我解，反以上纲上线的方式在不疑处为我制造出疑惑；我感兴趣的不谈，我毫无所感的却又在大谈特谈。就我而言，这样的遗憾是到80年代初消释的，这时上海古籍出版社出版了舒芜先生的《说梦录》。说其中的品评分析"正中下怀"有点抬举自己，欣喜、产生共鸣却是真的。这以后读过好些红学或准红学的书和文章，从胡适、俞平伯到夏志清、余英时；从脂砚斋、王伯沆等人的评点，到王昆仑、王朝闻、邓云乡、林语堂、张爱玲,还有近年来一些作家的高论。有谈考据的,也有论主题的;有谈思想的,也有论艺术的,还有考释名物的;有"就事论事"的,也有借题发挥的;有严谨的论文,也有随谈。从中得到的满足,各各不一(当然也有不能卒读的),其中有些,我觉得比《说梦录》更深刻缜密,比如余英时的文章;有的更轻松有趣,比如邓云乡的《红楼识小》,但我始终将《说梦录》列在最喜读的红学书之列。起初以为这与个人的阅读经历有关,因为当时好书少而又少,而年轻时喜欢的书因为记忆深刻又联着青春时代的回忆,不免有所偏爱。最近人民文学出版社重出该书,更名为《红楼说梦》,又拿起翻看,并无时过境迁之感,我想我因此有理由说,这是一部极好的《红楼梦》启蒙书。

启蒙是以先觉觉后觉,见识应较普通读者高出一筹,说《红楼说梦》是极好的启蒙书,是从个人阅读的效果去看,作者倒并未以启蒙者自命(虽说虚拟的"青年读者"的屡屡出现不经意间还是透露了作者时或给自己规定的任务),反将自己归入"普通读者"的范畴。自序中拈出的"普通读者"四字,可以解释为一种谦抑的姿态,同时却又是相当自信的选择或拒绝。这里的自信基于这样的信念或是判断:普通读者是文学的归宿,也是裁断作品高下的终极权威。这让我想起英国约翰逊博士的一段话:"我很高兴能与普通读者产生共鸣,因为在所有那些高雅微妙、学究教条之后,一切诗人的荣耀最终要由未受文学偏见腐蚀的常识来决定。"我以为,舒芜先生据以解说《红楼梦》的,正是常识。

如自序中所言,"红学"专家的著作,已经出了很多,今后还会再出,而且应该多起来。但此书的特点,却是作者有意识地回到常识——文学的常识，生活的常识。文学的常识，是说不借助复杂的文学理论，不依傍专门的知识背景，谈论的问题皆从《红楼梦》的直接阅读中来，而非从"红学"的学术史梳理中来。生活的常识，是说关于主题、人物的种种议论有好些是从知人论世中来，别无抽象的原则。《红楼梦》本是"人情小说"，舒芜先生的解说，也就不离常理常情，或者说，皆自人情物理中寻注脚。其实"红学"的问题与普通读者的问题本为一事，只是或因专家之学有其自身逻辑，已然自成系统，或因某些专家钻入"偏题""怪题"，久假不归，已忘其本，总之与普通读者的阅读经验相去甚远，无法衔接。舒芜先生的回归常识却使他与读者间有了一个共同的平台，读此书的一大快乐即在于，它并不漠视、取消甚至剥夺你的阅读经验，相反，倒给读者诸多相互参证的机会。

与任何类型的书一样，谈论《红楼梦》，也有"说什么"和"怎么说"的问题。关于"怎么说"，作者自己给书的定位是"读后杂谈"，"本编"中的篇什固是文史随笔的路数，"前编"诸篇，近于概论性质，也取了更易于走近读者的对话体，娓娓而谈，平易近人。至于"说什么"，似乎是不消说的，当然是说《红楼梦》。但"红学"（取广义）到今天已是千门万户，撇开版本、作者生平事实的考订（所谓"曹学"）这些相当专业的内容不论，也还有些话题是普通读者也乐与闻的，比如《红楼梦》中涉及的风俗名物（如邓云乡），比如《红楼梦》与中国旧家庭（如萨孟武），乃至《红楼梦》中的饮食，等等。《红楼梦》原是百宝箱，抽取一点，宇宙之大，苍蝇之微，只要谈得好，便有趣也有益。只是若从统计学上说，读者中的大多数最关情的，恐怕还是《红楼梦》的"本体"而非外围知识。所谓"本体"，指的是书中的情节故事、人物性格、人物命运、细节描写，以及小说的主旨。《红楼说梦》谈论的，正是这些。一部适宜的《红楼梦》启蒙书，当然应该是直奔小说本身而去，奇文共赏，疑义相析，都应是从这里生发。像宝黛吵架的缘由、钗黛诗才学识的高下、宝玉晴雯之间究为何种关系、宝玉为何不喜读书等等，相信都是读者心有所感又很想澄清的。作者按迹索踪，一一细加分解，而且解得入情入理，解得令人信服，在我看来，这就是启蒙书的功用。

我用启蒙书字样，丝毫没有说这书浅显的意思。《红楼说梦》固然不乏赏析色彩，却不是赏析文章的简单汇集，即使"本编"中"就事论事"的短文，也时时显出作者对《红楼梦》的整体把握。"前编""余编"则更不用说，碰触到的其实都是"红学"中的大关目，只是作者坚持普通读者的立场，据以谈论者，还是常识。比如"谁解其中味"，是说《红楼梦》的主题了，作者并不"高屋建瓴"地别求"深解"，只贴着小说本身的理路去索求。从文本中找证据，这本是文学阅读的常识，而这常识正照出了"反映阶级斗争""四大家族衰亡""封建社会崩溃"之类不寻常高论的破绽。又如"冲破瞒和骗的罗网"一篇，关涉后四十回的真伪劣与评断，相较而言，是更专门的"红学"题目，专家自有一套烦琐的技术性考证，作者却还是从常识的角度去谈，从文学创作规律的常理常情去推。

常识之为用大矣，有的时候，作者用常识来拒斥、颠覆种种"过度阐释"，将人为复杂化了的问题还原为简单；有的时候，作者则又以常识来纠正由僵硬理论、简单化思维导出的对人物、故事的简单化理解，还其原有的丰富性。作者谈黛玉对袭人准媵妾地位的默认，谈"反派"人物贾雨村的识见，谈贾政的文学修养，意在破除脸谱化，引导读者对人物多侧面地了解，所恃者乃是关于封建社会的常识，是对旧式生活人情物理的洞晓。知人以论世，论世以知人，我想，这就是的。

有一点不可不辨，一代人有一代人的常识，不同时代的常识各有不同的背景。舒芜先生的常识显然是以现代意识为背景的，更确切地说，是建基于五四启蒙立场之上的常识。不论文学上的现实主义标准，还是从"哀妇人而为之代言"角度对《红楼梦》意义的发现，均分明见出五四的烙印。读过一些旧时的评点，某种意义上也可以说是立足于常识的，但与《红楼说梦》中显现的常识却是大异其趣。别的不说，就对"千红一哭，万艳同悲"八字的理解而论，旧式的评点家即或对书中悲情女子赞颂而加怜惜，也不会上升到对整个女性命运处境的哀矜的高度来认识。舒芜先生了然旧的常识，所坚持者却是五四的常识。不妨说，以启蒙的常识烛照旧的常识，在书中乃是一以贯之的。这一点，加上些许的论辩色彩（书中对索隐派王国维的"悲剧说"、胡适的考证以降的各种说法不同程度上均有诘问，但1954年《红楼梦》大讨论以来的种种高论还是构成了隐含的主要对话语境），使该书于沉潜含玩之外，更多了某种严肃性。

当然，有的时候，我也疑惑舒芜先生是否忒严肃了点。记得多年前读《琏、凤的闺房》一篇，里面说闺房中的第一个特点即是淫乱，举偷娶尤二姐，私通鲍二家的和多姑娘的例子之外，又说道："便是平常夫妻之间，如第八回所写，以及第二十三回贾琏笑问凤姐的一句话，就完全是'《金瓶梅》式'的。这种淫乱，当然谈不上和谐美满。"这里"真事"隐去，语焉未详，出于对"《金瓶梅》式"的好奇，当时取出《红楼梦》翻到相关处复案。贾琏、凤姐的淫乱，并无疑义，夫妻间的调笑戏语也归为"淫乱"，就觉不免判得严峻了些。说这些并无"解构"之意，事实上我对隐现于全书中的那份严肃有敬意。其实作者不过是顺便一提，文章的重心也不在这里，我只是想起过去读《说梦录》时的情景，闲话一句罢了。

碧空楼的情思

凤凰出版社去年岁末推出一套"开卷文丛",十册小书,质量有参差,文笔亦有高下,但大都可读,其中舒芜先生的《碧空楼书简》是我印象尤深的一种。

其实未读之先,便知此书我必有兴趣:其一,这是舒芜的文章,其二,这是一部书信集。一直喜欢舒芜先生的文章,从《说梦录》到《回归五四》,读过不少。读《说梦录》尚在80年代初,读完后向同学推荐,听同学提醒,方才将作者的名字与胡风集团案中的那位关键人物对上号。同学的口气中,颇有几分对"贰臣"的不屑;多少也因知道了"底细"的缘故,以后再读舒芜,便别有一样复杂的滋味。但还是喜欢,特别是读了那册薄薄的《周作人概论》之后。我觉得才情、学养、见识在舒芜那里是打成一片的,这里面又有一种与那段不寻常的经历不无关系的沉潜的调子缭绕其间。与《论主观》的"纯"理论相比,他80年代以来的著述更是混合了诸多人生感悟的"知人论世"。我毫无根据地推断,他的选择(比如周作人),他的文字风格,或隐或显,都与他特殊的经历有关。而我偏嗜的,很大程度上恰是那沉潜的调子,是他的知人论世。

《碧空楼书简》仍可见他一贯的风格，虽是随手出之的书信，一样可以作上好的文章读。这些信件或论学，或品评诗文，或探讨问题，或发感慨，或者只是简单地通音问，或长篇大论，或只言片语，或隽永，或沉郁，或幽默，或亲切平易，然而总有一份蕴藉的情思流贯其间。其好处一时也说不清，我只能简单地说是"有味道"。"有味道"的书信现今是日见其少了，实则书信原本是文章一体，由其特性，写得好的便特别地"沁人心脾"。今人多不将书信作文章看，即有取用，也是纯作资料，其中可能蕴含的文章之美往往被忽略了。事实上，现在的书信差不多已只剩下实用价值，既重实用，则又不免被电话、电子邮件之类更"现代"的通信手段取代。电话、电子邮件能令人际的联络迅即实现，却失落了书信的回味。电邮似乎不过是特快的书信，坏就坏在"快"字上，它瞬息即达的直接性常常让我们书写时失去了耐心。速度与情思，真是成反比的。

书信一道眼见得式微，读到舒芜先生这样喜做书、善做书者的通信，自然不肯放过。时下散文随笔类的丛书层出不穷，然似乎尚未见将书信集收入其中的，有之，则是已故名人所做，或是情书准情书之类，"开卷文丛"将《碧空楼书简》收入，主编者看来是作好文章看的，仅此一点，即为一功。

当然与别种的文章相比，书信特殊性首在它的私人性。这也是我读来趣味盎然的所在：既为私下闲话，对象常是友人，"不足为外人道者"就不妨径直道出；我们当然愿听作者当众议论，但有时候却也不免想听听他对二三知己的"体己话"。多少因这缘故，《书简》中与程千帆先生的通信是我最喜读的。

关于近年来的"陈寅恪热"，作者在别处似未发表意见，这里便说道：

> 近年"陈热"，其中亦多有可议。如观堂为清遗老，本是事实；寅翁之为遗少，亦无可讳。然寅翁创为"殉文化"之说，以释观堂之死，未免饰词。今之论者，又纷纷引用之，甚是无谓。窃谓学问自学问，政治信念自政治信念，苟不以政治信念发为为满清复辟之行动，无妨听之，论学则可存而不论。寅翁二十年所受优礼，无以复加，非他人所敢望；能写成柳传，亦与优礼不可分。其难堪者，惟解放以来一种"不宽容"的空气，以及优礼背后，暗中定为敌对，经常有情况书面汇报，令人毛戴。

"陈寅恪热"中几乎已是舆论一律，寅恪先生多被象征化、符号化，作者的回到具体，"就事论事"倒是耐人寻味，而"回归五四"的立场在此也历历分明。

品评今人诗作，有无意发为文章，或他处不便说者，这里也时有所见。不妨抄两条：

> 槐聚诗，用力用巧，信如尊言，而冒叔子诗则较自然。

> 杨宪益兄之诗，少自选体入手，功夫不浅。老而近于聂体，然沉痛不及，有时遂失之油，如以"鹿回头老伴"对"狗不理汤包"，以"金屋藏娇意"对"银翘解毒丸"之类，虽为朋辈所推，而非鄙意所好。……荒芜不失之油，而失之露。

我辈于旧体诗词一窍不通，听听行家说长道短，也算长个见识，瞧个热闹。但作者当然不是出之游戏心态，其中自有对失与不失之间分际的拿捏。至于又一信中述及老友荒芜之死，就另有一番感慨。作者曾撰文介绍《伐木者日记》以为悼念，文中写道："荒芜最后几年，干脆陷入无欲望无兴趣什么也不看什么也不写的境地。朋友们都不知道他这样的确切原因，大家为他着急，一点办法也没有。天下事本来复杂，家国万端，本来说不清楚。"荒芜晚年，也就以"说不清楚"了之。其实作者知道的情况更多，这里便提及荒芜在单位受到的不公待遇，且分析职称、住房、家事诸问题可能给他带来的郁结，终以"人生到此，天道宁论"的悲慨。公开发表的文章中不提，可能因为这些多属"家事"范畴，是要给死者"安静"，也是存着温柔敦厚之旨。以我作为读者的私衷，当然希望对"国事"与"家事"均有所知，不为窥探隐私，实因合而观之，更能感得人生的况味，时代的况味。在此家事与国事不易分清，"人生到此"与"家国万端"之间，真是剪不断，理还乱，对于那一辈人尤其如此。我读舒芜文字，包括《回归五四》的长序，常也无端兴起"家国万端"之思，因为不论具体所写为何，内里道出的，都是"一代人的命运"这一篇大文。

写到此，突然想到舒芜在二闲堂的一篇文章，谈聂绀弩的《赠周婆》诗，以证聂、周间的情深意笃。解聂诗，恐怕没有几人比舒芜先生更有资格，然而此文却非单纯地解诗。虽然不著一字，此文实是冲着章诒和写聂绀弩的《寂寞斯人》一文而来。盖因章文将聂绀弩晚年胸中的郁结部分地归因于家事，或竟直言无隐，归罪于周婆，舒芜解诗，就是要为聂、周"辩诬"，或者，至少是要校正章文给读者的一面倒的印象。舒文解诗解得好，章文所说也未必就不是实情,毕竟诗不能坐实,舒文也仅限于解诗,二文齐观,更像是"花开两头,各表一枝"。舒芜先生显然觉得章诒和的看法过于偏激,写法过于直露,有失温柔敦厚。有些看法,在书信中或许会道出一二,面对公众他肯定认为不宜于说。不过有时他也认为直露一点有好处。致荒芜一书中即写道:

> 奉读新诗《长安杂咏》六首,感慨淋漓,皆一代诗史。弟于此颇矛盾,有时觉得八十一难,一一详细记录下来,才是《西游记》;有时又觉得,聂老那样嬉笑怒骂,或绿原那样咬紧牙关,和血吞下去,更强有力些。二者都好,但为传之后世计,恐怕还是《西游记》式,于历史较为有益。

或许舒芜先生以为"家事"与"历史"无涉,不必翻出一部明细账,然从另一角度看来,也还是历史。并读舒、章二文时,颇觉犹疑:章诒和所做,包括记罗隆基、史良等篇,是我近来读到的最为"气盛言宜"的文章,而舒文的蕴藉也是我喜欢的——不过这都是题外话了。

文章与年纪

无端地喜欢《人书俱老》（李君维著，岳麓版）这个书名，还没见书，已有亲近感。有一首名为《最浪漫的事》的流行歌里声称"我能想到的最浪漫的事，就是和你一起慢慢变老"，一段时间里到处唱，我并不喜欢，但中意"人书俱老"冥冥中是受了这歌的暗示也未可知。对于真正的读书人而言，年轻时书如情人，到老年则书更似老妻，"人"与"书"并，确有相互厮守中垂垂老去的意味：彼此已深深嵌入对方的生命，而且相觑相亲，到了只是厮守亦觉意思无限。这可看作对人与书关系的一种温情的解释，自有它的一种境界。

待到一书在手，却是倒行逆施，先从后面的跋看起，于是读到作者自己的"破题"："书名叫《人书俱老》，似有沧桑之感，感叹之意，其实不妨看作仅仅叙述事实。人老了，名利失时，淡出尘网，反倒自由自在，更可以做自己喜欢的事了。书伴着我老了。书厮守着我，相依为命。在暮色苍茫中，我们有一搭没一搭地在聊些什么。"这段文字读了真是熨帖，尤其是洗却感慨，叫读者仅作纪实看，既不似"老夫喜作黄昏颂"的高唱入云，也没有回首前尘的颓唐、感伤，有的是淡定、平和与从容。这是李君维先生面对老境的态度，用以描述书中文章的风格,倒也合适。

也许文章与年纪真是有些关系的吧。各种文体似乎都有其对应的阶段,青春如酒,老年似茶,青年是诗,老年如散文,至少就个人的阅读趣味而言,我喜欢青年人的诗,中年人的小说,老年人的散文。"清水出芙蓉,天然去雕饰"对诗歌、小说、散文一样是极高的境界,然"去雕饰"三字对散文而言似乎尤其来得要紧,较之诗歌、小说,散文一体原本就是最少人工痕迹的。人生诸阶段,两头最近天然,少小时是懵懵懂懂的天然,老年则是结束铅华后的天然,此时无须粉墨登场,已然素面朝天,任满面皱纹蜿蜒舒展,别有一种阅尽沧桑之后的宁静。李先生书中恰有一篇,题作《老与散文》,是写散文家何为的,结尾处有一番关于老年人超脱、旷达、闲适的议论,而后道:"从这一角度来看,老年正是创作散文的金色时光。"这是说何为,也可看作自况,或自勉,读李先生的书让我觉得,此言不虚。

君维先生年过八十,人老了,不消说的,书如何与之俱老,还须分解。是说架上都是上了年纪的老书么?只读老书么?怕是未必。是说喜读的书都是过时货,宁愿抱残守缺吗?——如此胶柱鼓瑟,难免煞风景之讥,我不过是借此引出自家的"别解"。不知李先生写下书名时是否想到了自己的书。半个多世纪以前,李先生即有一部小说集《绅士淑女图》问世,刻画炎凉世态,描摹男女风情,当时就有人以为酷肖张爱玲,今日更有学者以最早的张派作家目之,只不过彼时用的是笔名"东方"。然而虽经学者品题,读过这书的怕是只有少数治中国现代文学的人了。如果李先生写下书名时想到自己的少作,却也顺理成章:人老了,写过的书不入时调,早已成为过去时，谓之"人书俱老"，不亦宜乎？

对此，李先生却既不伤往，也无怨辞。我的印象中，书里忆旧友，谈往事，对自己早年之作，则似乎从来未置一词。说起来我同君维先生曲里拐弯，也应说是有点因缘的。早几年《开卷》董宁文君告我，北京有位老先生，对张爱玲的情况知道不少，若有意可与他联系。其时我虽已读过《绅士淑女图》，却不知提到的这位李君维先生正是当年的东方。此外张爱玲热虽是热浪滚滚，我以为自己的张爱玲研究大体已画上句号，所以并未主动去信请益。这固然说明我的孤陋寡闻，另一方面，张爱玲火到如此地步，与之稍稍沾点边者都被好事者罗掘出来，君维先生身为老资格张派而久不现身，安于万人如海一身藏，也就见出他对世事的淡然。

未能请益当然是个遗憾，眼下读《人书俱老》，也算是一种弥补。李先生称他与书相守，恍如于暮色中相对闲聊，读此书我则生出如面谈之感。这里有读书随笔，有看戏心得，有说理，有记事，有考证，有怀旧，不论所写为何，一样地淡雅平易，从容自在，毫无造作。虽多为短制，无关"宏旨"，读了却总能添兴味，长见识。就中我最喜读的，还是那些谈论旧人旧事的文章。是文章，也是史料，我辈想谈论也无从说起，即或谈论，也注定是别样的方式，哪来这般亲切可感？比如那篇写唐大郎的《俊士所贤迁事呵》即写得有情有趣，令我辈张看到旧时文人生活的一种样态。总以为小报就是市井气，读李先生笔下的唐大郎，读文中引述的唐大郎诗文，方知旧时的小报，市井气之外，还要加上文人气……

此类文章越是读得津津有味，越是生出意下未足之感，不是看出文章有何瑕疵，乃是遗憾君维先生过于吝惜笔墨，这类文章写得太少。四十年代先后在《世界晨报》《大公报》供职,四八年以《绅士淑女图》初露头角,君维先生腹中的掌故,想必多多,许多人事,只存在于老辈人记忆中,这个年纪的人不写,我们怕是也没处问了。

由此一憾,不由想到另一憾。《人书俱老》是君维先生散文首次结集,所收文章时间跨越半个多世纪,其间自1948至1979,却有三十多年一片空白。40年代后期方登上文坛,想来不致如此之快便于写作意兴阑珊,然而1949年以后浓烈的意识形态氛围笼罩之下,类于《绅士淑女图》或《论穿衣》中流露出的那种趣味,实在已无游荡的余地。君维先生的戛然而止,为1949年后大批现代作家写作的被迫中断,又添一例。《老与散文》中由何为的拘谨说到一代知识分子心灵的束缚,而在那个年代,君维先生怕是表现拘谨的机会都没有。对此,君维先生只字未提,然而且不假设不封笔当会有如何如何的成就,单说应是写作冲动最烈的时期却不得不中止笔的操练这一点,就不免叫人扼腕。

所幸君维先生终有机会重操旧业,不仅有眼下这本散文集面世,此前还有过小说发表。《伤心碧》我记得在《新民晚报》上连载时是读过部分的,比照《绅士淑女图》,凭了当时所得的印象,我可以说,君维先生的小说是今不如昔,早年所作大体雕刻精致,《伤心碧》则的确有几分"鸳蝴"。倒不是什么老手颓唐,实因小说需要一种心境,尤需饱满的精力。反观君维先生的散文却是两样,看看近年所作,我以为显然是今胜于昔。以我之见,这多少应归因到年纪上去。

当然老与老也是不一样的。也许因为知道君维先生是上海人,有"海派"或"张派"作家的先见在暗示，我总觉他的文字与正宗的老派文章还不是一路。就说《人书俱老》这书名吧，与《往矣集》《垂老集》之类岸然的名字比起来，仿佛也于"老"中透出几许摇曳，几许妩媚。

宝二爷·富家儿·邵洵美
——读《我的爸爸邵洵美》想到的

《红楼梦》第二回,"冷子兴演说荣国府"。对着贾雨村,古董商人将荣府中人物排头点来,结末落在宝玉头上,例数种种乖张之外,一言蔽之曰:"将来必是色魔无疑了。"不想贾雨村"罕然厉色"给他一顿教训,称有一类人"上则不能成仁人君子,下亦不能为大奸大恶。置之于万万人之中,其聪俊灵秀之气则在万万人之上;其乖僻邪谬不近人情之态,又在万万人之下。若生于富贵公侯之家,则为情痴情种;若生于诗书清贫之族,则为逸士高人;纵偶生于薄祚寒门,断不能为健仆走卒,甘遭庸人驱制驾驭,必为奇优名娼"。以下便自魏晋名士到陈后主、宋徽宗、温庭筠、唐寅以至红拂、薛涛列出一大串人物,这是给宝玉归宗定性的意思,或者说,是给出宝玉的精神谱系。

早些时候读章诒和《君子之交》一文,不期然地想到贾雨村这番议论(其实是代曹雪芹立言),自然而然就把张伯驹归入了这流人物。近来读了邵绡红女士《我的爸爸邵洵美》一书(早些时候还读过邵夫人盛佩玉的《盛世家族·洵美与我》),又想起雨村高论,待要把邵洵美也归进去,就觉诸般不宜,一者邵洵美身上少了那么点奇拔之气,二者他与典型的旧式文人有些距离。但若依了贾雨村的分类,不在此处安身,却把他放在哪里?

多年前写过一篇关于邵洵美的文章,文章的调子在鲁迅那里已经定下了——我的意思是说,我之所写,是拾掇邵冒充女子给曾朴写信自以为得计等事,顺着"富家赘婿""富家儿"无文的评断再加发挥,结尾道:"邵洵美诗是玩票,无病呻吟,端的'无文',最喜为者,恐怕倒是那一类的韵事,两相加减,剩下的,大约只是'无聊'了。"这也是一种归类。每一种归类后面其实都有一个话语系统,鲁迅是一套话语,贾雨村则是另一套话语。在鲁迅的话语系统中,邵洵美之被贴上漫画标签,不仅不让人意外,而且自有其理由。关键是执着于现实、对中国社会充满焦虑的鲁迅看不得邵洵美式的唯美(甚至也不会稍稍轻松点,将其所为看作类于宝二爷式的"精致的淘气"),"富家赘婿"之类,不过是嬉笑怒骂,涉笔成趣,邵洵美究竟是不是盛宣怀的女婿,是不是凭了盛家的嫁妆才得周旋于文坛,这样的问题,哪里是迅翁所计?鲁迅参加的欢迎萧伯纳的宴会,是邵洵美买的单,散席回家,还是邵特意开车相送,然而骂还是照骂——迅翁的文章原是指东打西,对事不对人的,而在他的"宏大叙事"中,单个的人具体的是非曲直总是在焦点之外。

然而讽刺文章就是讽刺文章,若要藻鉴人物,描画其完整的面目,还是其他的分类法更相宜。在有一点上,邵女士的书与她母亲的书一样,便是要从宏大叙事的滔滔话语中将已遭没顶之灾的邵洵美打捞上来。盛佩玉的书重在忆旧,于盛氏大家族生活及一己经历尚多所着墨，邵女士的书则将笔墨集中于邵洵美，以致该书径可视为一部传记或准传记。前书平易亲切，后书则写得更为用心用力。因为用意严肃，措意于历史的定位，这里的邵洵美更多展示其公共生活的一面，而非仅限于私人生活场景，也以此，很多材料便不能更多地仰仗记忆。邵女士以年过七十之人，查阅了近百部书，二十多种杂志，遍访与其父有交往的人，用力之勤，令人感佩。这固然是女儿对父亲的一份情，而不苟如此，也见出对历史负责的求真之心。由是我们看到了一个大大溢出"富家儿"标签之外的邵洵美。不言其他，作为出版家、文学活动家的邵洵美就是我们往往忽略了的。三四十年代邵以旺盛精力、携万贯家财投身文坛，他的诗作固是一面，他的交游、他的活动则更给文坛添一份热闹，添一道风景。而五六十年代因翻译而获得与查良铮相埒的声誉（时有"北查南邵"之说），也令对"富家儿"有偏见的人刮目相看。读邵书我才知道，编杂志、搞出版花费了邵洵美大量的钱财之外，还占据了他那么多的精力（邵并非如我想象，只当甩手掌柜，他当真处理了大量的"俗务"），他写的社评、编者按之类加起来要比他的诗多得多，往昔我仅凭对他的诗及"富家儿"的印象为文，实在是个大大的误会，难免人云亦云之讥。盖鲁迅写的是杂文，故不妨指桑骂槐，攻击一点，不及其余，品评人物，那就另当别论。

不过，从文学史的角度恢复邵洵美出版家、编辑、翻译家等面目的同时，我们也不应忘记他的富家公子身份。以《世说新语》的眼光去看，少了这重身份，少了千金散尽浑不吝惜的做派，邵洵美即不复为"这一个"邵洵美。于此不免又想到《红楼梦》中的宝二爷。邵洵美的家世、背景与贾宝玉好有一比，其曾祖邵友濂曾抚湖南、台湾，邵家的姻亲更不得了，盛宣怀大办洋务，位高权重，曾为中国的首富，论声势，论财富，恐怕还要在贾府之上。贾家败落了，而邵、盛两家败得还要快。邵的生父邵颐简直就是贾赦、贾琏一流的败家子，邵洵美在家族的没落中扮演的则是别样的角色。鲁迅固然对"富家"充满了鄙视，而从"富家"的角度看去，邵洵美却与宝玉一样，都是又一型的不肖子孙。宝玉无意仕途经济，终日在女儿国里厮混，邵洵美虽"乖僻邪谬不近人情"处不及宝玉，其属意"唯美"，挥霍家财出书办杂志，则又未尝不可看作是另一形式的痴气发作——都是富家子弟中的异数。所不同者，贾宝玉经历的是贵族之家的自然败落，邵洵美则生当天翻地覆的时代，没落之家又还被抛掷到一个新世界之中，若说宝玉的悲剧应更多地归于他的"不近人情"，那从邵洵美的命运中我们则更容易辨出时代的声音，尤其是1949年后的那一段。易时易地，邵洵美未必会是另一个贾宝玉，贾宝玉则必要经一番类于邵洵美面对的时代洗礼。

"书有命运"

无须很高的鉴赏力也可知道,弥尔顿和布莱克是很不相同的诗人,有趣的是,两诗人都曾写下过配对并举的诗篇,布莱克有脍炙人口的《天真之歌·经验之歌》,两集写作时间相去五年,却是订在一起问世;弥尔顿的《欢乐颂》《沉思颂》是他早期的作品,在中国光芒尽为《失乐园》《复乐园》所掩,在英国则是诗歌爱好者喜诵的名篇。二者路数不同,趣味各别,"欢乐"与"天真"、"沉思"与"经验"亦非对称关系,不可等量齐观。然在某种意义上,却都可说是并写人类经验的两面。这里把它们联系到一起,原因倒很简单:将两部作品介绍给中国读者的,恰是一对夫妇翻译家,赵瑞蕻先生和杨苡先生。赵译弥尔顿,杨译布莱克,都是在20世纪80年代已竣其事,湖南人民出版社准备作为"译苑译林"的两种一起出版的,如若同时出版,真也可算是译坛的一段佳话。

无如不是宜于佳话的年头。杨苡先生所译80年代末出版,其时赵先生所译也已出了校样,不想又生变数,半步之差,终被束诸高阁,到如今译林出版社重新推出之时,十八年过去,赵先生谢世多年,用老话说,是"墓木已拱"了。他在这部译作上花的心血,翻译时的斟词酌句而外,从详尽的注释,到节译选附在后面的西方批评家的研究,还有《译后漫记》,在在可以见出。赵先生在后记中拈出古拉丁诗人莫鲁斯"书有命运"的格言,道出他与《欢乐颂与沉思颂》之间混合着欣喜与酸楚的遇合:从西南联大讲堂初读时的兴奋,学生时代的试笔翻译,到杨宪益、戴乃迭夫妇以包括此书英文原版本在内的一批精美西书相赠,再到"文革"时藏书的被收缴,以及劫难过去之后发现书尚幸存的意外之喜,文中一一写到。只是1988年落笔写这篇译后记时,他肯定不会料到,此后译作出版的周周折折,还在继续为那句格言做注。

　　自试笔翻译到译作最终出版,算起来应有八十多年的时间。书的命运亦如人的命运,沉浮不定。被收缴之后寄身彼时已无人问津的图书馆,僵卧阴冷潮湿的水泥地上,应是其命运的最低点吧?这时书的主人在接受批判,此外大约就是无休止的检查与各式各样的政治学习。"欢乐"无从说起,"沉思"则是不允许的。

　　翻看赵先生的译作,无端地想起一份复印材料,翻箱倒柜,终于找寻出来。这是1968年元旦南京大学造反派组织"八·二七"出的一张小报,上有一篇报道,题为《红卫兵考臭教授》,还有个副题,"考场但见丑态百出,试卷令人啼笑皆非":考试专为中文系七教授而设,内容除了勒令默写毛泽东诗词,填出八个样板戏,就是回答"'一斗二批三改'指的是什么"之类的问题。七教授全军覆没,赵先生有"浪漫诗人"之号,因默错诗句更是备受嘲弄。革命小将的结论是:"这些臭教授不仅在政治上是满脑袋的封资修,就是在业务上也是不学无术的大草包。"赵先生一直存留着这份小报,足见对此事的耿耿于心。诸如译弥尔顿诗这样算不得"业务"的工作,那时怕是想也不会想了。

幸而还有后来,赵先生终得与那精美的原版书重逢,并且满心欢喜地将其译出。至于译出之后十八年才得以问世,那大体可以看作消费时代降临之后的另一故事了。

十八年的"时间差",于弥尔顿在中国的传播有何影响呢?弥尔顿还是弥尔顿,真正的经典历久弥新。卡尔维诺有言:"经典作品是一些产生某种特殊影响的书,它们要么以难忘的方式给我们的想象力打下印记,要么乔装成个人或集体的无意识隐藏在深层的记忆中。"论者对弥尔顿影响力的描述恰可为此话做证:"这两首诗中的许多语句已进入日常用语而流行,许多片语只言已成为语录,在不知其出处的人们口中被称说着。"作为中国读者,我们也许无由接通类似的记忆,也无从体味该诗"恰当的词语出现在恰当的位置"的妙处(这是再好的翻译也不能传达的),然而仍可从译本中领略到弥尔顿美妙的诗思——诗人在诗中描绘的两种性格类型,所谓"愉快的人"和"沉思的人",毋宁是有着超时空的普遍性的。前者无忧无虑,世界向他敞开,他向世界走去,并且就此陶醉其中。这个世界具有更多的外在性,而构成这世界的种种,从自然的美景到人的活动,无一不激起满心的欢悦,欢悦中是与生命的无间。后者则由外而内,回向独处的生活,并非收视返听,归于寂灭,而是即物象而至万物之心,谛听形而上的声音,另有一份平静庄严的愉悦。一动一静,两种心境映现出来的,是两种不同的景象。布莱克称《天真之歌》与《经验之歌》"表现人类灵魂的两种相反状态"。从不同的意义上说,《欢乐颂与沉思颂》也是。分开来读,当然各有其妙,放在一起,则更有一种类于双联画的对称的美——虽然弥尔顿更认同的是"沉思的人"，《沉思颂》开篇即不客气地赶走"虚妄骗人的欢狂"，迎来"最神圣的忧郁"。

辨明弥尔顿在诗中暗寓褒贬，在二者之间分出高下，对于研究也许是必要的，多数读者更感兴趣的则也许是二者的相映成趣。"愉快的人"与"沉思的人"是提纯了的类型，其实是两种性向，往往并存于我们的经验之中。我不知道赵瑞蕻先生会将自己归入哪一类型，在学生的眼里，总是"欢乐"的成分居多吧？当年造反派引他的诗句"在金色的布拉格草地上打滚""在蓝色的多瑙河畔溜达"以尽嘲讽之能事，那些年里他恐怕已将"浪漫"小心藏匿。然而天性是难以改造的，80年代我们听他讲课时，他的浪漫已是重新烂漫起来。在未读此书之前，赵先生选择翻译弥尔顿对我来说是个不大不小的谜，他最钟爱的是浪漫派诗人，在学校开选修课讲的也是浪漫派，弥尔顿的庄重、严肃似乎并不最对他的胃口。读罢《欢乐颂与沉思颂》，参看译后记，也就明白了：赵先生情之所钟，端在诗中的抒情性。而弥尔顿的这部早年诗作清新、明丽，与《失乐园》《复乐园》的厚重庄严相较，确乎别是一调。

赵先生似乎没朗诵过弥尔顿的诗，他最喜朗诵的是济慈和雪莱。不过显然的，在他那里，《欢乐颂与沉思颂》与济慈、雪莱共振。我们的课堂上，赵先生朗吟浪漫派诗作绝对是一景。每朗诵必情绪高涨，外语一遍，中文一遍，诵毕必结以热烈的赞叹，多半是以他特有的带些微口吃的语调道："多——多美呀！""好——好极了！""太——太美了！"且不管听者是何反应，他先已自陶醉了，而我们且不管是否领略到诗的妙处，先就感染到他的兴奋。

抒情是对美的欣赏和礼赞。赵先生正是一个爱美之人。这爱美见于他对一切美的事物表露的欣喜之情，自然景物、美的仪表、精美的书籍，甚至一只橘子，都能让他兴奋——某次上课他当真就带了只橘子到课堂上来，亮在手上赞道："看它的颜色，多——多美呀！"他自述翻译弥尔顿诗最初的冲动居然起于原版书中几十幅精美的腐蚀钢版画，这一点也不让人觉得意外。现在译林出版社不惜工本地将他的译作出出来，不仅原来的插图全部保留，而且用纸考究，装帧精美，差不多可以说是原书在中国重塑金身了。我想不仅诗歌爱好者，就连藏书、爱书的人也会喜欢的。当然，如果赵先生地下有知，最最高兴的，一定是他。

酒后

喝酒是一过程,可分酒前、酒后。酒前,没什么可说的,真正有戏的,还是酒后。所以作家笔下,大做文章的,多是后者。现代女作家凌叔华有一篇小说,篇名就叫作《酒后》。凌叔华这名字现在没什么人提了,倒不是因她写得差劲,与同时代的女作家比起来,她的小说倒更像小说。冰心在借小说讨论人生问题,庐隐在不可遏止地抒情,唯独凌叔华,还算有观察,有刻画。被人忘却,多半还是因为其文、其人,波澜不惊。

《酒后》的故事极简单:永璋、采苕夫妇宴客,酒阑人散,只剩下好友子仪一人未行,却是不胜酒力,兀自在客厅椅上睡着了。这边夫妇两个也都有酒意,而且不止于脸上酒晕。在男的,表现是对太太大唱赞歌,什么肉麻话都说出来了;在女的,表现是对老公的话听而不闻,一念全在躺着的那一个身上:怕他受凉,怕他被惊醒,无所顾忌地盯了他看,那眼神已超出主妇对客人的周到,更要命的是,她趁酒兴把对子仪的敬重、爱慕统统道出,虽然过去是爱,现在是怜惜。最后还提出一个要求,让老公允许她吻子仪一下。男的献殷勤时,女的说他是醉话;此言一出,男的怀疑她醉了。谁都不认账，其实都醉了，各醉各的。妙的是酒后都还很逻辑地讲道理，男的先是一怔，不允，女的便怀疑他是否对己真的信任，男的要证明自己的信任，就勉强答应。这下轮到女的犹疑了，要男的陪她近前，男的道：如果陪了你去，好像不大信任你似的。这话很在理，尤其是女的说了一通爱就要信任之后。她只好自去完成那强求来的一吻。然而走到跟前，她的心跳加剧，最后突然不跳，连忙跑回老公身边。一场象征性的越轨事件戛然而止。

平淡到近乎无事，真正是茶杯里的风波。以高潮而论，这故事可概括为"在丈夫面前献于另一男人的未遂的吻"。都是酒精惹的祸，弄出一场小小的情感冒险，若非酒后，女的再不会提出这不情之请。这一幕，西风东渐之前不会有，礼教世界，哪有这个？放在现在则早就不新鲜，再无刺激性，属于文学青年纸上谈兵的小把戏。夫妇二人却很当真，女的先是认真地动情，认真地提要求，后是认真地害怕；男的认真地吃醋，后来是认真地充大度。关键是二人即在酒后，也都还认理，而五四时代也真是一个天真的讲"理"时代，唯其不世故，才有"理"可讲，不然则即使在情感上，大家心知肚明的也是"潜规则"。一出轻喜剧如此收场，还应加上二人的身份：都是上流社会中人，都是稍嫌生涩的绅士淑女做派。绅士淑女者，做事不过分。所以虽是在酒后，女的发乎情之后也能止于礼，男的分明在吃醋，这醋也吃得斯斯文文。

我不知道现在的人看这小说会做何感想，也许会觉得不咸不淡太没味。20世纪20年代的读者不这么看，至少凌叔华的几位朋友不这么看，否则杨振声、沈从文就不会鼓动丁西林将其改为剧本。丁西林也是奇人，北京大学的物理学教授，1949年后做官，做的是文化部的副部长,跑去管文艺,是因他教授之外早有另一重身份,便是剧作家。所做多为独幕剧,大多是轻喜剧,凌叔华的小说他读了就觉"意思新颖",最适合改作独幕剧。他没说"新颖"在何处,但可以想见:爱情在彼时就是新鲜事,如此捕捉越轨的冲动,更是新颖得紧。

改编后的《酒后》仍叫《酒后》,剧作家最有兴味处,也许是谈论吃醋。妻子说:"真正有了爱情,是不会吃醋的。"丈夫说:"真正有了爱情,是不会吃醋的;真正没有爱情的,也是不会吃醋的;所以只有那有了一半爱情的,最会吃醋。"妻则坚称有绝对信任方有真正爱情,有绝对信任则根本没有吃醋的可能。

讨论新派的男女情感,像是给凌氏小说做注,轻喜剧的调子为原著所有,也是他的拿手。只是男女主人公高谈阔论,似较超然,比之凌叔华笔下的二位,更不像是在酒后了。

游春乎？

很早就知道有个不得了的大收藏家张伯驹，也知道早年他是名列"民国四公子"的。但是不论以哪一重身份出现的张伯驹，离我们都很远——一个遥远陌生的名字而已。对普通读者说来，直到章诒和《往事并不如烟》一书出版，经由那篇脍炙人口的《君子之交》，张伯驹的形象方才从数不清往昔人物模糊不清的面影中浮现出来。文学家的笔确有一种魔力，有时候甚至能决定我们的记忆，并且是以较史家更生动的方式。

章诒和笔下的张伯驹是逸士、高人，其逸、其高，均与传统文化的浸淫有绝大关系。张伯驹像章女士笔下的另一人物康同璧一样，传统文化在其身上令人惊讶地保持着某种完整性。对奇人，不免好奇，像张伯驹这样的人如何在一个全然异己的时代里生活，是最令我遐想的地方。其实章女士着墨也多在于此，只是仍感到意下未足。很想知道更多，很想看看张伯驹自己的文字，可惜不易找到。

也是得来全不费功夫：某日在一折扣书店里意外发现张伯驹两种著作的合编：《春游社琐谈》《素月楼联语》。此书是北京出版社"文玩鉴赏丛书"中的一种，1998年出版，恰是张伯驹一百周年诞辰，因有纪念之意。书印三千册，其中有多少"沦落"为折扣书，不得而知，"寂寞开无主"的命运则是注定的。当然张伯驹大约从来也没指望它畅销，甚至是否能正式出版也非其所计。章书中曾说到张喜吟诗作赋，隔段时间就将积下的诗稿印成薄薄小册，分赠友人。我所见的两种著述前者谈掌故、记见闻，后者说对联，与作诗是两回事，自娱、遣兴的性质则一般无二，从书前张氏后人的出版说明中也可想见当年的"原貌"：繁体、竖排、线装。也就是在友人间传观而已。这是前"现代"的方式，古代文人墨客著述流传的方式，就是这样吧？

我对联语并无专门的兴趣，翻翻而已，读掌故逸闻，倒是颇感兴味，《春游社琐谈》中的种种记述，的确让人广见闻、长见识。但我最关心的还是张伯驹这个人和他的经历，以及他的著述和那个年代的关系。可惜从书的本身看不到什么，有之，则是交代缘起的序中约略透出的信息。序文很短，且抄在下面：

> 昔，余得隋展子虔《游春图》，因名所居园为展春园，自号春游主人。乃晚岁于役长春，始知"春游"之号，固不止《游春图》也。先后余而来者有于君思泊、罗君继祖、阮君威伯、裘君伯弓、单君庆麟、恽君公孚，皆春游中人也。旧雨新雨，相见并欢。爰集议每周一会，谈笑之外，无论金石、书画、考证、词章、掌故、轶闻、风俗、游览，各随书一则，录之于册，则积日成书。他年或有聚散，回觅鸿迹，如更面睹。此非惟一时趣事，不亦多后人之闻知乎！

"晚岁于役长春",是指1961年,打成"右派"数年后,他被下放到长春,任吉林博物馆副馆长。算不上是流配,然从皇皇都城安置到这偏僻之地,总是"降"了,却也看不出有何怨气,话中倒有调侃意味:早年因得《游春图》以春游主人自号,此时身在长春,方知"春游"尚有别解——岂不就是"于役长春"之伏笔?春游主人"游"长春,自己其实是做不得主的,"始知"二字,实有无穷感慨,但也就淡然说之,淡然处之。

唯其淡然,张伯驹"役"中干得很起劲,这是很多文章都提到的,《春游社琐谈》则更让我们看到他传统文人的一面。那样四处革命口号不绝于耳的年头,张伯驹居然有雅兴邀集同好,做文酒之会,而且"组织"成员遍布各地,达三四十人之众,真是奇事。奇而能成事,一方面固然足以见出张伯驹们旧文人趣味的根深蒂固,"洗澡"亦不起什么作用,时代已将他们抛弃,他们也乐得不理会时代。另一方面,这些人在革命者眼中,也就是一帮老朽,不唯翻不起大浪,连癣疥之疾都未必说得上,有时候,也就由他关起门来自拉自唱,而且长春也算是天高皇帝远,又正好碰上时任吉林宣传部长的宋振庭这样的开明人物,居然偶或参加春游社的活动,多少也是一重保护。是故张伯驹的"游春",倒让他意外地找到了一处时代的缝隙。《春游社琐谈》便是这缝隙里的产物。

当然,待"文革"降临,诗酒风流便再也风流不下去了。张的女婿在前记中介绍说,"春游社"被打成"反革命组织",公安部门郑重其事要"侦破",宋振庭被要求交代,据说宋曾拿机密文件给"春游社"的人看过。宋的回答是:"这些人是非线装书不读的,给他们文件看是都不愿意看的。"——答得很妙,听上去有几分幽默,其实不过说出了实情。以为张伯驹这样的人会对红头文件感兴趣，恐怕是想象力发达到了自作多情的地步。现在想来，这是滑天下之大稽，然在当时，恐怕问者、答者，无一笑得出来。

《世说新语》与"负暄三话"

我最初读到张中行先生的著作似乎是 80 年代中期，黑龙江一家出版社推出了《负暄琐话》。其实"推出"二字不大确切，因为那时出版社还不知炒作为何物，此外张老先生也还没有后来"燕园三老""国学大师"这样的冠冕，相信很多人都和我一样，从未听说过作者的名字，书也就出得无声无息。单看书名，我还以为是古人笔记一类，因那时当代作者似极少取这样的书名。也就是顺手一买。回去一读，却有惊艳之感。以后遇到好读书的朋友便介绍，形容为当代的《世说新语》。

做这样的类比，是因为这书从记人这一点上讲，是同一性质，而且所记都是文人。此外恐怕还有后记（书中题作"尾声"）中标举的"选境"说的导引：

> 我有时想，现实中的某些点，甚至某些段，也可以近于艺术的境，如果是这样，它就同样可以有大力，有大用。与造境相比，这类现实的境是"选境"。古人写历史，写笔记，我的体会，有的就有意无意地选境。我一直相信，选境有选境独特的用途，它至

少应该与丑恶的揭露相辅而行。

抄这段文字时才留意到周汝昌先生在书末的《〈负暄琐话〉骥尾篇》曾特意将选境说表而出之："他提出的'选境论',值得艺术理论专家们写出一部大书来探讨它,何其伟哉!一册不太大的'笔记野史闲书',含有如此重要的美学哲理问题,不见此书,谁其信之?"显然,周老先生以为拈出"选境"二字,非同小可。但"如此重要的美学哲理问题",似乎后来也并未见有论者发煌其意,或者是周老先生言重了也未可知。王国维《人间词话》中有"造境""写境"之说,所谓："有造境,有写境。此理想与写实二派之所由分。然二者颇难区别。因大诗人所造之境,必合乎自然,所写之境,必邻于理想故也。"张老先生变"写境"为"选境",与"造境"对举,移以说明不脱实事的散文（或某一类散文）与虚构文学之别,倒也醒豁。顺便说说,我以为与西方作家相比,中国文人在"造境"方面大有不如,在"选境"方面或擅胜场。其实不独文,古诗词中有很多,也可以归为"选境"。

选境用以"记可记之事,传可传之人",可通于古人赞《世说新语》的"片语传神",或者说,所谓"传神写照""传神阿堵"仗的就是"选境"之妙。其要诀是将日常的情境审美化,当然也不妨说,日常生活中原本就不乏美的因子。《负暄琐话》中就有不少段落,因为"传神",就特别能让我们"想见其为人"。且举一例。《熊十力》一篇写此老的典重与执拗,我们所熟知的"段子"（与废名论佛时相争而至于扭打）之外,就"选"了一桩亲历的事："一次,是热天的过午,他到我家来了,妻恭敬地伺候,他忽然看见窗外遮着苇帘,严厉地对妻说:'看你还聪明,原来胡涂。'这突如其来的训斥使妻一愣,听下去,原来是阳光对人有益云云。"事至琐细,但用王国维的话,"境界全出"。

因为喜欢《负暄琐话》的"世说"味道,以后逢张老先生有书面世,便都找来看,《负暄续话》《负暄三话》,《顺生论》《禅外说禅》,直到《碎影流年》。看来看去,还是以为"负暄三话"最好。并非《顺生论》等书"卑之无甚高论",实在是我对"三话"一类的书更感兴趣。"三话"当中,又以为还是《琐话》为高,后面的,实话实说,似乎是一蟹不如一蟹。也曾想,《琐话》看得早,有新鲜感,而且所记对象中,我感兴趣的占了大半,或者因此就情有独钟?是,也不全是。细想起来,《琐话》与《世说》还是有别。我所说的不同当然不是后者为笔记一类而前者不是,那是一望而知的。我说的是《世说》的藻鉴人物更多审美的意味,重在风神格调的欣赏,《琐话》则有更多褒贬评说,《续话》《三话》更时有"义理"的阐发。鉴赏与褒贬评说原不是非此即彼,相反常是亦此亦彼。《世说》于人物的传神写照中,未尝没有臧否之意,《琐话》的"选境"也是将赏鉴与评说合而为一。只是其一,《琐话》正面说,说得多;其二,张老先生很看重其中的"说","传神"之外,还要"知人","知人"的后面,有时还有"论世"之旨。所以后来将"负暄三话"中记人之文收为一编,就不叫"琐话",干脆叫"月旦集"了。

月旦人物,要有会心,如其是面面观,更要有见识。张老先生虽说经常谦称全面的评价自己办不了,可事实上对所写人物从为文(诗词、书画、学说等等)到为人,都说到了,而且在意的是道破底里的"整体论"。以我的浅见,比之于汪曾祺那样同样也是"传可传之人"的高手,张老先生的特别处就在于他的"识",并且要道出这见识,而他的识是以学养及对人生的洞达做后盾的。他所谈者,又大多是学人(虽说所重在"人"不在"学"),这个,其他的高手的确办不了。他之选境,常常伴以议论,好比立于"境"旁的评点,意在说透。比如说到周作人的一桩轶事:据说周1939年元旦遇刺后到医院检查,听说只擦破点皮之后,高兴得跳起来。他即下一案语道:"这是修养败于天命的一例,因为就是生死大事,最好也是不忘形的。"此语下得其实沉痛,沿此提示,我们对周作人的某一面,或能憬然有悟。

但是过多的议论和"义理"也会妨害"境"的构成。由《琐话》而《续话》而《三话》,张老先生生发议论、阐发"义理"的冲动似乎越来越强烈,有的时候,篱下闲话不知怎么就演为"顺生论",其中的"说",加上他特有起承转合的言说方式,好似也成为他"顺生"姿态的一部分。读者常常得穿过"义理"的滞碍才能接近"境"中人物,极端的情况下,是张老先生的姿态比所传之人更见分明。有论者指其文章有"方巾气",不能说完全无因。启功先生曾戏称张老先生奉的是,"教育教",当然是赞赏之辞,但亦未尝不可从另一面去解。这一面《琐话》里原本就有,不过到后两书中,才更是水落石出。张老先生对自己文章的自信肯定是不假外求的,不过声誉日隆也许令他更其率性而为。率性而为的结果往往是自身特点的放大,正面的负面的都是如此。张老先生殆亦不免。

海伦三题

一、海伦之美

古今中外的美人中,名气最大的,也许当数希腊神话中的海伦。玉环、飞燕等辈在中国固然是家喻户晓,在西方的知名度则怕是有限。不像海伦,借了西方文化的强势,弄到我们这里也尽人皆知。证据是,好莱坞大片《特洛伊》上映,尚不知外人反应如何,中国观众首先就不干了,是否歪曲荷马史诗尚在其次,关键是海伦扮演者的姿色难孚众望。其实海伦如何国色天香,无人知晓。《红楼梦》中曹雪芹写林黛玉,"两弯似蹙非蹙罥烟眉,一双似喜非喜含情目",虽不是写实的笔法,读者总还能想象一二,海伦之美,则缺少最起码的提示,连高矮胖瘦我们也一概不知。荷马喜用修饰,写到海伦,曾有"白臂膀的海伦""长裙飘舞的海伦"等语,似乎也只有"白臂膀"是可以坐实的。

以描画手臂而见其人之美,并不鲜见,曹雪芹写薛宝钗一弯丰满雪白臂膀就颇为性感,害得宝玉顿生绮思。但我们实难仅凭一双"白臂膀"(再加上"长裙飘舞")想象出一位绝世美人。莫非古希腊人以白臂为美，且以之为"性感"第一表征，而"白臂膀"为海伦独有？似也未必。荷马笔下另有一人（准确地说是一神）也以白臂著称，即是天后赫拉，然而"白臂膀"正如"灰眼睛"之于雅典娜，"捷足"之于阿喀琉斯，是修饰赫拉的套语，对彼时的希腊听众，今日的读者，似乎都没有触发具体联想的作用。没有人会以饰语的相同，即按照赫拉的容貌推想海伦，赫拉贵为天上第一夫人（宙斯太太），长得应该不差，在众女神中却并不出众。荷马史诗中赫拉常因宙斯为其他女神挟制（尤以美神阿芙洛底忒为甚）而妒火中烧，角色颇似中国旧时大户人家里的大太太，而身边扮演"狐狸精"的人选则首推美神。

根据众神造人的神话，人是按照神的模子造出来的，海伦与某位女神相像，并不让人意外。若捏合其他版本的希腊神话故事，根据蛛丝马迹曲里拐弯去推想，海伦的容貌，应该与阿芙洛底忒大差不差。德人斯威布整理的版本（楚图南译），帕里斯一见海伦，即想起当年在伊得山中牧羊时一度遇见的阿芙洛底忒，可见美人与爱神的酷肖。而关于爱神，荷马零星的描写倒还稍稍"具象"，至少与海伦相比是如此。《伊利亚特》第三卷写她从战场上将与海伦前夫PK中大败的帕里斯救下，促海伦与其欢会以为安慰，此时的海伦就从其形貌中认出了她："（海伦）认出了女神，那修长、滑润的脖颈，/还有坚挺的乳房，闪闪发光的眼睛。"不过即使将此描写原封不动安到海伦身上，海伦之美，还是恍兮惚兮，渺不可得。据此能"合成"出什么样的形象？不是林黛玉一类弱不禁风的病美人就是了。

欧里庇得斯《海伦》一剧以海伦为主角，其中有一处"动态"描写，系传报人眼中海伦登船时的情形，"海伦用了她美丽的脚走完了梯子"——像电影里的特写镜头。该剧我读的是周作人的译本,若非周氏就该句加了条注,根本就不会留意。周注如下:"原本作'有美丽足踝的两脚',今只从意译。踝俗语云踝子骨,方言云脚孤拐,与美丽的意义难以连接。"周作人并非不能领略女性双足的美,晚年回忆录写到初到日本留学目睹日本少女赤裸双足在榻榻米上行走时自家的震荡,足见印象之深,即或不做恋足倾向的推测,说女性双足在他是女性身体具有审美意味的一部分总是不错的。只是看来他的赏鉴较为笼统,想不通"脚孤拐"有何美丑之分,所以翻译时便以"美丽的脚"一言蔽之。实则脚孤拐大有讲究,今人肯定是以纤细者为美,若毫无收束,与小腿肚浑然一体,则不足道矣。(曾见减肥产品广告中有鼓吹功效如何了得,用不多时即可使足踝不盈一握。)当然这是题外话,回到正题,即便将欧里庇得斯特意表而出之的"脚孤拐"添加上来,海伦形象,还是难得要领。

是故要论海伦之美,直接的证据荷马史诗希腊神话里是没有的,我们只能求诸时人的反应。《伊利亚特》中渲染海伦美貌的只有一处,即她登上城门楼观看帕里斯与前夫单挑的一幕。一见之下,特洛伊的长老们得出结论,为这样一位天仙也似的美女,特洛伊人与希腊人开战,值。

这是特洛伊人的反应,若用其他材料做补充,我们会发现希腊这一面的反应惊人地相似。斯威布书中写到特洛伊城陷落后海伦夹在女俘群中出现,羞与惭并,以面网遮面,战栗不已,此时希腊人却为她面庞的无比美丽和体态的娉婷动人感到眩惑,暗想为这样一位美人,纵是十年征战,历经危险与痛苦,也还是值。——战争双方竟在这问题上达成了一致。

其实在开战之前,海伦之美,已是闻名遐迩。首先是"公论",当时并无世界小姐竞选,然希腊人均以海伦为天下第一美人。成为墨奈劳斯妻子之前,海伦以其"美"名,已有被忒修斯抢走的遭遇(其时只有十岁,一说七岁)。其后求婚者无数,如非俄底修斯献策,也许婚嫁之时就是战端开启之日,不必后来再到特洛伊去"倾国倾城"。俄底修斯因木马记闻名遐迩,其工于心计却是早见端倪(希腊人似乎有意打造智者形象,聪明点子几乎都归于他)。他的主意是让所有求婚者赌咒发誓,一旦有人被选作海伦夫婿,未入选者均有保护之责。如此阿尔戈斯国王墨奈劳斯才得将她娶回家中而平安无事。

帕里斯对海伦的艳名早有耳闻,然耳听为虚,眼见为实,他初见海伦时的"惊艳",也可视作海伦美貌无双的佐证。帕里斯早先获宙斯钦点,裁判上刻"送出给最美丽的人"的金苹果之归属,奥林匹斯山上名气最大的三位女神都见识过,其审"美"眼光,当然不差。阿芙洛底忒为夺金苹果许诺将助他得到天下最美的女人(此举有"贿选"之嫌,而赫拉、雅典娜一以亚细亚之王,一以财宝,也都行了贿),只是海伦艳名虽是如雷贯耳,他却认定自己的命中美女另有其人,比传说中之海伦更为美丽,而且他心中所想是一少女,爱神所许,断非已为人妻者。不道一见海伦,缥缈朦胧之思立时澄清,他"突然非常清楚地知道这便是爱情女神为了酬报他的评断而赠给他的唯一的女人"。若非美到极致,阅美人美神无数的帕里斯,何能一见倾心,惊为天人?

论者提及荷马史诗的艺术,总不忘提及荷马描写海伦时使的烘云托月之法,作为侧面描写的典范。其实古人的艺术与今人不同,若尽谓之"模仿",也不是后来的写实,海伦之美固然是侧写,其他人物，又何尝有"正面"？要说侧笔，十年战争，特洛伊倾覆，才是最大的侧笔。希腊人与特洛伊人因其美貌而兵戎相见，后人则以她引发的后果而推想其美丽程度。我们的想象逻辑恰是如此，似乎美丽的程度与其引发后果的严重性，应是正比关系。此所以古今中外的美人阵容中，倾国倾城者大多在人们的遐想中占据了前排位置。海伦固无论矣，克丽奥佩特拉、西施、杨贵妃等等，也一概地关乎江山社稷。

唯其不是写实，不见"正面"，海伦之美才成为一个地道的神话。多少个世纪以后，歌德让海伦在《浮士德》里出现，依然将其形象维持在一个神话的高度上。

二、海伦其人

海伦之美，固然是无从说起，而要"想见其为人"，难度也同样大。古人笔下的海伦是典型的被看者，只合眼皮儿供养，或是充当激情的诱因。虽是不可缺少，其常态却是待在背景里，前景里则是众英雄在厮杀。如同竞技比赛，美人是锦标，是奖杯，却不是竞技场上的主角。《伊利亚特》及其他希腊神话故事中，海伦大多是陪衬，既然是被看的对象，其性情自然模糊不清。我们知道阿喀琉斯的莽撞，阿伽门农的蛮横，帕里斯的怯懦，赫克托尔的忠勇，关于海伦，我们知道什么？

判断其"为人"，究为"红颜祸水"，还是"红颜薄命"，似乎关系重大（"红颜"是客观存在，"祸水""薄命"则是主观的，关乎看取的立场。从引发的灾难结果去看，是"红颜祸水"；从自身命运去看，就是"红颜薄命"）。结果非她所能控制，故从个人道德去察考，关键是海伦是否"水性杨花"。古希腊人对人物行为的评判也许不像今人这样道德化，但情感的专一，对丈夫、家庭的忠诚似也已是不容动摇的正面价值。所以海伦究竟是胁迫之下的被诱拐，还是见异思迁的私奔，就显得至关重要，可古人的笔下，这一点不是语焉不详，就是相互矛盾。照《伊利亚特》的描写，海伦随帕里斯往特洛伊，似乎是心甘情愿，按《奥德赛》中海伦一番颇有悔意的陈述，则似乎又是被挟持。

据海伦自己的陈述，她是身在曹营心在汉。这是《奥德赛》中海伦对奥德修斯之子忒勒马科斯叙述其父一桩少为人知的功绩：当在行木马计之前，奥德修斯扮作仆人模样，混入特洛伊城中行乞以打探敌方军情，所有人都被瞒过，唯独海伦识破伪装。奥德修斯显然是登堂入室，一直混到了宫里，否则海伦不会有机会给他洗澡（贵妇给陌生男子洗澡实难想象，然在古希腊女子为男人——包括来访的客人——洗澡却是通行的习俗）。洗澡当在相对私密的场合，海伦"庄严起誓"绝不声张后，奥德修斯才将此行目的和盘托出。海伦果然践诺。不仅如此，奥德修斯完成使命杀奔回营，一路击倒许多特洛伊人，特洛伊人愤怒哀叹，她则在后来还如此描述自己当时的心情：

> 特洛伊妇女放声尖啸，而我的心里
> 却乐开了花，此前心情已变，企望回家
> 事了，悲叹阿芙洛底忒的作为，使我迷渺，
> 把我带到这里，离开亲爱的故国，

撇下我的女儿，睡房和丈夫，

一个齐备的丈夫，不缺心智和美貌。（陈中梅译本）

所谓"此前心情"，显然是说"此前"在特洛伊的日子闷闷不乐，而今返家有望，于是心里"乐开了花"。抚今追昔，又还想起来到特洛伊的前因后果，妙的是不提帕里斯，也不说自己彼时的"作为"，却把阿芙洛底忒的"作为"拿来说事，究竟是挟持还是淫奔，也就一言表过。言辞虽是含糊，然而认准是爱神下的蒙汗药作祟，总是表明出离斯巴达，绝非自己的意志。这番解释放在今日，任谁也不信，盖因我们早已处在一个摆脱了神的世界，谁也不能以神作借口。古希腊人不讲心理学而信神意，经常是神意代替（或充当？）了心理学，凡不可解说之神秘情感，便寄之于神意，海伦便是如此。

是故不论是出走之际还是后来，所谓内心的挣扎在海伦那里是没有的。只是这里海伦的一番陈述听上去还是有替自家洗刷开脱之嫌，须知说这番话时她早已回到墨奈劳斯身边"再做冯妇"，在人屋檐下，难免要低头，即使当日对帕里斯一往情深，此时要讨丈夫欢心，有机会就表表忠心也是更明智的选择。这番话乃是借着讲述奥德修斯英雄事迹道出，是讲给外人听，恐怕也是讲给丈夫听，因为墨奈劳斯就在场。当着丈夫的面再次（想来已是不止一次）表明心曲，而且不着痕迹恭维墨奈劳斯是个"不缺心智和美貌"的"齐备"丈夫，是否多少有灌米汤之嫌？

如此小题大做，也许难免有过度诠释之讥。我并不认为荷马这一段含着夹缝文章，是有意点醒读者细察话语背后的海伦。不过这样想想，倒也不无意思。要说"为人"，这里的海伦似乎很是乖觉老练，颇识得眉高眼低，一番话说出来，有自赞，有自辩，似也有悔意，原是赞奥德修斯，顺水推舟，也就开脱自己，又还让丈夫舒心。不说滴水不漏，总要算是拿捏得好——大约也是在她那样处境下的生存之道。不论被挟持抑或淫奔，她都是个戴罪之身，不断做出努力求得墨奈劳斯的宽恕应是她自特洛伊城被陷之日起就在做的功课。墨奈劳斯对她的话信还是不信？她的话是否真实对墨奈劳斯并不重要，事实上她是否曾经怀有二心，或者她是否当真认为他是个模范丈夫都不打紧，关键是她须得屈服于他，而这，在她顺带的表白中已经有了。

倘若上面那个片段里海伦显得颇有心计，且从中见出的是她的曲意逢迎，那在悲剧诗人欧里庇得斯的笔下，海伦竟可算得上是腹有良谋、镇定自若了。尽管特洛伊陷落时希腊人为海伦的美貌震慑，皆称十年战争打得值，然一旦美人不在眼前晃，回过头去想，便又另当别论。《海伦》一剧中，海伦一出场即悲叹"我承受了一切灾难，被人们诅咒，把我当作背夫逃走的人"，后来又叹其母因女儿恶名羞愧难当而自杀，足以表明人心的向背，希腊一般人对海伦的这种态度显然是欧里庇得斯写作的心理背景，而他之所为，就是为海伦翻案。

他所依据的是关于海伦的另一传说，即海伦其实并未随帕里斯去到特洛伊：赫拉执意不让阿芙洛底忒得逞（许诺帕里斯娶到海伦），用云气造了一个海伦的替身。故帕里斯所得，实为幻象，海伦真身则到了埃及。剧中的种种，不必细述，关及海伦"为人"的，有两点值得注意。一是海伦对丈夫的忠贞。海伦到埃及，起初是在国王普洛透斯（这是宙斯给女儿选定的保护人，被认为是一切人们中"最有德性"的）的庇护之下，贞操无虞，然他死后，其子忒俄克吕墨诺斯即觊觎海伦美色。海伦的表现，绝对像一个贞妇，她以种种借口躲避新主人的威逼袭扰。背负恶名生活在异国他乡，她觉得百般无味，唯一支持着命运的"锚"乃是"我的丈夫会得到来，给我解除这些灾难"。及至听到丈夫已死的传闻，她想到了死，甚至自杀的方式也有过一番思量："怎样地可以光荣地去死呢？高吊空中很不好看，这在奴隶们也觉得是不体面的，自刎有点高贵和美的地方，一会儿时光就将使生命离了肉体了。"

特洛伊战争十年，战争结束后墨奈劳斯在海上漂泊了七年，算来海伦独守空房十七年，淡扫蛾眉，丽质自弃，与我们的王宝钏十八年守寒窑，真有的一比。往近一点说，欧里庇得斯笔下的海伦，简直就像奥德修斯那位以忠贞著称的妻子珀涅罗珀。

当然海伦没死。墨奈劳斯身亡乃是误传，海上漂流多年后，阴错阳差，他在海伦羁留之地上了岸。戏剧性的夫妻相认之后，二人开始盘算如何脱离险境，于此海伦开始显示她的心思缜密，足智多谋。打动忒俄克吕墨诺斯之妹不使真情外露，令墨奈劳斯假扮希腊人之幸存者对忒俄克吕墨诺斯谎称墨奈劳斯已死，以婚姻的许诺骗得一船去海上致祭亡夫，最终夫妻驾该船返希腊，一切都是海伦巧妙布置安排，墨奈劳斯像是她的道具，充其量也只是计策的执行者，对海伦亦只有赞佩的份儿。而种种计谋显出海伦的不凡之外，更在佐证她的忠贞，连她的敌手也献上了赞美之词——美梦成空的忒俄克吕墨诺斯最终放弃了报复："再见了，为了海伦的最高贵的精神的缘故，那是在许多女人的心里所没有的！"

"祸水"的标本一变而为贞妇的楷模，欧里庇得斯的翻案，不可谓不彻底。奈何海伦的形象似乎早已定格，不独欧氏，一千多年后的歌德在《浮士德》中让海伦出现，令其统领浮士德精神追求的某个阶段，也可看作广义的翻案文章，然于大众的想象，终是没有多少影响。欧氏喜写女性题材，采取的也是那个时代难得一见的同情女性的立场，然而撇开为海伦翻案当与不当不论，作为一个文学形象，他的海伦乏善可陈，殊少《美狄亚》等剧中人物带来的悲剧震撼力：翻案，也就止于翻案，弄得海伦有几分高大全的味道。

要说"此中有人，呼之欲出"，关于海伦的描写中，我以为还是当推《伊利亚特》中一个也许是无心插柳的片断。这是在帕里斯单挑中败于墨奈劳斯之后，阿芙洛底忒要给他压惊，遂化身老妪来到海伦身边，不提帕里斯的大败而归，倒夸赞他的潇洒俊美，暗示海伦应去与他欢会。海伦认出女神真身，立时心境大坏，给她好一顿埋怨："为何执意骗我，你这不可思议的神灵？／难道还想诱骗，把我带往某个人丁兴旺的城市……兴许那里也有一位会死的凡人，受你钟爱？……要不就是墨奈劳斯已将高贵的帕里斯打败，／想要把我，带回家园？……要去你自己请便，坐在他的身边，放弃神的地位，／看护着他，为他吃苦受难，永世相伴，直到他娶你为妻，或是当作奴隶看待。／不，我不会和他重圆，那是羞辱的极端。"所谓"骗我"，当然是指她随帕里斯私奔之事，但这番发泄与其说是表明她不喜帕里斯而悔不当初，不如说她忧惧此举带来的后果，简单地说，就是她眼下尴尬的处境以及看来更加不妙的前景。不像是当真在忖度女神的来意，倒像是大祸临头的情急之言。不管帕里斯在她心目中是否曾经并且依然"高贵"，她对墨奈劳斯的厌憎却是溢于言表。此时的海伦实在已是方寸大乱，连"要去你自己请便"这种抢白的话也脱口而出。

女神哪受得了这个？当即喝令海伦不可无礼："免得我鼓动起双方的酷恨，把你夹在中央，/ 在达奈人和特洛伊人之间，凄惨地死亡。"这一场人神之争遂以海伦的害怕屈服收场。接下来的一幕更是有趣。海伦见到帕里斯就是一顿含讥带讽的数落："这么说，你已从战场回返。哦，真愿你死在那里，/ 被我的前夫，那个比你强健的人手杀。/ 从前你说过大话，自称比嗜战的 / 墨奈劳斯出色，无论是比力气、手劲和投枪。/ 何不再去试试，挑战阿瑞斯钟爱的墨奈劳斯，/ 面对面开打？算了，我劝你还是 / 就此作罢，别再和金发的墨奈劳斯较劲，一对一的搏杀；你呀，别再鲁莽。/ 你兴许会死在他的枪下，时间不长。"——似乎又向着墨奈劳斯了，其实却是恨情人不中用，在她背叛了的人面前丢人现眼。帕里斯与墨奈劳斯一战，原本干系重大，帕里斯输掉一阵，便须交出海伦。事情的严重性在海伦的一味埋怨中倒被奇怪地忘却了，而埋怨中还是有情。

帕里斯的反应好笑得紧，一方面像是自知理亏赔小心，求夫人"别再辱骂"，一方面是急吼吼地寻欢，声称此时"激情从来不曾像现在这样，将我缠缚"，即使情奔的初夜也未有此刻的激情。接下去荷马以他引着海伦上床一言表过，写出来当然就是"闺房记乐"，所谓"颠鸾倒凤，不知东方之既白"。

这是我在雄浑的《伊利亚特》中意外读到的最最凡俗家常的一幕。简直就是寻常夫妻间的一场口角。这里的海伦给人的印象不是天仙般的美貌，也不是不动声色中融为一体的高贵和诱惑性，而是其近于寻常女人的一面，也唯有此时，海伦出离了倾国倾城的神话。

三、海伦的结局

特洛伊城破之日，当是海伦命运转折之时。所谓结局，在古希腊的英雄，常是死亡，神话中往往大书特书，细细交代。海伦女流之辈，无有战场上的英雄之死，波澜不惊，何足挂齿？结局者，是说海伦生活中最后一刻自成起讫的段落。

其实在特洛伊陷落之前，海伦的生活，已然又生变故。这里的关键是帕里斯之死。帕里斯与墨奈劳斯交手时是个脓包，但在后来的一战中似乎显出了英雄本色，奋身杀敌，射死敌方悍将，不幸自己也中了毒箭，不治身亡。有一种说法，谓阿喀琉斯即是城破时为帕里斯射杀，此说或即好莱坞大片中描述阿喀琉斯之死的张本，但我不愿"采信"，盖因从此说就少了海伦一段故事：在帕里斯死后到特洛伊陷落这不长的时间里，海伦又经一次婚嫁，或者说，再次易手，嫁给帕里斯的兄弟得伊福玻斯。如城破之际帕里斯还活着，当然就没有再嫁之事。

荷马史诗中未写此事，因史诗中海伦仅是战争的引子，众英雄而非海伦的命运才是叙述的重心。不过我们也不妨借用荷马的时间表：《伊利亚特》所写，乃是十年战争的最后阶段，结尾时帕里斯仍活着，从他身亡到特洛伊陷落，满打满算，也只有数月时间。如此短暂而又大敌当前，帕里斯尸骨未寒，却要完成又一次婚配，料必不是海伦之意，她也做不了这个主。得伊福玻斯何时对海伦有意不去管他，反正帕里斯已死给了他足够的理由。想想看，《奥德赛》中众浮浪子弟逼婚珀涅罗珀，珀涅罗珀只能以丈夫生死不明来搪塞，似乎舍此便无以拒绝婚姻的要求——女子本人的意愿是不再考虑的。在此道德的要求不在于尊重海伦的选择,而在于对得起另一男性。得伊福玻斯无需考虑海伦对己是否有情,关键是,作为天下第一美人,海伦的美貌不可闲置,这是一种注定要完成的占有。

此事在神话传说中一笔带过,海伦做何感想自然不得而知。可以肯定的是,考虑这桩婚姻中爱情的有无对她是太奢侈了,比之于落入墨奈劳斯之手可能面对的羞辱与惩罚,嫁给得伊福玻斯也许倒是她更愿意接受的命运。但是得伊福玻斯注定只是一个插曲,她的真正考验仍然是墨奈劳斯的出现。当然,如果愿意接受罗马诗人维吉尔的说法,那海伦在此之前已然躲过了一劫。《埃涅阿斯纪》叙述特洛伊城陷落时的情景,说到王子埃涅阿斯(将希腊、罗马神话混合编排起来,他就应是帕里斯、得伊福玻斯的兄弟)在火光冲天一片混乱中看到海伦藏身神庙,一言不发坐在神坛的台阶上。在埃涅阿斯眼中,海伦惊恐万状,这没有令他产生怜香惜玉之意,反倒激起他一腔愤怒——他不能容忍这个女人重新以王后的身份厕身于凯旋行列回到故国。想到日后将由一大群特洛伊的贵妇和奴仆伺候着则他更觉耻辱。国仇家恨令他顿起杀心:"即使惩罚一个女人不会给人赢得值得纪念的荣誉,即使这种胜利也不会获得赞美,但是我消灭了恶,惩处了罪有应得的人,也还值得称赞。"让埃涅阿斯放弃了除恶之念的是阿芙洛底忒的出现,维吉尔将这女神安排成他的"慈爱的母亲"。女神告他,令特洛伊毁灭的,"不是像你所想象的海伦的罪恶的美貌,也不是应受责备的帕里斯,而是天神,是无情的天神啊"。

海伦因此捡了条命。维吉尔是代特洛伊人立言,不过揆情度理,特洛伊人有埃涅阿斯式的反应应属正常。比之于埃涅阿斯直视海伦为恶的化身，比之于他作为失败者的复仇冲动，胜利的希腊人似乎显得宽大为怀。海伦忧惧的事情并未发生。希腊神话中，特洛伊陷落后的海伦也是一脸惊恐地出现。这却是在希腊人的女俘队伍中，海伦花容失色，一言不发走在墨奈劳斯身边。她能想到的结局是什么？死，或者比死更难接受的羞辱，比如从此贬为女奴？出乎意料的是，美征服了一切，没有人想伤害她，而墨奈劳斯也得到了阿芙洛底忒的暗示，早已原谅了她。

斯威布的版本还爬梳或演绎了海伦在墨奈劳斯面前忏悔、夫妻和解的一幕。海伦的忏悔其实也是自辩，她将情奔归于帕里斯的武力胁迫（"当时你不在家，没有丈夫保护我"），而她屈身事敌，终未尽节的原因则是女仆的劝阻以及对丈夫、幼女的牵挂。最后说道："你随意处置我罢。我作为一个悔过的人，一个哀求者，俯伏在你的面前。"墨奈劳斯将她从地上扶起，答道："海伦，忘记过去的事吧，不必畏惧。过去种种，譬如昨日。你所犯的过失我都不怀恨。"说着就把她抱在怀里，海伦"悲喜交集地流下眼泪"。

似乎迈不过去的一道坎就此迈过。墨奈劳斯像个宽宏大量的丈夫，尽管既往不咎的后面是胜利者的姿态，而海伦何所喜何所悲，悲喜交集又是何滋味，只有她自己知道。不管怎么说，依照时间的顺序，当她在《奥德赛》中再度出现时，海伦早已重新回到斯巴达王后的宝座上。十年过去，也许偶或要赔小心，也许较情奔之前要谨言慎行，但她的王后坐得很稳当，而且在寻父（奥德修斯）到此的忒勒马科斯眼中，她自有她的身份，她的尊严，她的气度——海伦依然美丽，关键是，作为这美丽的一部分，依然不失其高贵。至于她的将来,《奥德赛》中未交代,不过诗中普罗透斯预言,她和墨奈劳斯是不死的,只是须遵神意到厄吕西翁去。另一种说法是二人死了,都葬在拉科尼亚的特刺普涅。虽说死了,也当是过了金婚、钻石婚或其他婚之后,以墨奈劳斯之妻、斯巴达王后的身份死去,总之是善终。

当然还有其他的说法,比如前面提及欧里庇得斯《海伦》所据的那一种,即帕里斯所得者,实为幻象,其真身去到埃及,后由墨奈劳斯携归。结局凄惨的也有,有一传说即称墨奈劳斯死后海伦被赶出斯巴达逃到罗得斯,在那里被人绑在树上鞭打致死。斯巴达人为何仇视海伦,罗得斯人为何又对其下毒手,是因为情奔的前科,还是又有新过,都不得而知。我们知道的是罗得斯人为了赎罪给她修了座神庙,名为海伦丹德里提斯神庙。又有一说更有意思,说海伦与阿喀琉斯结了婚(一号英雄配第一美女?),并为其生子欧福里翁——到《浮士德》中,他被歌德移花接木,成了浮士德和海伦的儿子。

阿喀琉斯在特洛伊战死,与海伦结合从何说起?赫德里《希腊神话辞典》据 TEZTES 的说法记述:阿喀琉斯在看到立于特洛伊城墙之上的海伦,欲火如焚,便请母亲忒提斯设法,她给他造了一个梦像,让二人于梦中私会。一望而知,这其实是关于阿喀琉斯与海伦的又一说。

要在歧说纷纭的希腊神话中梳理出首尾连贯的海伦故事,近乎不可能。好在大多数人对海伦结局的关注仅限于一点,即关于情奔一事的罪与罚。这正如人们对明星的兴趣,大体限于绯闻、婚变及其结果,褒曼、嘉宝们的老境和死亡是不大有人理会的。而在海伦罪与罚的大关节上，种种传说倒是大体一致：墨奈劳斯与海伦和好如初。据此我们大概会在有意无意间给海伦故事画上一个句号——仿童话故事结尾的套语——"他们从此过着幸福的生活"。

可海伦故事并非童话，海伦亦并非纯洁无瑕的公主，以"罪恶"开始而竟得善终，轻易地逃过了惩罚，这怎么可能？想想自妲己、褒姒至杨贵妃一干"祸水"的下场，海伦的结局更显得像是天方夜谭。由此也就引出许多中西对比的议论，无非是说中国女性处境悲惨，而西方的女性幸运得多。这说法西方的女性主义者肯定不乐与闻，而要说明中西女性处境的相异，海伦故事亦并非最佳的例证。不要说古希腊不能代表西方，即使古希腊人，对女人的看法也充满礼教思想。与欧里庇得斯同时代的史家图库狄得斯说："女人愈是不出现于街上，不被人谈论便愈算是好。"——比之旧时中国社会对女性的限制，不遑多让。而且海伦的命运，也可有别样的解读，海伦之被宽容乃至被珍视，一方面是古希腊人的神意观念，人既受神操控，也就可以不担干系，至少罪责可以减免；另一方面则恰是因为女人根底里被视为物。美人如此多娇，引无数英雄竞折腰，"匹夫无罪，怀璧其罪"，帕里斯应受惩罚，如非战死，落入希腊人手中，必死无疑，得伊福玻斯便是榜样，因染指海伦，他惨死于墨奈劳斯刀下。然而怀璧者当诛，"璧"则可恕，胜利者不必毁弃夺回的宝物，何况是海伦这样的绝世之宝。

尽管如此，海伦在西方能够成为美的象征，仍然耐人寻味，因为即使在今日，我们也很难以美的眩惑取代道德的计较，于想象中将杨贵妃一流"祸水"送入一个超道德的领域。歌德就是这么做的。《浮士德》中的海伦肯定是关于海伦形象最著名的一次重写，至少在所谓"美的悲剧"中,海伦的美君临一切,征服一切,整个世界似乎都匍匐在她的脚下,而歌德的想象并不构成对公众道德观、女性观的冒犯。

说到重写,如果我们愿意,当然也不妨拉上好莱坞大片《特洛伊》,海伦故事在此有了一个最现代(抑或后现代?)的结局:特洛伊陷落之际,海伦与帕里斯于一片火海中逃脱了——也算是又一型的"有情人终成眷属"。其实影片对二人关系的处理从一开始就很"现代",完全合于当代观众的爱情心理学。编剧太想着对观众有个交代了,结果弄到对古希腊神话、对荷马、对此前所有有分量的重写,整个没法交代。所以不说也罢。

大师笔下的大师

有些书的书名,径直就是一种挑逗,比如《为什么读经典》。假如我是一个作家,也许我会急切地去翻《未来千年文学备忘录》,从中寻绎关于写作的箴言,但我不是。我是一个读者,同时也是一个教书匠,因此"为什么读经典"对我是一个更大的诱惑。不管是作为读者还是作为教书匠,这都是我更关心的。从根底里说,《未来千年文学备忘录》与《为什么读经典》也许不应被看作两种类型的书,不过后者的书名似乎隐含着对于揭晓某个谜底的更直接的承诺。

经典在今日的命运颇为尴尬,一方面,是被束之高阁,它们在书店、图书馆以至私人的书架上占据显赫的位置,其主要的功能却不是被阅读,而是供瞻仰。另一方面,它们在学院里仍被阅读,却不是作为经典来阅读,在"多元化"口号的指引下,它们与大众化的读物平起平坐,被"一视同仁"地对待,其新近获得的身份叫作"文本"——已然成为"后学"砧板上的祭品,人为刀俎,我为鱼肉,等着被大卸八块。一个以是否"有用"为取舍标准的时代,读经典至多也不过是一项奢侈消费。卡尔维诺这样的高人有兴致来指点这样的背景下我们何以要读经典,不啻是一个福音。

然而卡尔维诺开了张空头支票。这本书中的大部分篇幅并未用来回答"为什么读经典",书名不过取自其中的一篇文章。而且即使在这篇打头的文章中,他也未"直面"问题的核心。像他在小说中的做法一样,他向着谜底的趋近迂回曲折,远兜远转,"王顾左右而言他"。较之"为什么读经典",卡尔维诺显然更愿意也更有信心帮助我们来一番"何为经典"的辨析。他一口气扔给我们十四条关于"经典"的定义,定义原本抽象,他实质上则是用以描述、升华生动的阅读经验。一方面胜义迭出,饶有情趣,一方面又似学究式地咬文嚼字,这似乎有点矛盾,但卡尔维诺的言说方式就是如此。一再轻快地从本题逃逸之后,我们以为他会卒章显志,曲终奏雅,卡尔维诺倒也并非不著一字,下面这句话多少可以看作令人鼓舞的正面回应:"经典帮助我们理解我们是谁和我们到达的位置。"不过紧接着他就陷入消极:"我真应该第三次重写这篇文章,免得人们相信之所以一定要读经典是因为它们有某种用途。唯一可以列举出来讨他们欢心的理由是,读经典总比不读好。"——实在近于取消派的言论,其中隐含着的揶揄流露出对假想的"人们""他们"(应该就是他晓谕的对象吧?)的不信任。

作为经典的守望者,卡尔维诺之所以不像另一经典捍卫者,《西方正典》作者布鲁姆那样攘臂而前、大声疾呼,盖因于以下两条:其一,"为什么读经典"对卡尔维诺本人而言,根本不成其为问题;其二,作为骨子里的精英主义者,卡尔维诺以为为浅人说法,说了也是白说,而他也并无普度众生的宏愿。

是故,他让我们一上来就扑了个空。不过,如果我们不在一棵树上吊死,愿意将"为什么读经典"的困惑暂且搁置,尝试摸着石头过河,则我们可以在后面得到加倍的补偿:书中的大部分文章,大可看作"怎样读经典"的示范。事实上,卡尔维诺在以他的套路解说何为经典时,他同时也就在暗示一种面对经典的方式。

在某种意义上,他的读法"不足为训",在其笔下,经典大体上均成为"他的"经典,在解读过程中,一一盖上了卡氏戳记,因此无从仿效。作家的批评,大都如此。法国著名文学批评家蒂博代在《六说文学批评》中将文学批评分为三类,即自发的批评,职业的批评,大师的批评。自发的批评,照蒂博代的划分,属一般读者的口头议论,可以按下不表。职业的批评,主体是批评家、教授,倾向于根据既定的概念判断、"求疵",大师的批评则以作家为主,所重在趣味,在"寻美"中的发挥创造,乃是"作为天才,对天才做出天才的解释"。卡尔维诺所评论者,多是他心仪的大师,其解读当然是在"寻美",而非"求疵",此外他的身份是作家,而且在当代小说家心目中,已是近乎神明的人物,对号入座,他的经典解读,似乎理当到"大师的批评"项下就位。

但是蒂博代列举的大师批评的范例会让我们归类时大感踌躇。他标举的人物多为浪漫派巨子,比如雨果,而卡尔维诺与他们相去太远了——不仅是写小说时,从事批评时也是如此(卡尔维诺与浪漫主义之间的距离,也许远远超过其他一切的主义)。雨果的批评是"万物皆备于我",逞意而评,将一切对象化为自我的回声。卡尔维诺的批评虽然如同一切大师批评一样,最精彩处常在深刻的片面而来的片面的深刻,其到达的路径却与雨果判然有别。雨果往往见我不见人,将对象纳入自己的脉络,卡尔维诺则见我也见人,于自己的脉络之外,还有对对象自身脉络的把捉。他将天才的洞察力与学者的审慎集于一身。多数作家从事批评时的个人化表述，他不是没有，然同时他也娴熟地运用那些习见的术语和分类概念，而且是在约定俗成的意义上使用。就像在小说中他绝不放松控制一样，批评中他也不肯放纵自己的"天才"。他甚至比伍尔夫、桑塔格这样亦作家亦批评家的人更来得有板有眼。他津津乐道的"精确的观察"或"观察的精确性"不仅见于他的小说，也在批评中转为卡尔维诺式的文本细读。其结果是，我们甚少看到他的率性、即兴，更多的时候是字斟句酌，条分缕析。

且随手挑一段他评加达的文字：

> 加达的文化背景是实证主义，他持有米兰科技大学的工程学文凭，执迷于实用科学与自然科学的问题及术语，所以我们这个时代的危机，被他视为科学思想的危机，也就是从理性主义的安全感与十九世纪对于进步的信仰，转变为对于宇宙复杂性的认识，这个宇宙并不能让人放心，而且是无法加以形容的。《与忧伤相识》的中心场景是村里的医生对龚扎罗的拜访，意味着十九世纪的科学自信形象与龚扎罗悲剧性的自觉两者间的相逢……

从行文方式到遣词造句，实在看不出与学者的批评有何区别。这样的段落在书中俯拾即是。更重要的是，卡尔维诺的批评甚少仅仅凭借以意为之的个人感悟。对象虽是一个作家或一部作品，批评后面却有复杂的知识系统的支撑。该书译者之一的黄灿然先生称其杰出之处在于"总能在抓住任何一条线的时候，牵动起那复杂的、交织的整体脉络，不仅使我们有所领悟，而且深化和拓宽我们的视野"。诚哉斯言！我愿意将其首先理解为文学史的脉络——卡尔维诺心中有一部完整的文学史，虽说这部文学史与我们通常所见大不一样。属于他的文学史（精英化的文学史）当然由经典作品构成，而经典作品"是一些产生某种特殊影响的书，它们要么本身以难忘的方式给我们的想象力打下印记，要么乔装成个人或集体无意识隐藏在深层记忆中"。——卡尔维诺如是说。是故当其面对具体的作家作品时，他给自己规定的任务之一，似乎就是寻找"印记"，且让"记忆"从无意识中浮现出来，犹如底片显影。

书中这样的例子不胜枚举。说《白骑士》，他要牵出骑士文学传统，迤逦说到《堂吉诃德》；论帕斯捷尔纳克，自然要说到俄罗斯19世纪伟大小说；谈蓬热，要牵连出卢克莱修的《物性论》……卡尔维诺有言："一位作家的全部努力正是在整体的文化脉络中获得意义。"他所瞩目的对象，经常被置于与其他经典作家的关系之中，这种关系有时比较明显，有时极其隐蔽，他总是——有时是出人意表地——替我们勾画出来。不同于文学史家，他最感兴趣的不是实证关系的存在，作为一个对普遍性入迷的小说家，他醉心于将众多的故事归为一个故事，又从一个故事派生出无数的故事，作为批评家，他关心《奥德赛》里的多个奥德赛，"《帕尔马修道院》包含许多不同的小说"，更留意同一命题的反复出现——他在考察同一宇宙图案的种种变形。福斯特在《小说面面观》里让我们想象不同时代的作家聚于一堂，卡尔维诺亦如此，所不同者，前者要做高下的评断，后者津津有味地指陈他们的"共谋"关系。

这并不意味着卡尔维诺将他的论述对象从背景上剥离出来。事实上他对背景（思潮、时代、文化）十分在意。《纳扎米的七公主》

（所论对象为波斯作品）一文中写道："将一部作品置于我们不熟悉的背景中，这总是一件艰巨的工作。"倘若这样艰巨的工作他尚勉力为之，我们频频看到他对笔下西方作家所做与时代之间关系的精彩论述，自不应感到意外。

如此这般，让对象出现在传统与时代交织的经纬中，绝非仅凭天才的灵感可以办到，卡氏的批评不主"性灵"亦于此可见。在大多数作家批评中，我们常常不得不穿过天才呓语式的雾霭去发掘"合理的内核"，不得不完成某种语码转换，并且以我们的知识填上有意无意的"留白"。在卡尔维诺那里，这道工序某种程度上可以免去，因为我们面对的不是有待诠释演绎的材料，它们本身已经是一种研究。多年前有人呼吁中国作家的学者化，我不知道"学者化"的标准是什么，不过卡尔维诺不论从哪一意义上说，都绝对是一位学者化的作家。他的学者化倾向无须到批评中来求证（从小说中即可看出），不过他的批评也许让我们更直观地看到了这一点。

当然，倘若在"见人"与"见我"之间做出明确的区分，那在不同的文章中，二者的比重和表现呈现方式是不一样的——《为什么读经典》显然是将卡尔维诺不同类型的批评文章汇集到了一起，写于不同时期的文章，也有不同。译林出版社的中译本翻译审慎，装帧设计到位，唯其如此，我对其尚存的微瑕就更感到遗憾。其一，是除了写作年代之外，缺少背景的交代。我读此书时一再陷入猜测之中，猜测不同的文章是为谁而写，以及在怎样的情形下写就。从上下文判断，有些是给报纸写的书评（比如《亨利·詹姆斯:〈戴西·米勒〉》《蒙塔莱的悬崖》），有的是为意大利文译本写的序言（如《格诺的哲学》）；有些是用心用力之作，有些则可能带有应命色彩。但是，即使在那些简短的书评中,也很难看到一挥而就的痕迹。

有论者断言卡尔维诺的批评与众不同之处在于他总是直入堂奥,撇开一切背景性的交代,径直引领读者去欣赏内在的细部之美。此说似是而非。卡尔维诺的批评不乏交代介绍的成分:有时是内容的概述(《杰罗拉莫·卡尔达诺》),有时是故事的演绎(《给〈帕尔玛修道院〉新读者的阅读指南》),有时是版本的交代和比较(如《纳扎米的七公主》),成书经过的叙述。如果我们以为所有这些均付阙如,那只是因为这些内容或许并未出现在它们通常会出现的地方,而是织进了变化多端的文体之中。

变化多端是自然的,才高如卡尔维诺,自然不屑于写按部就班的八股文章,他有极强的形式感,又是有兴趣探索各种可能性的人(虽说批评并非他的主要实验场所)。不过形式感的另一面是对界限的意识,他经常越界的前提是他知道边界的存在。答记者问(见中译本前言),他可以闪烁其词,真真假假,游戏三昧,写批评文章(不拘书评还是论文)就得有交代、分析和论证。写书评是中规中矩的书评,写论文就是严整的论文(《格诺的哲学》即实为论文),卡尔维诺游走其间,总是看似旁逸斜出、意态横生,而又拿捏得恰到好处。与有些自说自话的大师不同,卡尔维诺面向自我的同时也面向读者,尽管可能是小众的读者。读者的种种需求事实上在他那里都可以得到满足。

当然,我们得到的满足更多不是来自于卡氏行文的"轻逸",而是因于其解读的准确深刻。不同的文章中,我们得到的满足有所不同。根据批评的对象与我们的阅读经验之间的关系,书中文章可以分为两类,一类谈的是我们熟悉的经典,另一类谈论的则是陌生的作家作品，更具"他的"经典的意味。读前一类文章，因为与我们的阅读经验相衔接，我们也许更容易获得阅读快感，也更容易感知他为批评建立的高标准。

我愿意特别提出《帕斯捷尔纳克与革命》《海明威与我们》二文。这两篇文章均写于 1958 年，其时卡尔维诺尚未走向他后来那种独特的"玄学"，其批评中"历史""社会"仍是考察的一个维度，与我们习惯的角度有更多的重合（反观写于七八十年代的论司汤达、巴尔扎克等篇，所论虽为众所熟知的经典，其关注点则已大大逸出我们的视线之外了）。从篇名即可看出，这是"有我之境"，并且这里的"我们"是时代之中、现实之中的人。

《帕斯捷尔纳克与革命》显然是书中最用心经营的文章之一，这从他正文中不能尽意，加了多条相当长的注释反复辩明其意，即可见出。不算长的文章，几乎触及帕斯捷尔纳克研究的所有问题：知识分子与革命，帕氏抒情性的历史观、帕氏与 19 世纪俄罗斯文学传统的对话，"史诗式"的《日瓦格医生》与 20 世纪对小说的解构，帕氏对苏联式共产主义的拒绝……既是对《日瓦格医生》的细致分析，也是对时代、革命、20 世纪小说等问题的解读，当然，还有卡氏极其敏感的，关于作家感应世界的方式与所选择形式之间关系的判断。凡所议论，无不见出深刻的洞察力与卡尔维诺式的精准。比如对于帕斯捷尔纳克独特性的把握：

> （他）对心理、性格、情景不感兴趣，而只对更笼统更直接的东西感兴趣：生命。……就帕斯捷尔纳克的抒情诗和《日瓦格医生》的基本核心神话而言，两者之间有着严格的一致性：大自

然的运动，它包含并影响其他一切事件、行为或人类情感；还有就是在描写暴风雨肆虐和融雪时的史诗气势。小说是这种气势的合乎逻辑的发展，因为诗人试图在一次论述中同时包含自然和既是私人也是公共的人类历史，以提供生命的总定义。

再如讨论"革命"对于知识分子意味着什么。在引述小说主人公关于革命、社会主义的正面议论之后他写道：

> 这是一种我们在政治术语中所说的"自发性"的意识形态：而我们也很清楚接下去的幻灭。这些话（以及日瓦格欢呼布尔什维克在十月革命夺取政权时所说的那些过度文艺腔的话）在小说中多次被痛苦地证明是错的，但这不要紧：它的正极依然保留着那对那个由真实的生命构成的、在革命的春天中被瞥见的理想社会的向往，即使对现实的描写已愈来愈强调那个现实的负面特征。

以下自然还说到"负极"：革命中释放的野蛮、残酷；使革命理想冻结的抽象理论和官僚空话。我们可不可以说，在繁复与辩证的语句中，卡尔维诺也在追求着批评中的"几何的精确性"？

当然，仅仅是这些，还不足以说明卡尔维诺批评之为蒂博代所谓"大师的批评"。帕斯捷尔纳克、海明威诸论，可以视为广义上的命题作文，这是时代命的题，许多人都在作的文章，卡尔维诺作得更高明、更精彩，足证他可以是命题作文的绝顶高手，也见出命题作文可以达到什么样的高度。然而大师之为大师，往往还在于他于命题作文之外别有关怀——他给自己命题。我发现70年代以降卡尔维诺的批评与我们的视阈已甚少重合。《司汤达：知识作为尘云》中他提到司汤达笔下的主人公在经历内心冲突时，"一般都拥有线性的性格、持续的意志和紧密的自我"，演绎捕捉这个自我，关注性格与环境之间的冲突，这是我们的视阈，至少解读司汤达时通常是如此。而卡尔维诺宣称对这些已失去兴趣，"更使我好奇的是发现它底下还隐藏着什么，整幅画的其他部分是什么"。他关心的是这样的性格在司汤达认知的世界（"点式、不连贯和尘云式的基本现实"）里何以成为可能。——其旁逸斜出，正如他论《老实人》时全然置我们谈论伏尔泰时习惯的种种议题于不顾，大谈其"叙述速度"；论《宿命论者雅克》又"无视"狄德罗的启蒙理念，讨论狄氏如何蓄意将他的书变成与读者之间的持续争吵。

不仅如此，卡尔维诺批评对于"命题作文"的偏离更在其"寻美"的独特选择。任何稍有欧洲文学常识的人都会发现，他给我们开出的是一份残缺不全而又大悖常理的经典书单。我们会怀疑他挑出的某些闻所未闻的作家，是否当得起"经典"之名。而那些早有名分的经典，他的品题也往往在我们的意料之外。以至对此书推崇备至的译者，也对他选择托尔斯泰、福楼拜等大作家的小作品做一掠而过式的评论表示遗憾。但卡尔维诺肯定是无辜的。第一，书中有些文章的写作，可能存在某种偶然性，我们不妨想象它们不过是编辑催讨甚至命题的产物（比如，亨利·詹姆斯并非卡氏钟情的作家，纯以个人趣味，他会不会选来品题就值得怀疑），虽说即使真是如此，这些文章也写得无可挑剔。第二，也是更重要的，卡尔维诺并非在为读者提供一份经典必读书目，也无意另外拉出一条文学史的脉络，他只对自己的趣味以及所选批评对象的水准负责。

有些学者给文学史家规定的任务是优秀作家之发现，卡尔维诺似乎也在承担这样的使命。看看他笔下出现的"另类"作家：色诺芬、杰罗拉莫·卡尔达诺、普林尼、伽利略、西拉诺、吉安马利亚·奥尔斯特、加达、弗朗索瓦·蓬热、格诺、帕韦泽……三十余篇文章，三分之一以上都是在谈论我们感到陌生乃至闻所未闻的对象，而卡尔维诺对之均抱以相当的敬意。即使以最"另类"的标准衡量，他的经典作家名单也还是出人意表：这里包括了史家、科学家，以及大量徘徊于文学、哲学之间的暧昧人物。他们未必能给我们铺陈出一部别样的文学史，却准确无误地勾勒出卡尔维诺的精神谱系。

卡尔维诺心仪的是这样两类作家，或这样两个方面，一是哲学化的倾向，一是具有无可挑剔的技术，以几何的精确性描述现象世界。他对心理、意识不感兴趣（对他来说，"不易亲近的书架"，其中包括了分析的、心理的小说家，詹姆斯派与普鲁斯特派作家），心理、意识都是人的属性，而在他的"玄学"世界中，人并不占据中心的位置。他更喜欢用的词似乎是"宇宙"，这个宇宙显然不在围绕着人旋转。当他描述那些他最最推崇的作家时，我们意识中也许浮现的是这样的图像：浩瀚宇宙中无数的天体，和面对这大千世界沉思着的大脑。用他的术语，拥有这样的大脑的，都是一些"根本性的作者"，"根本性的作者"创作的是一本"表现整个宇宙的书"，一本"无所不包的书"。

他关于经典给出的第十条定义正是如此："一部经典作品是这样一个名称，它用于形容任何一本表现整个宇宙的书，一本与古代护身符不相上下的书。"这是一个全称判断，用以说明所有的经典。将此定义用于书中谈论的每一对象，我们有理由怀疑它的适用范围，卡尔维诺须得完成诸多的转换，才能赋予狄更斯、海明威等作家以哲学的"根本性"。可以肯定的是，下此定义，他意识中首先浮现的是伽利略、奥尔斯特、卡尔达诺、狄德罗、加达、博尔赫斯等具有"智性风格"的作家，他也显然将自己安放于此一脉络之中。唯其身在其中，谈论这些作家时，他仿佛更能进入到物我两忘、身剑合一的境界。有时候，我们简直分不清他是在说他人，还是夫子自道。下面这段话是对奥尔斯特的描述：

> 他用"几何的精确性"的武器，对抗存在的混乱以及思想的犹豫不决，换句话说，这项武器具有智性风格，这样的风格来自于所有截然明了的对立以及不能反驳的逻辑结果。他认为对于乐趣的欲望以及对于强力的恐惧，是唯一确定的前提。

用于卡尔维诺，有何不可？论狄德罗，论卡尔达诺，更不用说博尔赫斯，我们都能从他的议论中窥见他本人的面影。

不论有何不同，卡尔维诺在此与和他全然不同的雨果相遇了。蒂博代称雨果《论莎士比亚》一书中描述十三位天才时的方法："他站在两面镜子中间，看到了十三个维克多·雨果，然后他用手指着他们说这个是莎士比亚，这个是拉伯雷，这个是塞万提斯。"卡尔维诺当然不像雨果那样将批评对象弄得难以辨识，博尔赫斯们仍然有其清晰的轮廓，然而千真万确的是，卡尔维诺亦叠映其间，即使在其力求几何式精确的分析论证中也不难发现。他论卡尔达诺道："他的思想不排斥任何来自客观探究的现象，尤其是从主观性深井里浮现出来的现象。"他本人对这一干作家确乎在做"客观探究"，同样真实的是，这些作家恰是从他的"主观性深井"里浮现出来。钱锺书有言，自传不妨看作他传，他传则不妨看作自传。卡尔维诺批评中最个性化的部分（即针对他真正心仪的作家的部分）也可作如是观。从此角度看，《为什么读经典》最终通向《未来千年文学备忘录》，通向卡尔维诺的诗学。

马尔罗在中国的命运

讨论一个作家在异国的接受情形应当同讨论其在本国的接受一样，考虑到读者、研究者、作家圈等不同层面。马尔罗在中国远不及萨特、加缪、波伏瓦等人的名字来得响亮，甚至也不及巴比塞与阿拉贡，不论在创作界、学术圈，还是一般作者中，都是如此。法国作家（尤其是19世纪、20世纪作家）对中国作家的写作产生过巨大的影响，然而马尔罗的影响微乎其微，他从来没有成为中国文坛关注的焦点，也没有任何证据表明某位中国作家的个人写作受到过他的指引；尽管马尔罗的几部名作以中国为背景，中国的读者对他却是知之甚少，80年代《征服者》《人的状况》中译本在大陆出版，印数分别为1.2万册、1.8万册，那一时期正值中国读者对西方文学的热情空前高涨之际，西方文学名著的印数动辄在10万册以上，相形之下，马尔罗的书印数实在不高，而在为数不多的读者中，读而终卷者肯定更少；也许研究法国文学与比较文学的研究者是中国对马尔罗表现出较高兴趣的一小群人，但是在此狭小的范围内，马尔罗也未能持久地维系住中国研究者的注意力，除了柳鸣九、罗新璋所编《马尔罗研究》及钱林森的专著《法国作家与中国》有过较大的影响之外，甚少有涉及马尔罗的研究，有关马尔罗的文字大多是介绍性的。在近期的一些读书类杂志上，马尔罗的名字频频出现，并且引起部分读者的兴趣。不过作者与读者的兴奋点显然都更在他的传奇生涯，而不是他的作品，换言之，他是作为一个奇人，而不是作为一个成功的小说家重新走入中国读者的视野的。几乎可以肯定的是，在未来的一段时间里，小说家马尔罗将继续被中国读者遗忘，他的传记将比他的小说更受欢迎。

小说家马尔罗何以在中国受到冷落？对此问题的回答固然涉及马尔罗作品本身，但更需考察的是中国的接受语境，构成中国接受语境的，除了学术界的翻译介绍研究、创作界的反响回应以至援引、读者的需求这三者的互动关系之外，意识形态的取舍也是重要的一面。1949年后相当长的一段时间里，国内官方意识形态一直倡导社会主义现实主义文学，这种文学要求作家注重表现具有历史意义的重大题材，方法上遵循传统的写实原则，此外还须有鲜明的政治倾向。尽管在介绍西方文学时尺度可以从宽，但趋近该标准者更容易被列为译介的对象。巴比塞就因此一度受到中国的欢迎。在这里政治的考量显然是凌驾一切之上的，即使未能满足其他要求，如能保持政治正确，也能得到宽容，可以举出的例子是超现实主义作家艾吕雅和阿拉贡50年代在中国曾经受到的礼遇，同样因为政治的原因，60年代中苏关系恶化后，二人的亲苏立场使得他们迅即被打入冷宫。

应该说，马尔罗的小说与上述标准不乏暗合之处：其一，他的三部最出名的小说《征服者》《人的状况》《希望》均以20世纪重大的历史事件为题材，在当代西方文学普遍转向个人"小世界"的背景上，他对"大世界"准史诗式的描绘显得相当抢眼；其二，尽管《人的状况》等小说时而溢出传统现实主义的轨道，但其手法就整体而言是写实的；其三，马尔罗对革命者的同情不言而喻。然而马尔罗仍然过不了政治这一关。首先是他的政治立场和社会身份。他在二战以后转向戴高乐主义是人所共知的，内阁成员、新闻部长、文化部长这样的职位则使他在中国人眼里像一位资产阶级的显贵。虽说并不存在政治上的双重标准，但不同时代的作家显然是受到区别对待的，大体上，对年代久远或是已经过世者尺度从宽，对在世的人则绝对地从严，马尔罗仍是当世活跃的人物，而且是政治人物，而且立场不仅是可疑，简直可以说是反动，因其人而废其言应是意料中事（中国传统中一直有以人废言的倾向）。其次是《征服者》《人的状况》两部小说题材的敏感性。省港大罢工、1927年的"四·一二"反革命政变都是中共党史中要紧的关目，属重大历史问题，而对重大历史问题的解释评价通常是以中共最高层决议的形式进行的，文学的描写必须与此相符。越是这样的题材，意识形态审视的眼光就越是严格。马尔罗尽管采取了同情的立场，他对中国革命的解释却显然是马尔罗式的，即使撇开以人废言的因素不谈，这样的解释也肯定不能被接受。所以与人们通常的想象正好相反，在那个特定的时期，马尔罗选择中国革命做题材并不使他受欢迎，倒是为自己走近中国读者设置了障碍。

50至60年代中国与西方20世纪文学的接触限于少数"左倾"作家。"文化大革命"期间，中国对西方的大门彻底关闭，80年代以后，中国的读者才有了与西方文学再续前缘的可能。此时官方对意识形态的控制较前明显松动，可以说，中国大陆的读者在面对西方文学时第一次有了选择的余地——我的意思是说，西方形形色色的作家作品，不同的文学流派都允许被介绍进来。在这样的情形下，决定一位作家是否被接受以及在何种程度上的被接受的因素已经不单是自上而下的导引，而更系乎社会的需求了。马尔罗恰在此时走进了中国读者的视野。可是他并未博得中国读者的青睐，萨特、加缪、波伏瓦以及新小说派的作家远比他对中国的读者更具冲击力，更让中国的作家心仪。历经社会动荡、政治风波，80年代的中国人已患上了政治冷感症，对革命、历史、进步这类宏大叙事有意无意间已生出抗拒心理，转向个人话语，关注个体生命的价值成为集体无意识的选择。萨特、加缪、杜拉斯等人的作品显然更符合中国读者的期待视野。马尔罗的"雄浑的文学"在这样的心理背景下则显得空洞浮夸，不切题。事实上马尔罗的作品中不乏对存在的追问（人的状态的荒诞性甚至是他的基本命题），对个体生命的关怀，但是中国读者当然宁可在加缪、萨特那里寻求关于这类主题更"纯粹"的表达，而不愿到马尔罗高亢喧嚷的革命交响乐中去发掘"合理内核"。另一方面，与加缪及新小说派的作家相比，马尔罗在艺术上显得保守落伍，对中国作家缺少足够的新鲜感，也就缺少足够的感召力，当中国的先锋小说家锐意进行种种技巧实验时，他显然不是一个合适的效法对象。这就注定了马尔罗在中国的寂寞了。

稍稍可以缓解马尔罗在中国之寂寞的是学者的研究。不过对于不少中国的研究者，马尔罗也许更像是一块学术上的"鸡肋"，弃之可惜，食之无味。说弃之可惜，是因为马尔罗是一位有名望的作家，更重要的是他的两部小说写到了中国，以大革命失败为题材的《人的状况》还被推举为他的代表作,作为中国的学者,遗忘马尔罗实有失职之嫌,事实上马尔罗之受到关注,首先就是因为他与中国曾经发生过关系。说食之无味,则是因为很难将马尔罗的创作纳入既定的评价系统——很难以现实主义的标准去规范它,也很难以现代主义的标准去把握它,浪漫主义、表现主义等等标签贴上去都有似是而非之感。

  中国学者似乎无法迈过现实主义这道坎,具体到《征服者》与《人的状况》,就是首先将其当作中国革命史的一页来验读。中国人将小说当作历史读的习惯根深蒂固,古人肯定小说正面意义的一种很流行的说法即是小说可以"补正史之阙",小说又称"稗史",评判小说的标准也常向历史靠拢。欧洲的现实主义进入中国后很快被接受,成为主流,不能说与中国史传传统对文学的渗透无关。诸如巴尔扎克"做历史书记官"一类的说法得到了"稗史"意识的支援,二者很容易地嫁接到一起,现实主义的标准因此越发难以动摇。既然马尔罗的小说以中国革命重大的历史事件为蓝本,中国学者理所当然地拿出了现实主义的尺子,于是,解读、评价马尔罗须首先回答的问题便是:他的小说是否反映以及在何种程度上反映了中国历史的真实?然而对该问题的回答是令人沮丧的:马尔罗关于中国革命的描绘更像是个人的臆想,除了几个实有其人的名字之外,与中国几乎不相干。这多少给人扑空的感觉,令人尴尬,既然如此,如何赋予马尔罗的创作以积极的评价?那就只有勉为其难去肯定他"力图处理重大革命历史题材的良好愿望"了。我所见到的论文,不论肯定还是否定,都是首先从反映历史真实的角度去解读和评价马尔罗写中国的两部小说。当然,开放年代的中国学者手中已不只是现实主义一把尺子，几乎所有的研究文章都肯定了马尔罗对人的命运的思考和探索，即马尔罗小说的哲理性。遗憾的是，此种肯定与从现实主义角度出发得出的结论总是处于割裂的状态，其间缺少有机的联系，看上去更像是现实主义的某种附加值。

在很大程度上，中国的普通读者也是因为相似的理由疏远马尔罗的。尽管对马尔罗的革命题材不感兴趣，但马尔罗毕竟写了中国、中国人。80年代以来的中国人有一种了解自己的急切愿望，借助西方人的眼光反观自身是一条途径。一时之间，可以归入"西方人眼中的中国人"这个题目之下的书籍，不论是学术著作、印象记之类的作品，还是小说，均大受欢迎。可是马尔罗的小说令人失望，因为洋人（从《征服者》中的加林到《人的状况》中的乔和卡托夫）牢牢占据着中国革命舞台的中心，为数寥寥的中国人（《征服者》中的洪、《人的状况》中的陈）作为中国人的肖像太离谱，显得不可思议。《征服者》与《人的状况》为马尔罗赢得了荣誉，在西方读者的眼中，他是中国革命的知情者，然而尽管《人的状况》被评为十部最佳亚洲题材的小说之一，尽管西方读者也许未必将马尔罗视为那个时代的夏多布里昂，他们对他的兴趣却肯定大部分来自其作品提供的异域情调。有趣的是，在作为"当事人"的中国读者看来，《征服者》与《人的状况》同样充满异国情调，尽管有一些真实的地名、人名以及历史事件作标记，马尔罗描绘的画面，他笔下的背景与人物还是令中国读者难以辨认。难怪热心向中国读者介绍马尔罗的学者也会发出这样的责难："必须承认，马尔罗写中国革命的小说几乎没有写出一个真实的革命者，也没有写出一个真正的中国人民的形象，他笔下的中国革命者和中国人民的形象与实际生活相距实在很远。"

问题是,马尔罗给自己规定的任务是要写出"真正的中国人"吗?换句话说,在马尔罗那里,中国意味着什么?

在我看来,马尔罗的小说与其说是近于历史,不如说是近于诗和哲学。历史关注的是具体的真实,诗与哲学关注的是普遍的、超越具体时空的东西。不能说马尔罗对中国毫无兴趣(尽管从《征服者》《人的状况》中看不出他对中国人、中国的事物怀有强烈的好奇心),然而他对中国的关怀毋宁带有抽象的意味。他热切关注着"人的状况",可这里的"人"指的是人类,不是中国人,而人类这个概念首先落实在西方人身上。关键是,他的语境、他的问题意识都来自西方。证据是,他笔下人物面对的困境,诸如人生的荒诞感、人的孤独、人与人之间的难以沟通、不能分享情感等等,都是现代西方的典型病症,西方人已明确意识到,并且深感焦虑的问题,而当时的中国人对此类问题还相当陌生。在这方面,只要将中国 30 年代左翼作家写的相近题材的作品(比如蒋光慈以上海第三次工人武装起义为题材的中篇小说《短裤党》)拿来做一比较,即可看出关照点明显不同。中国作家关注的是他们面对的现实以及用以战胜这个现实的红色理想,在他们的意识中,他们处理的是中国的独特问题;马尔罗的起点则是对人类生存荒诞性的思考,中国革命的题材不过为他的思考提供了材料。我们不妨说,马尔罗写的是中国,意识的坐标系却在西方,他将中国生活的病态拟为整个文明病症的象征,也可以说,他是在借中国的酒杯浇西方的块垒。至于他何以选中了其实他并无实际了解的中国,而不"就近取譬",写他熟悉的印度支那,那应该到他对"雄浑有力的文学"的向往中去找答案。也许在他看来波澜壮阔的中国大革命更能使他的作品具有史诗的气魄，那是一台堂皇的道具，华丽的布景，他所醉心的实际与想象中的个人冒险在此与对人类命运的关怀有效地结合到一起，从而被赋予了不寻常的意义。

　　鉴于马尔罗的艺术论著以及回忆录尚未被介绍到中国，要预测马尔罗在中国未来的命运是困难的。不过就眼下的情形而言，既然如前文所说，马尔罗的传奇经历激起了中国读者对他的兴趣，由其人及其书，他的小说重新引起注意倒也并非不可能。从接受的角度讲，有些作家是"人以文名"，有些作家则是"文以人名"，人称"生平即是其代表作"的马尔罗或许当归入后一类，至少对于现时的中国的读者是如此。

普鲁斯特与励志书的干系

眼前的这本书，直译名应为《普鲁斯特怎样改变你的生活》，书中的九个章节，都是以 HOW 打头，从怎样读书、怎样交友到怎样谈恋爱，一一开出方子。根据这个纲目，我们大可推断这是一部励志书，或者换个说法，准生活教科书。是吗？——也是，也不是。

《科克斯书评》上有人撰文赞道："德波顿浑不费力，谈笑之间即胜过布鲁姆、丹比对经典名著的品评。"似乎视之为文学批评。《每日电讯报》上的书评说得更为斩截："此书引人入胜，实属多年未见最为有趣的文学批评之作。"《出版人周刊》上说："德波顿写活了普鲁斯特，读德波顿的普鲁斯特，是极愉快的经验。"似乎又看作普鲁斯特的传记或准传记。《星期天快邮》上的书评说："德波顿把严肃的哲学思考、给恋人的建议及文学上的见解，当作彩球抛向空中做杂耍表演，令人叹服。恰是此种表演，令他置身于欧洲机智、婉妙的文学传统之中。"虽语涉多面，落脚却在幽默文学的传统，当然是将其看作了一部上佳的小品文。说法不一，各执一端，哪一说为是？——都不是，又都是。

这是一部关于《追忆逝水年华》的书。书中有大量的引证、摘录，有对普鲁斯特笔下人物、情节、场景的描述、分析和品评。德波顿对普鲁斯特的巨著烂熟于心，不唯人物的拿捏、风格的把握，甚至书中最长句子可达何等长度也算得毫厘不爽。含英咀华，剔隐抉微，他出入书里书外，跳挞不已，于书中所述信手拈来，引申延展，发为高论，每每别有会心。若谓赏鉴含玩也是批评一义，此书正不妨当作"另类"的文学批评，或是读《追忆逝水年华》的一部心得。但是作者无意于文学评价，甚至也无意做文学意义上的导读——《追忆逝水年华》固为文学名著，在他那里，却首先是一部人生之书。七卷宏文，权当普鲁斯特写在人生边上的脚注，他这里再来注上加注，从中演绎出一套完整的生活哲学、处世态度。普书因此成为通向德波顿就人事各端生发议论的跳板。

这是一部以普鲁斯特为主角的书。普鲁斯特的大名，几乎出现在全书的每一页，普鲁斯特的性情脾性，浮现在德波顿的字里行间。德波顿似乎谙晓关于普鲁斯特的一切，不仅了然种种生平故实，还知道普氏诸多怪癖和鲜为人知的细枝末节。普鲁斯特的家庭，《追忆逝水年华》出版的经过，人物的原型，他的恋母，他的同性恋倾向，他的哮喘病，他娇嫩无比的皮肤，他的喜好奢华，他第一次冶游领受的难堪，他与詹姆斯·乔伊斯尴尬的会面，乃至他在巴黎的电话号码，他付小费的做派……作者均闲闲道来，谈得津津有味。凡此之类，林林总总，岂不都是传记的好材料？然而德波顿显然无心给普氏做传，考订事实既非其所欲，写成一本轶事汇编，同样非他所愿。《拥抱逝水年华》并非关于普氏的"戏说"，但若想了解普鲁斯特的一生，此书绝非上选。普氏生平种种，均被掰开揉碎，纳入作者议论的人生事项，如此如此，这般这般，拿普鲁斯特开刀，拿普鲁斯特说法,以普鲁斯特解《追忆逝水年华》,以《追忆逝水年华》解普鲁斯特,人书互证,竟是要向我们提供生活的参照。

这是一本风趣的书,然而里面不乏一本正经的教诲之言。

这是一本教训之书,然而全书贯穿着揶揄调侃的语调。

……

最后,只好说这书于各种成分兼而有之,德波顿摊开大包小包关于普鲁斯特的资料,指指点点,评头论足,谈文学也说人生,开宗明义,曲终奏雅,声明要给读者上一堂生活的咨询课。硬要归类,也许就得拖泥带水说成这样:"一本索解普鲁斯特生活智慧,出诸小品风格的励志书。"

励志之书,坊间多有,大费周章方得归宗定性,说明此书与通常励志书大大不同。借名著,借"模范"人物明生活之理,算不得德波顿的创意,奇的是放着无数名著名人不选,他偏偏挑中了普鲁斯特和他的书。普鲁斯特诚然是举世公认的文学大师,现实生活中他却是彻头彻尾的失败者。进取、乐观,普鲁斯特的身上看不到,健康、自信,到他那儿去找肯定找错了地方。门窗紧闭,足不出户,他终日盘踞床上,坐拥种种疾病,时时为了失眠、伤风、便秘之类担惊受怕,屡屡宣布自己已然死期不远。人生诸项,于他几乎是一连串失意的连缀:著书无人赏识,爱情全无着落,至于他看重的友谊,他那些社交场上频频聚首的朋友对他寄赠的书稿甚至翻都懒得一翻。而立之年他的自我评价是:"没有快乐,没有目标,没有行动,也没有抱负。有的是已经到头的人生路,是父母忧心忡忡的关注。没有什么幸福可言。"直到写出《追忆逝水年华》,他还不住地嘀咕:但愿我能更自信一点。这么一位"没有幸福可言",从生理到心理都有必要向人咨询的人来充当我们的人生指导，是否有点搞笑？

普鲁斯特本人却担保，他虽终日与病相伴，生活中一无所获，却有能力为他人献上摆脱痛苦、求得幸福的良方，并且这是上天赐他的"仅有的才能"。说这话时，普鲁斯特于谦抑中倒含着一份自信。他的资格是从痛苦与失意中来，他相信"快乐对身体是件好事，但唯有悲伤才使我们心灵的力量得以发展"。他并且以病为例："病痛让我们有机会凝神结想，学到不少东西。它使我们得以细细体察所经之事，若非患病我们对之也许根本不会留心。一到天黑倒头便睡，整夜酣眠如死猪的人，定然不知梦为何物，不唯不会有了不得的发现，即对睡眠本身也无体察。他对他正在酣睡并不了然。轻微的失眠倒让我们领略睡眠之妙，如同黑暗中投下一道光束。"德波顿服膺这逻辑（痛苦与智慧间的辩证法），坚信普鲁斯特从失意、痛苦中酿出的，正是人生的智慧。普鲁斯特有言，获得智慧的途径有两种，一种是老师传授，毫无痛苦，一种得自生活本身，充满痛苦。他认为得自痛苦的智慧方是真知。准此而论，普鲁斯特就似百病成医的高人，患过的病痛不唯不足为累，反倒是他开方抓药的资本。他给世人开出的方子至详至备，便是皇皇七卷、数百万言的《追忆逝水年华》。依德波顿之见，此书"并非一部感叹韶华易逝的感伤回忆，而是一个切切实实，具有普遍意义的故事，它告诉人们应该怎样停止生命的浪费，该怎样去领略生活的美妙"。

普氏千言万语，却有片言据要。德波顿拈出的"别太快"三字，就是通向普鲁斯特生活智慧的密钥。当他人描述某人某事某物之时，普鲁斯特总嫌其讲得太快，"别太快"成了他的口头禅。这固然见出他对细节无比的兴趣，他的生活态度实亦暗寓其中。"别太快"即是放慢脚步，细细品尝生活的滋味。"抓住现在"似乎是要只争朝夕，"别太快"念的则是"慢"字诀，二者岂不相犯？殊不知在普鲁斯特看来，唯有放慢节奏，才可领略生活的妙处，唯有领略到生活的妙处，才是对"现在"的真正占有，生命才不致沦为无谓的浪费。普鲁斯特式的幸福生活不重外在的成功，重的是对生活的体验。酒肉穿肠，美食落肚，都不算数，齿上留香，舌有余甘，回味咀嚼，才当得起体验二字。未加咀嚼的日子，等于白过；未浸透体验的生命，等于白活。"快"是技术，通向外在的攫取和占有，"慢"，才是真正的生活艺术。德波顿告诉我们一桩趣事，英国某海滨度假区搞过一次"全英普鲁斯特小说梗概大赛"，要求参赛者十五秒内概述《追忆逝水年华》的内容。此举纯属游戏，当作象征去看，却又恰好暗示了我们粗鄙的状态——我们活出的，往往只是一个生活的梗概。普鲁斯特提示的活法，则是要活出生活的全过程，生活全部的细节。

　　普鲁斯特拒绝梗概式的活法，同时也拒绝梗概式的阅读。阅读是普鲁斯特生活中的一大关目，德波顿书于此也是致意再三。普氏的阅读不仅是书本，还有绘画、报纸，以至火车时刻表，读法却是一般无二，要点是联想，是建立与生活间的联系，是与人生的参证，终而至于经验的获得与延伸。艺术与生活的关系可以玄而又玄，德波顿理解的普鲁斯特却是将其还原到朴素，阅读处处与生活的体验接壤。触摸生活在普鲁斯特那里是阅读的第一义，倘若书本不能唤起我们对身边世界的兴趣，倘若它不是引领我们去拥抱生活，反成鲜活人生的阻隔，或者干脆取而代之，那就宁可弃书不观。"弃书不观"恰是该书最后一章的标题,一本谈论普鲁斯特的书以此作结,未免出人意表,然而由此彰显的,或者正是《追忆逝水年华》的本意:一切的一切都指向生活,指向对生活的体验。

关于生活,普鲁斯特还有何忠告?德波顿寻绎人物故事,结合普氏生活实况,又以书信文章中采撷的吉光片羽相互发明,爬梳演绎,给出的答案看上去还真是"切实"。宏观者如抓住今天的享乐哲学,琐细者如选医生的妙招,传情达意的诀窍。德波顿甚至代"圣人"立言,模拟普鲁斯特,对恋爱的新奇感能维持多久,首次约会该怎样着装、谈话,婚前性行为有益无益之类的问题一一作答。但若当作实用手册去读,我们就是舍本逐末,愚不可及。

万勿以为德波顿挟了普鲁斯特的"圣旨",来对我们做布道式的演讲,尽管开列多项,他却也不是在给我们提供尽可照此办理的生活建议。德波顿既不耳提面命,甚至也说不上循循善诱,教师爷的身份,一定非他所喜。有评家说,德波顿虽是英国人,书中洋溢的却是法国式冷静的机智。法式幽默抑或英式幽默,无须辨它,反正西人的写作,自蒙田以降,有轻松风趣、娓娓而谈的一路,德波顿无疑是这一脉的流裔。以诙谐风格、随笔(小品)笔调写励志之书,确为《拥抱逝水年华》建立起此类书籍的"另类"格调。德波顿以写小说成名,其小说《爱情笔记》即在中国亦颇有人缘,但他情之所钟,端在随笔。某次接受访谈时他给《爱情笔记》等书定位,说是随笔风格的小说,或曰参以小说笔法的随笔,《拥抱逝水年华》是他第一部非小说之作,自可将随笔作手的本色,尽皆表露。

励志之书,易成高头讲章,随笔的特点,却在其轻松随意,德波顿的手腕，常见于对正经与幽默二者善加调理。从头至尾，他写来亦庄亦谐，游走于说教与游戏之间。普鲁斯特固然是文学圣殿中的神明，德波顿却将他从云端拉到凡间俗世，让他和芸芸众生一起，面对日常生活中种种的琐屑烦难。此时的普鲁斯特与常人无异，怯懦、笨拙、矫情……常人的弱点他几乎都有；失意、孤独、病痛……常人的不幸他亦一一经历。德波顿缕述普氏生平种种，时有打趣调侃之语，有的时候，他简直就像是在拿普鲁斯特开涮。但是谑而不虐，先抑后扬，德波顿终不忘说教之旨，滑稽梯突，假语村言，不掩普鲁斯特对生活的虔敬之心，反衬出普氏从寻常情境中蒸馏出的人生慧见。而一旦转入普氏对人生的慧见，德波顿即变谐语为庄语，反复申说，唯恐不能尽意。借着庄谐杂出的笔调，他将《追忆逝水年华》与普鲁斯特生平点滴打成一片，同时也完成其人其书与你我日常生活的转换勾连。

　　此书原本有一副标题："——不是小说"（HOW PROUST CAN CHANGE YOUR LIFE : NOT A NOVEL）。既然其非小说性质一望而知，德波顿画蛇添足多此一笔，或者意在强调"普鲁斯特改变你的人生"之说，并非游戏笔墨。果然如此，书名就可译作"普鲁斯特改变你的人生——并非天方夜谭"。德波顿于此是严肃正经，推心置腹，还是故神其说，游戏三昧？《纽约时报》上的书评倒是言之凿凿：德波顿"成功地向我们展示了普鲁斯特小说的精义"；"普鲁斯特巨著可作励志之书？没错"。媒体上的书评常常夸大其词，普鲁斯特之博大深邃，是否尽在德波顿掌握，我们可以存疑。化普氏巨著为人生俗讲、街头哲学即可助我们改变人生？一册小书哪有此等法力？但是，见识见识人间普鲁斯特，可以会心一笑，领略领略普氏人生疗法，不为无益。如若神游普鲁斯特的世界可以比作从我们已然麻木的生活的"出走"，那就不妨借用张爱玲关于"出走"的一个比方：我们未必就能走近日月山川，然而即便是从后楼走到前楼，换一个风景，也不错。

"吾何取焉？！"
——康有为的法国印象

作为中国近代史上的要角，康有为是最早呼吁清政府当局效法西方的人物之一，他的变法维新与"西学"有绝大关系。较诸魏源等辈，他已将"西学"的范围从坚船利炮、声光电化扩展到法律政制。他对向西人学习的迫切感亦远过于前人，证据之一，是他在上光绪皇帝的第三书中，提出王公大臣应出洋考察，而有无出洋经历应构成当局任用高级官员的要件。戊戌变法失败，此议当然作罢，不过大势所趋，后来张之洞、刘坤一再申此议，清政府便当真出台了"一刀切"的干部政策：未放洋者即不得升京师放道台。

据此标准，戊戌之前的康有为尚不够格，那时他未出国门，足迹所至，最远是英人治下的香港，尽管这已使他惊叹"西人治国有法度"。康有为出国，是在变法失败之后，如若变法成功，作为变法的总设计师，他肯定不能也不愿离开朝廷中枢，即使他有强烈的愿望，出国考察恐怕也要等到大局已定才摆得上议事日程。变法的失败倒使他非己所愿地迅即"放洋"，而且在海外一待十余年。先是日本，后是北美、印度，1904年，更有欧洲十一国之游。

清廷总理各国事务衙门曾规定，出使各国的官员必须以日记等形式定期向政府报告所驻国情形，为"师夷人之长以制夷"计，也敦促出洋考察者记述西洋各国的种种。康有为的身份是西太后悬赏十万两银子死活要捉拿的"逆犯"、亡命海外的政治家，当然不在此列。但康是天降大任，以救民水火自命的人，"夫中国之圆首方足，以四五万万计。才哲如林，而闭处内地，不能穷天地之大观。若我之游踪者，殆未有焉。而独生康有为于不先不后之时，不贵不贱之地，巧纵其足迹、目力、心思，使遍大地，岂有所私而得天幸哉？天其或哀中国之病，而思有以药而寿之耶？其将令其揽万国之华实，考其性质色味，别其良楛，察其宜否，制以为方，采以为药，使中国服食之而不误于医耶"（《欧洲十一国游记·序》）。是故游历西洋于他当然不似那些但求镀金的官迷，只为积攒为官的资本，倒似求取真经的过程。

身为鼓吹行西法之人，亲履其地，不能无感，既以遍尝百草的神农自许，有所感有所见亦不能不发，纵使已没了向当道进言的机会，也要宣示于众。康有为于是在欧游之后便开始写《欧洲十一国游记》。

十一国游记最后只写了意大利、法国，何以半途而废，康有为未交代。我所庆幸的是，他的法国游记是写完并且出版的：一则在法国生活过一年，我很想知道康有为眼中的法国和法国人是何模样；二则法国是西洋诸国中康有为此前就下功夫研究过的，他曾自编《法国革命记》进呈光绪皇帝观览。看看他"小住巴黎，深观法俗，熟考中外之故"后，感触与前有何不同，想必也很有趣。

当年康有为上书提出为主官者须有放洋经历，显然是将与西方的直接接触看得很重。彼时坊间已出了不少西人或是国人编著、译述的"西学"书籍，康本人上书前的西学知识就是从这类书中获得。他既能由此途径了解西方，他人未必就不能。然而"耳听为虚，眼见为实"，读万卷书还须行万里路，康有为强调"放洋"经历，当然是因为他认定亲身体验比书中所述、耳食之言更可靠，同时多半也基于这样的假定，即亲历西方给国人带来的震撼必导向对于变法迫切性的认知。

此种震撼在康有为本人那里是否应验，至少在他的法国游记中，看不出任何迹象。或许因为此时他已有过日本、北美之游，欧洲也已游过英、德等国，所见既多，不复有惊艳之感。光绪三十一年，康有为自德国入法境，直趋巴黎。"往闻巴黎繁丽冠天下，顷亲履之，乃无所睹。宫室未见瑰诡，道路未见奇丽，河水未见清洁。比伦敦之湫隘，则略过之。遍游全城，亦不过与奥大利（奥地利）之湾纳（维也纳）相类耳。欧洲城市，莫不如此。且不及柏林之广洁，更不及纽约之瑰丽远甚。"这是他的第一印象，与后面游记中的记述颇多抵牾，因为后面他分明写到巴黎的铁塔、公园、剧院、皇宫、桥梁、街市等，凡有赞叹，莫不与其"繁丽""瑰诡"相关。但是他的法国之行，调子已经在这里定下了，此后于法国种种，即使有所称许，紧接着也必要下一转语，以示不足为训。

……游其市肆，女子衣裳之新丽，冠佩之精妙，几榻之诡异，香泽之芬芳，花色之新妙，凡一切精工，诚为独冠欧美。然此徒为行乐之具，而非强国之谋。路易十四以收诸侯，则诚妙术也；今沿其故术，欲以与天下争，则适相反矣。人艳称之，法人亦以自多，则大谬矣。

……彼所最胜者，制女服女冠之日日变一式，香水之独有新制，首饰、油粉、色衣之讲求精美，此则英美且不能解其佯色揣称之工，然吾何取焉！未远游者，多震于巴黎之盛名，岂知其无甚可观若此耶？

在巴黎盘桓十余日，康有为登埃菲尔铁塔，访凡尔赛宫，游公园街市，观剧，参观博物馆……以游程论，与一般观光客无甚差异，印象却是大大的不佳。以他的话说："吾居游巴黎之市十余日，日在车中，无所不游，穷极其胜，若渺无所睹闻而可生于我心、触于吾怀者，厌极而去。乃叹夙昔所闻之大谬，而相思之太殷。意者告我之人，有若乡曲之夫，骤至城市，而骇其日日为墟者耶？"是故康有为的游记一方面固然是在记述游踪，指点胜迹，另一方面倒又像是在以亲历其境的权威做一项今人所谓"祛魅"的工作，要颠覆世人对巴黎对法国的想象。经他一番评头论足，巴黎只剩下博物院之"宏伟繁夥"及铁塔之"高壮宏大"可以一观，"除此二事，无可惊美焉"。

一个曾因在英人治下的香港及上海租界区目睹西人的治绩而颇受震动，决意要向西方取真经的人，到了西方大都市，"无所不游，穷极其胜"，居然"厌极而去"，的确有些出人意表。但康有为此番西来，目标首在"考政治"，游览名胜古迹、楼堂馆所，都是余事，其观感皆以对法国政治的考量为转移。很难说十几天的行程能就法国"政治"研究出什么名堂，他既未与法国人士晤谈，似乎也未走访什么院府部门，之所以能够下车伊始大发议论，是因为他对法国早有定见——早在戊戌变法之前，他在《法国革命记》中已经研究过了。

就因意在"考政治"，《法兰西游记》中真正记游的笔墨在书中不及三分之一，作为附录的《法国形势》《法国创兴延革》及《法国大革命记》倒喧宾夺主，蔚为大观，而据学者研究，最后一部分很可能就是根据多年前旧稿的删削改写。康有为对法国似乎从无好感，他曾劝光绪效法彼得大帝，学日本的明治维新，又标举英国式的君主立宪，法国则从未被当作变法的样板。他吁请光绪施行宪政，搞三权分立，全面推行西法，这里"西法"落实在英美，具体的途径是以日为师，法国在"西法"中没有份儿。相反，在他的描述中，法国大体是以负面的形象出现：英国威廉三世以降的各位明君审时度势，明定宪法，不流血而完成变革，自此国势大盛；法国的路易十六则当断不断，不肯主动求变，最终酿成大革命，自己落了上断头台的下场不说，国家也元气大伤。康有为对路易十六的用词是"身死国亡"，此处的"国"是"朕即国家"的国，亡的是路易王朝，法国并未亡，但他对法国鄙薄不屑的态度却因大革命一事就此埋下。"身死国亡"的描述倒也与他对中国情势的判断相一致：清王朝的处境与路易十六面对的难局一般无二，而清王朝在他那里也即等于中国。

梁启超说他老师的特点是"太有成见"（《清代学术概论》）。确乎如此。康有为自言，"吾学三十已成。此后不复有进，亦不必求进"。其他方面如此，讲求西学，也是一样。十几年过去，他对西方的认识一成不变，他的法国观当然也依然如故。亲履其地不独动摇不了他的判断，相反，所见所闻皆被用以佐证他的既成之见。《法兰西游记》可视为"观感"与"研究"的相加,"观感"是当下的,"研究"则是过去时,而当下的"观感"明白无误地在为过去的"研究"服务。还须一提的是,当他游历欧洲及撰写游记之际,正是他为中国应选择君主立宪还是民主共和与孙中山为首的革命派大打笔仗之时,法兰西当然是共和的标本,是故他更有特殊的理由对法国感到反感。

反感之外,如我们从上面的引文中可以觉察到的,他还对法国流露出不屑之意。倘若因法国大革命式的"进化"引起反感还可理解的话,那么作为一个屡败于法国的弱国的臣民,康有为似乎没有资格鄙视国人归入"泰西"、归入列强之一的法国。然而千真万确的是,在游记中,大多数情况下,康有为对所见所闻表露的,正是不屑。这里的关键在于,康有为随处怀揣着"强国之谋",对象是否为"强国",是决定他的态度的要件,"强国"的标志乃发达的工业,强大的武备,用清末最流行的表述,即是"声光电化""坚船利炮"。康有为的"考政治"当然意味着政治制度的考量,但政治制度的高下,又端视其多大程度上促进了物质文明,换句话说,政治制度的优越全在于它能造就"强国"。很不幸,在康有为眼中,法国不在"强国"之列。欧洲诸国中,法国历史悠久,传统积淀深厚,允称文化大国,法人亦以此自豪。然而对于彼时的康有为(正像对那一辈危机意识深重的读书人一样),是"武"而不是"文","强国"而非"文化大国"才是具有感召力的。如欲崇尚文化,他宁可去膜拜他更了解的古国印度,或者,还不如尊崇自家数千年的中华文明。

自负对中西文化均有精深了解的辜鸿铭曾经有言:"世界上似乎只有法国人最能理解中国和中国文明,因为法国人拥有一种和中国人一样非凡的精神特质,那就是细腻。"(《中国人的精神》)既然拥有同样的特质，将此话倒过来推，西方诸国中，中国人应该对法国、法国文化感到亲近才是。可处在数千年未有之大变局中，要康有为去"细腻"地领略法国文化的妙处，未免奢侈了点。

康有为心目中的强国是英国、德国。有意思的是，在游记中，不仅各种角度、各个层面的中法比较贯穿始终，康有为还不时以英、德的强大来反衬法国的积弱不振。"英之机器先出，于是大收海外各殖民地，凡印度、加拿大、亚丁皆夺于法人之手。……于是英人百年来之胜业，无事不远胜于法，或且数倍之，十倍之。""岂惟英胜法哉？蕞尔之普，纠日耳曼之小侯，二十余年，遽能呼跃大进，而事事远出法上。""百年""二十余年"皆在强调英、德发展之速，"机器"的光辉之下，法国往昔的辉煌黯然失色。何以"法事事不如英德"？当然是大革命之祸。结果是："议院党派之繁多，世爵官吏之贪横，治化污下，逊于各国……士人挟其哲学空论，清谈高蹈，而不肯屈身以考工艺。人民乐其葡萄酒之富，丝织之美，拥女之乐，而不愿远游，穷夜歌舞，惰窳侈佚，非兴国者也。"法国的积弱与大革命间是否构成因果关系不去说它，对法国状况的描述是否准确也可按下不表，有意思的是，刨去党派繁多、葡萄酒之类，康有为的描述倒像是在说清朝治下的中国——某种意义上，我怀疑正是对晚清"国情"的观察体验在引导他理解法国的现状。比英国、比德国，都是为了勾画出法国的"弱国"形象，至少据上面的描述，我们可以推断，这是一个腐朽的、处在颓败中的国家。有此一念，康有为在法国面前收起他对"西方"的敬意也就不足为怪了。

说到"敬意"，康有为即使对英、德、美之类"强国"的崇奉也不是无保留的，只是面对法国这样的"弱国"，他似乎更有理由直斥其非。保留与不屑后面,见出的是那一代人面对西方时典型的矛盾心态。一方面是对其"声光电化""坚船利炮"的不得不服,一方面是根深蒂固的"天朝"意识、背负数千年文明的优越感的遗留。前者导向了以西人为师,后者则使这个学生做得不情不愿、不甘不服。从康有为的游记中我们会发现,他有意无意间在竭力维护文明古国的优越感。有的时候,这种找回优越感,建立心理平衡的努力到了荒唐可笑的地步。游法国瓷器厂而联想瓷为"吾国天产",记里昂丝织业写上一大篇"论中国丝服之美",专以一节阐发"法之文明远不如我",这些都不必说了,奇的是在中西比较中,他甚至为鸦片、缠足也找到了说辞。在外人眼中,鸦片、缠足几乎已成"丑陋的中国人"的象征,在中国,有识之士亦深恶痛绝,康有为当然无意为之辩护,但他却以游欧所见证明,此等恶习,中西不过是彼此彼此。论及法人好酒时他便写道:

> 法人之好酒极矣……导淫演杀,与酒为邻。若此败风,唯吾国无之。欧美皆然,但法人为尤甚耳。盖吾国酒俗为过去世矣!不知者媚欧美人为文明,试入卖酒垆,观其乱状,与我孰为文明哉?近世鸦片之毒,其害为吾数千年文明所无。然毒为外来,去之不难,不如酒之甚也。即以烟店之害,一榻横陈,亦岂有哗争斗杀之害乎。天下人道之大患,莫甚于相杀。故以烟酒相比,酒之祸,于公同之俗尤烈也。

游民俗博物馆,见陈列女鞋皆高而尖,康有为又有一番议论:

……欧美男女，亦尚尖靴，但不如中土渐成裹足之奇耳。然法之女鞋，多高至寸许，甚或高至二三寸者，行步艰难，何其相苦乃耳。今虽稍平，然亦多斜高者，终不能尽改。盖以女为弄，而小足为美观者，乃文明国之公耶？既有此公好，必有致其极者；则裹足之俗，或亦好文过甚致然耶？

康有为的描述距真实有多远，康有为的议论有无合理性，都不是我关心的，我感兴趣的是特异的心态，是这种心态下浮现的法国形象。时至今日，恐怕谁都会觉得他的观感甚是可笑。的确是可笑。不过有意思的是，撇开关于中法比较的高论不谈，他的法国印象与今日中国人的想象竟也有某些奇异的暗合。他称"彼所最胜者，制女服女冠之日日变一式，香水之独有新制，首饰、油粉、色衣之讲求精美"，现在的中国人说到法国，首先联想到的亦无非时装、香水、美食，总之是"花花世界"。所不同者，康有为视之为颓靡不振的表征，现在的中国人则据此延伸"浪漫"的想象。不管是康的"丑化"，还是今人的"美化"，用个时髦的术语，法国在中国人的心目中似乎始终是个女性化的"被看者"，而非"强国"的化身。曾读到过一篇法国记者的观察："中国人对法国的印象仍停留在一个传统文化大国的框架内，并没有意识到这个世界经济强国也是一个日新月异的科技大国。"这样的"偏见"肯定令法国人沮丧，从另一方面说，却也意味深长。

法语中所有的名词都要分为阴性、阳性，中国是阴性的，要问如此定"性"的依据，却是说它不清。我想若是汉语里的词也有阴性、阳性之分，"法国"多半要被划为阴性——从康有为的描述到今日普通中国人对法国、法国人的印象，都让我生出这样的遐想。

"多礼"与"无礼"

一个"礼"字，名堂大了，不信可以看看历来对"礼"的解释。"礼"直接关涉到"仁"，孔子说，"克己复礼为仁"。说到"仁"，那就更复杂，儒家的说法都要归到那里。但这里说的"礼"当然是它最日常的意思，"礼貌"而已，日常的礼仪而已——虽说它与孔子的礼也不是全无关系。

我不知道法兰西是不是世界上最讲礼貌的民族，只是过去常听到在法国待过的人说起法国人的多礼。耳听为虚，眼见为实，这次在法国生活了一段时间，算是有了亲身体验——果然如此。从见面到分手，握手、亲吻、寒暄，法国人有数不清的礼数。有人说法国人话多，个个都似得了"话痨"，稍加留意就会发现，这当中有多少是出于礼仪性的，而一场谈话中又夹杂了多少礼貌用语。几年前国内闹了一阵"五讲四美三热爱"，甚至出现将"谢谢""对不起"之类公之于公共场所的奇观，到了法国，你感到的则是此等礼貌用语大有过剩之势。当我在学生向父亲请教一问题过程中（问与答大约费时五分钟）听到三次"谢谢"，看到当妈的在餐桌上因不小心碰翻酒杯对儿子说"对不起"时，我就是这么想的。须知这并非在"上流社会"或"书香门第",乃是在寻常百姓家。外国人嘲笑法国人,说他们左边口袋里装着"对不起",右边口袋里装着"谢谢",随时随地准备往外掏,实在不为无因。说"受不了"有点夸张,但是不是礼忒多了点?

于是不期然想到一位讨厌法国人的法国人,我指的是写《红与黑》的司汤达。司汤达对法国人的矫情、热衷社交深恶痛绝,以致最后"反认他乡是故乡",不仅死后葬在意大利,还要在墓碑上注明他是"米兰人",整个不认祖国了。手边无书,记不得他是否就法国人的礼数发过什么高论,不过想必属于"矫情"中的一项,他定然是反感的,至少他自己在旁人眼中就是个行为乖张、蓄意不讲礼貌的人。他喜欢意大利人,因为意大利人热情奔放,没有法国人那一套繁文缛节。

在司汤达那里,情感、个性与社交、礼仪隐然构成了二分对立的模式:礼仪束缚人的情感,压抑甚至扭曲人的个性。当然,要说二分对立的模式,我们更应该追到另一个法国人卢梭那儿去。卢梭的词典里有一系列对立的概念:"文明/野蛮""情感/理性",等等。礼仪之类,不用说是要归到"文明""理性"那一边去的。倒不是卢梭自己发明了这几组概念,关键是他将这些词原本含有的褒贬之意彻底颠倒了:欧洲人以文明人自居,卢梭偏说,野蛮人更高贵;文明人之所以自感优越,在于他们自认为可以用理性驾驭情感,卢梭偏说,情感是人性的本真,情感高于理性。既然理想的境界是回到自然人也即野蛮人的状态,文明人弄出来的一套礼仪当然应该抛弃。

从某种意义上说,否定礼仪也就是否定文明。国内有一阵大倡

"讲文明讲礼貌",听来像一句大而无当的口号,不过"文明"与"礼貌"并举,倒也点出了二者之间的某种关联,欧洲人以欧洲为中心,视其他地方为未开化之地,城市人看不起乡下人,其中的一端岂不就是后者不能谙熟某种礼仪?是故在我读过的一部描述欧洲文明演变的书中,作者大谈特谈的,竟是各个时代礼俗的变迁。而英国思想家洛克在他那部堪称绅士教科书的《教育漫话》里,从如何寒暄到如何站立,婆婆妈妈给了一大堆礼仪细则。绅士是有教养的人,有教养才算得上是合格的文明人,教养体现在良好的礼仪上,洛克将对人谦恭有礼、举止得体当作"德育"的一大项,并且认定这是"处世的真诀",可以使自己获得他人的尊重与好感,从而获得一切。这一套,司汤达一定嗤之以鼻,至于卢梭的立场,《爱弥尔》里已经讲得清清楚楚。在卢梭看来,礼仪不过是外在的行为,往往流于虚伪,内心的高贵才是真正的高贵。

　　但是在此扯出司汤达、卢梭来,并不是"以子之矛攻子之盾",借法国人之口对法国人的多礼再来一番奚落和攻讦。司汤达、卢梭对"礼"的不屑自有背景,其矛头更多是对准彼时的上流社会,与我所见到的法国人平民化的多礼不是一回事。之所以想起这二位,是因为我在琢磨自己的反应。我对法国人的多礼,第一反应是不以为然,虽然其中并无多少严肃的意味,但就算是不经意间的反应吧,也还是大可玩味。何以会有这样的反应?其他国家的人对法国人的多礼也不乏讥嘲之词,我的反应看上去一般无二,但细加辨析,还是有别,因为潜意识里我不仅对多礼,而且对"礼"的本身有一种根深蒂固的抵触以致反感。这种抵触、反感、不屑,未必是得自司汤达、卢梭,但你尽可说这样的反应是卢梭式的。我相信,"生在新中国，长在红旗下"的一代人潜意识里多多少少都会有那么几分对礼仪、礼貌的怀疑和鄙薄。

不消说，这是我们的教育教给我们的。我们被灌输了一套革命哲学。革命不是请客吃饭，不是绣花做文章，要革命就不应讲什么温良恭俭让。革命哲学的底蕴是对一切秩序的怀疑和拒绝。老辈的人教后辈要懂礼貌，常说"没有规矩，不成方圆"，懂礼貌也就是要懂规矩，可见礼貌也是秩序的一部分，当然也就在怀疑、拒绝之列。很难想象在"你死我活"的斗争中需要讲究什么礼数，你不能要求造反小将挥着皮带打人时做到彬彬有礼，即使是"和风细雨"式的"批评与自我批评"，也不能客客气气。那个时代需要的毋宁是与礼相反的东西，要的是蛮性、粗鲁。"谦谦君子"绝对是可疑的形象，以"大老粗"自诩则绝对有一份自豪，"老粗"的含意不仅是文化水平不高，同时也兼有不通礼数、作风粗鲁之意。周作人曾说他身上有两个"鬼"，一个是"绅士鬼"，一个是"流氓鬼"，绅士鬼代表秩序，流氓鬼代表反叛。宽泛地说，我们每个人身上都有两个鬼，二者互相牵制，在互动中达到平衡应该是常态。我们的革命年代则要求将绅士杀死，让流氓气尽情地释放。

结果是，待一场浩劫过去，忙着重建秩序之时，我们突然发现，我们已经无"礼"可循了。中国旧称"礼仪之邦"，辜鸿铭向西方人兜售中华文明，挟以自重者即是礼仪，不管其中有多少一厢情愿的美化吧，传统中国人之重礼仪并非纯属向壁虚构，而千真万确的是，现在国人差不多已陷入无礼的状态。大张旗鼓地推广"你好""谢谢""对不起"之类的礼貌用语，恰好说明了礼貌的废弛。从一个正在学习礼貌 ABC 的国度来到法国这样一个多礼的国家，难怪我会有一种不适感。

细想起来，不适之外还伴以稍稍的不以为然，实在不足为怪。革命氛围的长久熏陶是一因，浪漫主义的影响也是导致此种反应的另一因。五四以来，青年人当中一直是主情的浪漫主义占上风，体现到待人接物之上，则我们对礼仪礼貌的概念也很理想化。若谓卢梭、洛克代表了对礼的两种不同态度的话，那我们的逻辑绝对是卢梭式的。洛克很理性，在他那里，讲究礼仪是一种处世之道，讲礼貌可赢得他人的尊重与好感，动机和效果都在这里。卢梭则要以情感的绳墨来考量礼仪，如果礼貌不是内心的表露，不是情感的某种付出，那就必有虚假的成分，至少是徒有其表，既然内心的情感比外在的行为更重要，礼貌之类就算不全是负面的含义，也绝对是不足挂齿之事。犹记上中小学时同学间"臧否人物"，说到某老师、家长甚谦恭或礼数多，必要显出鄙夷之色，说不定还要追加上"做作""装腔作势"之类的考语，再进一步，没准就要做"道貌岸然""虚伪"一类的诛心之论。在我们的潜意识中，讲礼仪差不多就是虚伪的同义语。这两年在报上、网上看到一些学校组织讨论礼貌问题，不少学生端出的"活思想"与我们那时还是差不多，礼貌仍被当作一个纯粹的情感范畴来对待。即使率皆出之以今是昨非的口吻，"洗心革面"之际，念念不忘的还是如何在礼貌中注入更多的热情。

辜鸿铭向西方人担保，"中国人的全部生活是一种情感生活"，中国人之所以有礼貌，"是因为他们过着一种心灵的生活"。然而儒家肯定的情感是一种中庸的情感，强调的是"情"与"理"的调和，所谓"老吾老以及人之老，幼吾幼以及人之幼"，所谓"推己及人"的功夫，已然包含着某种认知，与浪漫主义标举的发乎生命冲动的情感根本不是一回事，是故"情""理"俱到才是孔孟之礼的最佳状态，若套西人的"情感"与"理性"说事的话，那这里的礼必是以理节情的，由着情感，那是一发不可收拾，不知所止，"礼"从何来？"礼"与秩序相连，你不能指望情感带来秩序，带来秩序的只能是理性，与其说礼仪之类是本于情感，还不如说它是本于理性。

执着于浪漫主义意义上的情感，必定对礼仪之类格格不入。浪漫主义重心在个人，"礼"的重心则在社会，二者骨子里是相犯的。卢梭的自然人是个体的存在，文明人则是社会的存在，社会的人总是生活于一定的社会关系当中，而礼貌之类，不妨看作是社会人的"关系学"，社会礼貌当中当然不是没有情感的因素，但这里的情是"人之常情"的情、"人情世故"的情。相信很多人也曾像我一样，往往将"人情世故"做贬义的理解，我们会在"相待以礼"与"相待以诚"之间划出一道清楚的界线，前者止于殷勤客气，后者则意味着倾心吐胆，甚或两肋插刀。实则二者并非不可重合，只是礼貌中的"诚"乃是基于对某种理念的认知和接受（比如"己所不欲，勿施于人"，比如人"生而平等"）而见之于待人接物，而不是无保留的情感付出。

事实上礼貌原本就有距离之意，它使人与人之间维持某种适当的距离。在某种意义上，我们甚至可以说，讲礼貌是一门保持距离的艺术。保持距离并非只有疏远、隔膜之意，它可以是一种不即不离、若即若离的关系，使人与人之间不致走得太远，也不致走得太近。《礼记》中说："夫礼者，自卑而尊人；虽负贩者，必有尊也。"描述人际关系，我们有"尊而不亲""亲而不尊"等语，"亲"是无间，"尊"则见出距离了。

有意思的是，我是在法国而非中国亲身体验到了《礼记》上的那句话。这有两层意思。其一是"必有尊"，不论身份高低，相处皆是以礼相待，大学校长与做清扫的校工见了面也互致问候，而且在上者一无轻慢倨傲之色，在下者也坦然以对。可见人格平等的理念深入人心，于礼貌中流露出的是尊人与自尊。法国当然也有官僚主义，但那在"礼"的范畴之外。其二便是距离。法国人礼数很多，常见法国人热络地问候来问候去，两人轻轻碰一下，也许是你碰了他，他也要来声"对不起"，但是人与人之间并不走得很近，在大多数情况下，"人/我"的界线总是很分明。《国家地理》杂志出的法国导游书上说，与美国人相比，法国人更爱独处，如此说当真，更见出法国人的热络往往是出于礼貌，但是他们行来并无类于我那样的心理障碍（是不是"矫情"？有无"虚假"的嫌疑），相反很是自然，似乎倒真有几分情理俱到的意思。这是因为他们对"礼"的必要信之不疑（并且这"礼"与浪漫的情感是桥归桥、路归路的），同时也因为他们有悠久的传统，习惯成为自然。礼貌正给人际交往带来一种秩序，也带来一份润泽，我因此发现，较之国人，法国人在与人相处之际更自如，更有一份从容不迫。

本文名为《"多礼"与"无礼"》，看似要给出一个中道而行的"礼"，其实并无此意。礼数的多寡与合度不是我关心的问题，我不过是想借在法生活的感受，清理一下自家对"礼"的误会，当然，如果要在"多礼"与"无礼"之间做一选择的话，现在我选择"多礼"。

《廊桥遗梦》怎样接着写

——对《梦系廊桥》的一种复述

至少对 19 世纪的小说而言，主人公的死亡作为一个故事的结束似乎是极常见的，比如《包法利夫人》，比如《苔丝》《安娜·卡列尼娜》，等等。当然结婚也是一个不错的选择，简·奥斯汀和对她很不屑的夏洛特·勃朗特在大多数情况下就都以结婚或是对婚姻前景的暗示来收场。这样的处理顺理成章，颇合生活的"逻辑"，因为结婚原本是人生的一个自然段落。不过以死亡作结，在"一切都结束了"的时候结束，似乎更来得"完整"，它更能满足读者对主人公命运的"全知"要求——要想"欲知后事如何"也没什么"后事"可说了。

按理说关于《廊桥遗梦》男女主人公的故事，作者 R.J. 沃勒已然"和盘托出"，读者已然知晓最终的结局，因为书的最后分明交代，罗伯特·金凯 1982 年死了，弗兰西丝卡多活了几年，也死了，两人的骨灰都撒在那座象征一段奇异恋情的廊桥边。难道作者还留下了什么谜团悬而未解？然而《廊桥遗梦》真有颠倒众生之力，书中的两个人物以及他们的一段情也实在是引人遐想，有道是"情哥哥偏寻根究底"，据说许许多多的读者读罢此书仍意下未足，强烈要求作者重拾旧梦，续写恋史。或者是民意不可违，或者是抵挡不住其他什么诱惑，反正作者沃勒顺乎民意，写了。于是便有了《梦系廊桥》。

这部续书因此像很多畅销书的续篇一样，其产生过程是作者与读者间的一次互动——最直接意义上的互动。来自读者的反馈在这里是重要的，它往往是作者重操"旧业"的第一因，而作者的任务即是满足读者有时近乎贪得无厌的好奇心。读者大众的想象、好奇心有其既定的轨道，落实在《廊桥遗梦》的续书上，则读者的兴味端在旧梦的重温：并不希望作者拓展出新的想象空间，人物是早已给定的，基调也是早已给定的，要的是更多的情节、故事，而新故事唯一的指向就是帮助读者再次肯定和延展他们在《廊桥遗梦》中已然经历过的情感体验、阅读快感。作者要做的，是一种简单的加法。

果然，"星星还是那颗星星，月亮也还是那个月亮"，"碾子是碾子，缸是缸"——续书中的一切都是我们所熟悉的。不单廊桥仍在，两心依旧，而且那些原书中提到的细节，包括主人公的细微的动作习惯，那些已成人物标志的道具——老掉牙的哈里卡车、瑞士军刀、尼康相机，均一一出现。沃勒想必花了不少时间让续书与前面的故事对上榫头（对一部续书而言，后语不搭前言，那可是硬伤），是故《廊桥遗梦》十一天写完，续书的写作却花了很长时间。然而若合符节还只是纯技术的问题，沃勒最大的烦难在于，他必须演绎出一段新的故事。主人公已死，再向哪里找故事？

既然作者、读者是互动的，我们不妨也参与一把，先不忙着展卷，且来悬想作者可能选择的种种方案。其一，他当然可以接着写，写下一代人的生活。《廊桥遗梦》中，弗兰西丝卡的儿女正深陷婚姻危机，读母亲遗书而大受感动，续书正可写其如何重建自己的生活。其二，也可做翻案文章，重写故事的结局，留下梦想，摒除遗憾，让弗兰西丝卡随金凯远走高飞。合上前书，就像时下可以见到的 AB 剧，给观众去自由选择。还有其三、其四……谁都能看出上面列出的方案的拙劣，不言其他，作者首先就得面对被读者抛弃的巨大风险。第一种选择虽可曰续，实同另起炉灶，等于放弃已有的优势。第二种选择或者可以赢得部分酷嗜大团圆结局的读者的欢心，却注定要得罪《廊桥遗梦》最忠实的拥趸：对他们而言，原先的故事是不容更改的，男女主人公抱恨终天的一段情他们接受了，男女主人公最后的抉择他们认同了，恰是此中的缺憾、抑屈令中年的浪漫获得完美的定格。

事实上，企盼续书的读者最关心的乃是《廊桥遗梦》留下的一段空白。据说《廊桥遗梦》的畅销引致不少读者来信，询问这对老情侣在农舍厨房中相爱直到他们去世之间有何遭遇。沃勒显然是在为这一类读者写作。我们发现金凯和弗兰西丝卡继续在各自的生活轨道上运行，金凯依然孑然一身，浪迹天涯；弗兰西丝卡依旧守着不解风情的丈夫过日子，丈夫死后则守着对于多年前经历的激情的四天的回忆。两条轨道并未相交，回忆（或者还应加上想象和憧憬）是二人唯一的相遇之地。真个是"曾经沧海难为水，除却巫山不是云"，弗兰西丝卡拒绝了一位追随者的求婚，金凯则在天上人间的四天之后对一切女人失去了兴趣。这些几乎都是可以预料到的。唯其如此，在一篇介绍续书的文章中看到"摄影师在离开农妇后，另有不少新欢"云云，不免大感意外（虽则新欢"总不如那位农妇所能给他的激奋"）——难道作者蓄意败坏读者的胃口？书评的作者显然是弄错了，因为书里分明写道："他和她在一起的时间成了他界定爱的时刻，（此后）再没有任何超越那些界限的风流韵事发生。"如此这般对主人公性纯洁的担保在一部复杂的小说中也许显得多余甚至可笑，然对《廊桥遗梦》的续书而言，纵使不是必不可少，也属题中应有，因为它以再次佐证"遗梦"的完美性向读者提供了安慰。

对于领略了《廊桥遗梦》中四日激情的读者，单单平行地交代男女主人公别后的生活未免太缺少戏剧性了，即使加上彼此间的回忆和思念的浓墨重彩的渲染。故事总得有情节或曰"动作"，而回忆或思念本身并不构成"动作"，"动作"必须是在现实中采取的某种行动，至少对《廊桥遗梦》的读者是如此。沃勒当然明白这一点，因此他在续书的开头就让金凯把对弗兰西丝卡不可遏止的思念转化为一次旧地重游的行动。此时的金凯已68岁，照《廊桥遗梦》推算，也就是其生命的最后一年，他已年老体衰，弗兰西丝卡却仍能激起他的冲动，他不知道情人的丈夫已归道山，但他想见她一面："只是去和她说说话，再次诉说他的感受，诉说他整个生活如何在短短几天之内变得臻于完美。"这个念头一旦浮现便挥之不去，终于，在事隔十六年之后，金凯又一次驾车驶向麦迪逊县的廊桥，去重寻旧日时光。

沃勒向读者提供了一种诱人的可能性——没有什么比男女主人公的重新聚首更能吊读者胃口的了。悬念似乎是悬念片、惊险小说、侦探小说的概念，实则宽泛地说，言情乃至所有通俗小说都须悬念来凑趣，它将读者置于"欲知后事"的强烈期待中。相信不少读者都期待着男女主人公重逢的那一刻，期待在那一刻再度迸发出的浪漫火花。当然沃勒设置的悬念更在于，二人终竟相逢了吗？

见与不见，对金凯的确是一个值得考虑的问题；是否让二人见面，对于故事的操纵者沃勒也是须斟酌的问题。若让其相见，势必要改写前书的结局：弗兰西丝卡丈夫已死，责任已尽，障碍已除，一旦相逢，实在没理由再拦着不让老情人双宿双飞。这样的结局几近敷衍，未免太俗。若不让二人见面，则让读者的期待（期待男女主人公相逢，未必期待"终成眷属"）落空不说，从小说的角度看，又过于平淡，无戏可做。沃勒面对的是一个两难之局。他最后的选择是，在遗梦之后再次给主人公与读者制造出遗憾：《廊桥遗梦》之憾在于有情人未能成眷属，这一次的遗憾则是男女主人公本有重逢的机会，终竟擦肩而过。沃勒的选择受制于《廊桥遗梦》，也受制于罗曼司小说的性质。一部罗曼司小说可以冒任何风险，唯独担不起落俗的罪名。孤男寡女，两情相悦，终成眷属，太一般，同于市井故事，是落俗；"天长地久有时尽，此恨绵绵无绝期"，那是罗曼蒂克。

沃勒就二人终未见面提供的主要解释是金凯的中途变卦，金凯"不想把这怀旧的最后一次拜访变成笨拙的自我放任"（既然他不知情人的丈夫已死），于是谋一面变成了睹桥思人。尽管如此，沃勒仍不放弃以冥冥中存在的可能性来挑逗他的读者。我们看见那边金凯在驾车朝着麦迪逊驶来，这边弗兰西丝卡在期待想象着情人终有一天会来与她相会；金凯踏上了罗斯曼桥回首往昔，此时弗兰西丝卡正满是回忆地朝这里行来；金凯满足而惆怅地离去，弗兰西丝卡恰在此时来到，她甚至在荒寂的桥上看见了几个脚印，听到了不远处马达发动的声音……阴差阳错，有情人终于缘悭一面——真正是"擦肩而过"。

说"看见"是准确的，不知沃勒是否已在想着该书会像《廊桥遗梦》一样改编成电影，反正他几乎是在用平行蒙太奇的手法演绎相见与错过的情节，于无戏处刻意制造出几分戏剧性。男女主人公向同一目的地的渐行渐近造成读者愈益强烈的期待以及由此积蓄起来的饱满的情绪张力，而恰在情绪将达于顶点之际，沃勒让高潮跌落下来。他以如此这般的处理再次制造出不胜低回的浪漫情调。

明眼人不难看出沃勒制造戏剧性的硬做痕迹，不过我们实在应对他出此下策表示同情。《廊桥遗梦》中的四个日日夜夜是这出浪漫剧的高潮，读者要看续书，等于是要求作者高潮之后再起高潮，是不是有点强人所难？沃勒注定是吃力不讨好的，尽管写来十二分地用心，他惨淡经营出来的高潮仍给人强弩之末之感。事实上他对自己笔下的新故事显然并无足够的信心，深感其过于单薄，不足以支撑起一部小说。西谚云，"鸡蛋不能装在一个篮里"，他也不敢把宝全押在男女主人公缘悭一面的情节上，否则他就不会"节外生枝"，敷衍出与廊桥之恋无关的另外一个故事：沃勒在《廊桥遗梦》中缕述金凯情史，曾提及他与一位大提琴手之间的一夜情，那不过是一笔带过，连过场戏也说不上，此时却好似成了预留的伏笔。这可说是廊桥前传，而这段韵事的后遗症恰在金凯重访廊桥的这段时间里发作：他没想到一夜风流给他留下了一个儿子，当他驾车重温旧梦之际，儿子正在四处寻父，希图解开自己的身世之谜。结果是，金凯没见着他的情人，却与昔日的大提琴手不期而遇，并且终于父子相认。

沃勒并未将海滩上的一夜情铺排出又一个浪漫故事，也没有让二人的相逢酿成又一桩高龄爱情，倘若是那样，廊桥之恋即不再是金凯的唯一，对弗兰西丝卡未免太不公平。但是他又万不可令金凯染上一丝风流小生的嫌疑,那无疑将损害其肯于担当的男子汉形象。此中的暧昧令小说家大费周章,有时候他的补救举措甚至不能自圆其说。比如,为洗却海滩一夜情的轻浮色彩,他交代金凯曾寄出过几封信,大提琴手均未收到,而且金凯向后者表白,一夜浪漫是他"一直记得的事情之一"。若是守着前书的描写不依不饶,我们有理由指斥金凯是在撒谎,因为大提琴手的形象在他记忆中一次也没有清晰地浮现。不过如此顶真大可不必,我们最好含糊接受金凯本人的解释:那时他们都年轻,那是一个惶惑迷惘的年代。

少时荒唐,也许算不上过失,何况是在遇见弗兰西丝卡之前,何况他对遗下一子并不知情,读者没有不原谅之理。小说家须处理的问题是,怎样让主人公面对这令人尴尬的事实。内疚是不免的,正像弗兰西丝卡对丈夫怀着歉意一样。而且一如弗兰西丝卡,他在得知真相之后,也准备担当起自己的责任,可以推想,即使知晓弗兰西丝卡目下的状况,他也不会再去寻意中人了。金凯的突然亡故终止了一切,然而他的选择还是引领读者重温《廊桥遗梦》彰显的传统价值:爱情、责任、对家庭的忠诚。

有意思的是,《梦系廊桥》与《廊桥遗梦》之间似乎有某种对称性。前书是以子女对母亲秘信的发现结构全书,后书中则有卡莱尔探寻身世之谜的情节线;农妇的儿女对母亲的越轨之举始则惊惧愤怒,继而同情理解,终则生出敬意;卡莱尔的情形也一样,作为一个弃儿,他更有理由演出"父与子"的对抗,可随着寻访的深入,他的怨愤涣然冰释。前辈的人格魅力征服了后人,实质是他们所代表的价值观终被后人所接受。

相比之下,卡莱尔在续书中的分量远较弗兰西丝卡的儿女为重。

若说后者更多是功能性的（关乎故事的展开方式），那么前者则有实体的意义，因为这个人物负荷着"最后的牛仔"的主题。金凯称自己为"最后的牛仔"（见《廊桥遗梦》），意思是说，他是自然之子，是高度组织化、技术化的消费社会的逃逸者。他要精神的自由空间，要趋近自然，不为现代社会同化，所以他总是行在乡间的路上（"路"在两部书中都构成了主导性的意象，直到临死之前，他还在准备上路；续书的原名叫作《千条乡间路》(*A Thousand Country Roads*)；甚至金凯的爱犬也唤作"大路"）。《廊桥遗梦》中金凯理想化的形象传达出反叛现代社会的信息，续书中卡莱尔的寻父则可看作对其父"牛仔"属性认同的过程。事实上，卡莱尔本人就是另一个"最后的牛仔"，他像其父一样，自由职业者，与主流社会保持着距离。所以金凯会发自肺腑地感觉到：这正是他的儿子——不单是血缘的关系，更是在精神气质上的同一性。沃勒显然对"最后的牛仔"无比钟爱（他无疑是作者理想化的自我肖像），他在书的结尾暗示读者，他也许会写一部以卡莱尔为主角的小说，那就是说，他还要让"最后的牛仔"的故事延续下去。

说来实有几分反讽意味，"最后的牛仔"金凯的特征之一是他对市场逻辑的拒绝，而《梦系廊桥》的写作在很大程度上正是市场逻辑的结果。沃勒曾借金凯之口感慨道："人总是跟市场打交道，而市场——大众市场——是按平均口味设计的。数字摆在那里，我想这就是现实。"又道："利润、订数以及其他这类玩意儿统治着艺术。我们都被鞭赶着进入那千篇一律的大轮子。"信然。

当然，这是把话扯远了。就续书论续书，我们得说《梦系廊桥》仍值得一读。虽说续书大多难逃"一蟹不如一蟹"之讥，此书却至少有一点是众多续作所不及的:续书绝大多数是他人代庖,《梦系廊桥》却是原书作者亲手操觚,只此一家,别无分店。在忠实于原著这一点上,绝对地有保障。与大量滥竽充数的作手不同,作者在保持"原汁原味"上十二分地用心——他总不能自己砸了自己的招牌。据说此书的出版令作者再度登上畅销书榜,其中道理当然可以说出许多,然而要说何以能吸引众多读者,也许举出一条理由就足够了:它是《廊桥遗梦》的续篇,并且它还是原作者所写。我们可以出于重温旧梦的理由进入续书的情境,当然,也可以因其他的理由翻开书页,比如,出于单纯的好奇心——看看《廊桥遗梦》怎样接着写。

隐私·塞林格·心理治疗
——读《红尘难舍》

读传记、回忆录之类，大约是我们窥探他人隐私的最佳途径——假如作者喜欢发掘或是愿意袒露隐私的话。大多数人都有了解同类的欲望，这种欲望有时显得很过分，以致窥探隐私似乎也构成了我们对他人生活的好奇心的一部分（此所以那些披露隐私的书往往走俏，而冠以"绝对"之名的"隐私"曾经绝对地畅销）。当然，身为文明人或自居为文明人，谁都知道应该尊重别人的隐私，社会、道德的约束无时不在提醒我们按捺住膨胀的好奇心。但是传记、回忆录之类却为我们提供了坦然分享他人隐私的机会，不必有侵犯隐私权的担心，也免去了现实生活中自尊心会带来的隐约的负罪感，在此我们可以大摇大摆名正言顺闯入他人的私室。假如"绝对隐私"或等而下之的小报花边新闻之类令我们心生厌恶的话，那么一些经了较"严肃"处理的隐私，其诱惑似乎是难以抗拒的，尤其当它关乎你所感兴趣的人物——比如一位你心仪的作家——的时候。

乔伊斯·梅纳德女士的自传作品《红尘难舍》也许算不得一部在披露隐私方面如何大胆无忌的书（她有无数的前辈和同侪在这方面可以让她瞠乎其后），照她的说法，这本书是对她个人经历的"研究",写作此书的目的则是以现身说法的方式启迪女儿,引领她避开人生的歧途。换言之,这是要完成女性经验的某种传递。但是女性的经历、女性的经验似乎天然与"隐私"有更多的牵连。一则男性中心的社会中,女性总是不可避免、非己所愿地处在"被看"的位置;二则女性由其性别角色所定,其经历多囿于个人私生活,恋爱、婚姻、家庭往往构成人生主要内容,同时也是人生体验的重心。既然个人经历的书写往往须借助对一己私生活的详尽书写和充分演绎,隐私的披露也就成了题中应有之意了——所谓"隐私"正是与私生活而非什么"宏大叙事"相关联的。读者也许更习惯在男性作者的自传中捕捉其他的信息,而在女性的自传中,他们有意无意间更易当作对私生活、对隐私的张看。从丁玲的《莎菲女士的日记》到遇罗锦的《春天的童话》,读者的热情中其实都不乏张看隐私的冲动。经由对私生活的窥探,在不少男性读者那里,故事的主角往往不期然地充当了意淫的对象。

当然,梅纳德不必有成为意淫对象的担心,尽管《红尘难舍》中不乏隐私的成分。撇开其他的因素不谈,我可以断言,可视为故事男一号的杰里·塞林格注定会将读者的大部分注意力吸引过去。塞林格在中国算不上如雷贯耳的名字,不过作为《麦田守望者》的作者,他在相当一部分读者中相当有人缘。爱屋及乌,因其书而欲想见其为人,这是再自然不过的了。偏偏塞林格早已过起与世隔绝的隐居生活,自1965年后即再无作品发表,不仅自己绝口不谈个人生活,而且牢守"私家重地,请勿践踏"之原则,谁披露了他的个人生活,他便要请谁吃官司,有位为他立传的作家就因在书中引用了他的书信而被他告上了法庭。在塞林格的严密防范下,他的个人生活对于公众已形同一部禁书，而通常的情形是，禁书总是更强烈地撩拨起读者的好奇心。现在梅纳德"擅自"将这"禁书"的一页打开了。

经由对塞林格与自己短暂忘年恋情的追述，梅纳德为读者勾勒出一幅塞林格的肖像，它由一些鲜为人知的细节（隐私）加上梅纳德的诠释构成。对于书中披露的那些隐私，不同的读者自可有不同的理解和判断，然则我们不可避免地要通过梅纳德的眼睛来看塞林格，而她对细节的选择和解释对塞林格极为不利：这显然不是塞林格的拥趸乐于接受的形象，因为他与我们据《麦田守望者》《写给艾美斯的故事》推想出来那个敏感、富于同情心的作者相去甚远。正相反，"这一个"塞林格不仅多疑，自我中心，对周围的一切持不信任态度，而且傲慢、虚伪（看他对作者父母、对邻居人前人后的不同表演）、冷漠、自私（看他抛弃梅纳德时的冷酷无情）。作者甚至暗示塞林格是个玩弄少女情感的老手，他一再以优雅动人的书信打动那些涉世未深、充满幻想的少女，始乱之，终弃之（看得出来，如果不是塞林格后来又演出此类故事，梅纳德亦不会对这段短暂的恋情耿耿于怀且影响到她对塞林格人格的判断）。

正如梅纳德声称的那样，她的故事提供了关于塞林格的诸多信息，这在十几年来未曾有过（塞林格的女儿写过一本关于她父亲的书，其中披露的隐私较《红尘难舍》尤有过之，不过那是后来的事）。我们大可不必怀疑梅纳德叙述的真实性，这不仅是因为看不出多少蓄意"抹黑"的意图，也不仅因为她提供的细节相当细致逼真，而且因为书中的"事实"符合我们对人性的一般理解。和许多杰出人物一样，塞林格不是神亦非圣人，普通人身上所谓"人性的弱点"

他也有。所不同者，他是个异人、名人，那些弱点即以异样的方式表现出来，比如他的专断、自以为是，他在与梅纳德关系中表现出来的异乎寻常的控制欲。梅纳德在打破塞林格神话的同时，也像许多涉及作家隐私的叙述一样，再度印证了所谓"文如其人"往往是一厢情愿的虚构。小说中的人物是作家的虚构，书中的作家则是作家与读者共同完成的虚构，作品无疑向读者传递作者的信息，有时甚至是最重要最真实的信息，但书里的影像与现实生活中的作家绝非等价物，也永远不能完全重合，二者相加，才是全人。读《红尘难舍》这类书，乐趣之一，就是丈量我们的想象与真实之间的距离。如果窥探名人隐私有什么严肃正当的理由的话，那就是它有助于我们知人论世，获得一份完整的理解。

遗憾的是，梅纳德提供的"事实"虽然可信，她的诠释却不那么让人信服。某种程度上，可以说她让塞林格站在了被告席上，她建立的道德法庭显然对后者不利，因为我们只能听到她的一面之词，而作为"被害者"，她当然不会给予"被告""同情的理解"。梅纳德向读者道出了她的委屈，她所受到的伤害，她的挫折感，没人怀疑这一切的真实性，然而我们同时有理由从塞林格的角度去揣想他在这段忘年恋之中可能会有的失落，尽管一个少女幻想的破灭与一个有阅历的中年男子的失落，就其对各自的伤害而言，也许不能等量齐观。毕竟，事情的结局是一个双败的局面——两个人都是输家。只是塞林格肯定不屑于降尊纡贵对簿公堂，梅纳德的故事于是成了对他的一次缺席宣判。

若是可以尝试采取同情立场的话，我们将塞林格的少女情结看作《麦田守望者》中表露的执念的某种延续亦未尝不可：守望少年扮演少女保护人的冲动是他在虚伪世界中守护住一份纯真的幻想的折射；塞林格对少女的情有独钟则隐然泄露了他不能全然放弃对纯真人性的憧憬。从书中的描写可以推断，梅纳德固然是带着浪漫的幻想走到塞林格的身边，塞林格也是带着几许幻想开始他对梅纳德的追逐。梅纳德成了守望少年幻想中的少女的替身，从第一封信开始，塞林格扮演的就是一个守护人、拯救者的角色，他的守望方式则是一连串的忠告。担心少女坠入悬崖，塞林格则为梅纳德可能无法抵挡浮华世界的诱惑，忧心忡忡。（具有讽刺意味的是，塞林格以他的一番劝导开始他的爱情追逐，而梅纳德想给女儿的劝导恰恰是，万不可让类于塞林格这样难以抗拒的男子闯入自己的生活。）一张白纸好画最新最美的图画，在得到"生命中的每一天我都会记着您的忠告"的回应后，塞林格在梅纳德这张"白纸"上欣然命笔。许多男子潜意识中都有创造女人的冲动，无知的少女是最好的对象，以年龄、名声等带来的二人关系中绝对的心理优势，塞林格对他必能成功显然居之不疑。唯其如此，塞林格不能容忍梅纳德违反他的意志，成为他的信徒几乎就意味着获得拯救。这也许可以部分解释塞林格后来表现得何以如此绝情，除了他受不了对他的权威的冒犯之外，他或者把梅纳德的自甘"堕落"（终未全然接受他的生活方式）看成浮华世界腐蚀力量的又一例证。当然，性的因素是不可忽略的，梅纳德也写到了这一点，不过这一个"洛丽塔"故事肯定投注了更多塞林格式的文人梦想。

幸而梅纳德没有把她的书写成一则始乱终弃的故事，这使《红尘难舍》不致沦为泄私愤的谤书。事实上，梅纳德在书中叙述了自己四十四年的经历，她很细致地叙述了她的成长，在此过程中遭受的挫折、尴尬、窘迫，种种"啮咬性的烦恼"。她写到了她的环境，酗酒成性不得志的父亲，对女儿隐私怀有过分好奇心的母亲，她的男友、丈夫。她也坦率地写到了让她深感羞耻的饮食紊乱症，令她难堪的性经历。将这一切和盘托出的理由是，她"希望这样做能使其他人对他们说不出口的失败和秘密不再那么羞愧"。换句话说，她的写作是一次心理治疗——首先当然是对她自己的治疗。心理医生对付病人的主要手段是鼓励他将一切难言之隐说出来，准此而论，梅纳德是自己给自己当了一回心理医生。

构成这次治疗的项目很多，但如何面对与塞林格的一段情无疑是关键的关键。梅纳德说的没错，这是一部自传性作品而不是关于塞林格的书，然而从序言、引子到正文，塞林格几乎无处不在，那段情是促成她写此书的主导动机，花在这段情上的笔墨比其他内容（包括她的几任男友、丈夫）加在一起还要多，以至我们简直可以给此书另外一个书名——《走出塞林格》。现在书名的中译"红尘难舍"（该书原名 *At Home in The World*，有人译作"四海为家"）多少也有此意，因为这正是从梅纳德与塞林格关系中产生的命题，前者难舍红尘，后者则蔑视乃至拒绝红尘。

很难说梅纳德是否走出了塞林格的阴影。她的自我诊断不无道理：她认为她的最大错误是放弃了真实的自我，一意扮演塞林格希望她扮演的角色，这使她很长一段时间处在自我分裂的状态（一边是塞林格的意志，一边是她的红尘欲念），彻底失去了平衡。然而她似乎仍不能平静从容地面对往事。证据是，语及塞林格，她仍不乏怨愤之意，她不能对那段恋情提供令人信服的解释，找不到理解她生命中最重要的男人的一贯线索（塞林格前后判若两人），同时，我们也不知道她何以突然收回了她自称爱情故事完结之后二十多年来对塞林格一直怀有的敬意（参看"引子"）。我们隐约见到的，毋宁是类乎怨女的爱恨情结。

平心而论，梅纳德的外部环境的确让她心意难平。写此书时她已预计到她可能面对的压力——她是否有兜售塞林格隐私的嫌疑？事实上，此书刚刚面世，负面的批评也就来了，有说她"没什么才华"（small talent），更多的则是对她披露塞林格隐私的责难。一片讨伐之声动摇了她刚刚建立起来的脆弱平衡，因压力而生的对立情绪显然部分地转换为对塞林格的反感。在接受巴西记者采访时她对批评家反唇相讥道："如果一个男人想让别人对他一字不提、一言不发，他就不该蠢到给年轻姑娘写信，邀她们来和自己一起生活。""多年前，正是塞林格在信中说我有出众的才华，说我是天生的作家。"——话中实有几分负气。

说到才华，梅纳德所拥有的也许并不像塞林格在情书中期许的那么多。《红尘难舍》缺少高远的意境，缺少对人生、对人性的开阔视景，也许长年写家庭、妇女专栏的缘故，就其免使女儿误入歧途的意图而言，她是把自己的写作降低到了妇联工作的水平。不过美国评家的评价是过于苛刻了，至少此书展示了作者细致入微的观察和生动逼真的摹写能力。在我看来，《红尘难舍》固然算不上一部益人神智的书，但却不失为一本有意思的读物。

无法还原的真相

　　一个女仆涉嫌谋杀主人和女管家,被判了终身监禁。罪名似乎是可以成立的:据说这女仆暗恋男主人,男主人则爱上了女管家,两人的关系如胶似漆;女仆因恋情无望,由嫉妒、怨恨生出杀心,逼一男仆杀了待她刻薄、又被她视为情敌的女管家,而这男仆恰是那女仆的追求者。为了逃脱惩罚,也为让女仆死心塌地跟了他,男仆一不做二不休,将男主人也杀死。而后二人双双出逃,结局是被抓回定罪,男仆上了绞刑架……

　　——这是加拿大19世纪40年代的一桩罪案,也正是加拿大女作家玛格丽特·阿特伍德小说《别名格雷斯》的底本。这里面有错综复杂的男女关系,有血腥的谋杀,换言之,通俗文学中最富刺激性的两大元素,暴力与色情,一样不少,曲折离奇的故事情节亦似在其后蠢蠢而动,呼之欲出。它很容易让我们联想到"三言二拍"中的市井犯罪故事。然而作为一个严肃的作家,阿特伍德显然无意即此渲染出一幕犯罪情节剧,也无意令读者对这个当时甚至在美国、英国报纸上也闹得沸沸扬扬的故事"拍案惊奇"——她让我们重新审视这桩案子。事实上,关于格雷斯(即是那女仆)的案子,一直存在着两种说法,一种是她有罪,这是当时男女嫌疑犯的供词及证人的证词所显示的,也被公众的想象所认可,小说第一章中作者杜撰的歌谣(上面对案件梗概式的撮述即由此而来)正代表了这种看法,它具有类乎中国古白话小说中穿插的某些诗词"有诗为证"的功能,是公众接受的对案情合乎"逻辑"的解释,同时也隐含着公众想象遵循的逻辑。另一种看法则认定格雷斯是无辜的,因为那时她只有十六岁,而且是公认的弱智。也许她只是个不能自主的受害者,受那图财害命的男仆威胁,因恐惧而知情不报,并被其挟持一同逃跑?

显然,后一种说法对作者更具诱惑力(倘若相信第一种说法,可能她也就没必要写这部小说了),她给自己规定的任务似乎是,凭借当时的文献材料,凭借自己的想象力,来还原这桩谋杀案的真相。于是一个虚构的人物、精神病医生西蒙·乔丹登场了。在书中,他受那些同情格雷斯、为其赦免上书奔走的"革新派"的委托,到狱中与格雷斯交谈,以唤起她缺失的记忆。

在许多小说中,这样的角色往往成为作者的替身,成为引领读者走进事件的权威向导。我们一度的确对西蒙医生充满信赖,因为身为外来者,他有比其他人更客观、超然的立场,作者似乎也赋予了他比周围的人更公正、优越的判断力。从一开始,读者的视线就被他的工作牵引:他的发问称得上循循善诱,他对格雷斯回忆内容,对格雷斯周围人的态度的分析、甄别则是细致审慎。总之,他力图保持客观又不失同情心。与此同时,我们也就在面对着格雷斯的回忆——由第一人称写成的这一部分构成了小说的主体,它远不限于案发时的情景,举凡幼时家中的贫寒,母亲的病故,父亲的酗酒、无赖,自十二岁起就给人帮工的辛酸经历,甚而好友遭主人始乱终弃的故事，皆一一呈现于格雷斯的回忆中，合起来径可视为她的一部完整的自传——多少让人联想起笛福的小说《摩尔·福兰德斯》(这部18世纪的小说采用自述体，写出身底层的女主人公如何为环境所迫由一清白少女堕落为荡妇，后做骗子做小偷，终被关进监狱的故事)；而对格雷斯不幸际遇的描述似也隐然通向了文学史教科书曾经从笛福小说中抽绎出来的人道主义主题：对被侮辱被损害者的同情，以及对社会不公正的控诉。

  阿特伍德对格雷斯的同情是显而易见的，书中也不乏对上流社会人物讽刺性的描述，然而同样显而易见的是，她拒绝将格雷斯的故事写成一部19世纪式的社会批判小说。尽管我们对格雷斯的同情并不取决于她有罪还是无辜（即使真是凶手，她也仍然能够赢得读者的同情），犯罪故事的框架却使读者的注意力必然更多地集中到罪案的"真相"之上。书中每一章之前几乎都有相关文献的引述，供词、证词、地方志、当时的报道等，这些引文与小说的叙述时而相左，二者之间形成的张力关系更使读者有理由相信，作者正在缜密细致做着翻案文章，而翻案的关键恰恰是提供真相。"真相大白"是读者理所当然的阅读期待，它应是故事合乎情理的结局和终点，在很大程度上，"真相"也应该是小说的"意义"之所系。事实上，这部小说的可读性除了作者细腻的心理描写实笔和简洁准确的语言之外，正在于它给了我们一个笼罩全书的悬念，我们的阅读快感多半也正源自解开疑团究明真相的冲动。在大部分时间里，作者也确乎在引领着我们以抽丝剥茧般的细致有条不紊地向终点走去，我们就像读一部侦探小说或是看一部悬念片一样，随着那位医生听取格雷斯的陈述，搜集各色人物提供的可能的解释，并且就种种蛛丝马迹暗自做着自己的推理判断，试图拼成一个完整的图案。

奇怪的是，就在我们满以为已然接近故事核心地带、真相即将大白之际，作者突然止步不前了：格雷斯的回忆一直是清晰的，可在进入到谋杀案的那一刻，就像出了毛病的电视机，画面忽然变得模糊不清甚至紊乱不堪了；更糟糕的是，我们一度信赖的向导西蒙医生恰在此时抽身退步——他怀疑格雷斯对他所言并非全是真话，也许她有意隐瞒了什么，也许，她在和他玩着猫捉老鼠的游戏？此外，他正急于从与房东太太暧昧无数的关系中脱身，于是他中断了计划，逃之夭夭。小说并非没有结局：多年后格雷斯终获赦免，并且与一位早年恋慕她的人成了家，对此她很知足。但是，这显然不是读者期待的"结局"。相对于格雷斯的晚年是否幸福，我们更关注的是谋杀案的真相。西蒙医生的脱离"现场"让我们的期待落了空，他的怀疑和自省使我们不再能够像原先一样信任格雷斯陈述的可靠性。向导失去了方向，我们还能向何处摸索？我们仿佛一直在小心翼翼地接近一间密室，待终于推开可疑的掩着的门扉，却发现里面空空如也。作者以一个谜语撩拨起我们的好奇心，却不提供谜底，或者说，她向我们说，其实谜底根本就不存在——没有谜底的谜？！

阿特伍德何以不让真相大白？一个可能的解释是，她写的是一个真实的事件，她只能凭证据说话，在证据不足的地方，她只有保持沉默。然而，像她在后记中声明的，这本书"源于现实，但它是本小说"，既然她能用"自由创作"去填补已知材料留下的空白，弥合其间的缝隙，何以在紧要关头又将她的想象力弃之不用？小说史上以历史上发生过的真实事件为底本而由作家虚构出"真相"（或曰结局）的例子不在少数，不是说文学艺术"源于生活，高于生活"，其真实是一种更具普遍性的"真实"吗?

即使考虑到阿特伍德更愿意接受已知材料的限制,我们也仍有必要追问,她为何在设定此书为"小说"而非"历史"的前提下却又愿意接受这种限制?是她为材料所累,不能从相互矛盾的证据中挣脱而出,最终完成她的想象,达到某种能够自圆其说的解释,还是她压根儿就没有"翻案"的预设,倒是故意对读者设下圈套,其安排别有寄意?我们可以设想,如果作者给出一个明确的答案,不管它对格雷斯是否有利,读者的注意力将更多地贯注于对格雷斯的个人命运的同情,而当作者将真相隐去之后,格雷斯的命运即不成为焦点,至少不是唯一的焦点。悬置了结局,读者不得不将视线转移到探寻"真相"的过程之上。那么,"过程"本身能告诉我们些什么?

这里的关键人物是西蒙医生,某种意义上,正是他使得将要解开的疑团复又变得扑朔迷离,尽管作者以心理学上的记忆缺失来解释格雷斯陈述的模糊不清,但是格雷斯破碎的陈述似乎已足以让我们走向一个确定性的答案,即她没有唆使那男仆杀害女管家,凶杀案里她完全是被动的,在惊慌失措中莫名其妙卷进去的角色。但是因为西蒙医生不无理由的怀疑,我们对原本准备照单全收的格雷斯的陈述忽然间举棋不定了。西蒙医生凭什么怀疑格雷斯陈述的真实性?除了交谈时格雷斯某些具体的反应引起他的猜测之外,还因为他后来意识到人的头脑"就像是个房子:房主把不想让人知道,或是那些引起痛苦记忆的想法都藏起来,放进顶楼或地下室。忘记某些事,就像收藏破家具一样,一定有人的意志在起作用"。既如此,凭什么相信格雷斯对他毫无隐瞒?

事实上,西蒙怀疑的目光不仅投向了格雷斯,在试图还原真相的过程中，他发现那些希望帮助格雷斯的人其实对弄明谋杀案的真相并无真正的兴趣：辩护律师想的是打赢官司，请愿团的人有意无意间想证明自己的慈善心肠，各种微妙的动机促使人们做出选择，当他们选择相信格雷斯无辜时，他们的意志也在起作用，就像格雷斯在可能有意的隐瞒和遗忘中，其意志起着作用一样。作为一个具有高度自省能力的人，西蒙进而陷入了自我怀疑：他之倾向于相信格雷斯的陈述冥冥中是否受到他对她的好感与怜悯的诱导？还有，这里面是否掺杂了个人动机？他想通过这个个案的研究为自己未来事业奠定基础的迫切心情是否让他在与格雷斯的交谈中丧失了从容和应有的距离感？既对格雷斯的陈述不可尽信，包括他自己在内的一干根据种种"证据"对真相做出推理判断的人，其判断力的可靠性又因微妙的动机、立场的渗入而打了折扣，如此这般，真相的还原还是可能的吗？有道是"当局者迷，旁观者清"，旁观者的优越源于他立场的超然、客观，然而我们发现，不仅格雷斯是"当局者"，而且因为人们在做出选择推断之际有意无意间都带着某种预设，他们不同程度地成为另一意义上的局中人。泛而论之，谁在局外？一旦对"真相"发生兴趣，人即必以某种方式与其发生关联，走入局中。——西蒙没有能够找到谋杀案的"真相"，我们随他而行时，却意外地发现了证据不可恃，人的判断力不可恃的"真相"。

也许，后一个"真相"更是阿特伍德希望我们关注的。准此而论，《别名格雷斯》除了给我们提供了一个引人入胜的故事之外，还给我们这样的提示：一方面，我们可以把格雷斯的记忆缺失视为某种象征——某种意义上说，关于"真相"的证据永远是不充分的，永远有缺失；另一方面，人们对真相自以为是的推断往往不过是基于自己未必察知的意念的"合理化"的虚构，而我们据之不疑的真实也许不过是大家接受认可了的虚构。"真实"与"虚构"是对立的概念，当二者的界限变得模糊不清时，我们不免要追问：究竟是否存在着所谓的"真相"？真相是可以还原的吗？

还可以从书里追问到书外的是，如果可以把我们对小说中"真相大白"的热切期待看作是现实生活中我们对"历史真相"的迷恋的某种隐喻，那么，我们何以如此迷恋所谓"历史真相"？也许，这个世界的确定性对我们是重要的，一个混淆了真假界限的世界令人不安，而相信"历史真相"的存在是我们对这个世界的确定性建立信心的一部分。从某种意义上讲，我们急于知道历史真相，正是源于我们急于向自己证明这个世界的确定性。准此而论，阿特伍德是以她的方式使我们大大地困惑了。

一本正经地不正经

似乎是在20世纪80年代初的那阵西方现代派热当中，领教了美国的"黑色幽默"。"幽默"而曰"黑色"，委实有点奇怪。"幽默"不新鲜，萨克雷式的幽默，果戈理式的幽默，契诃夫式的幽默，老舍式的幽默，林语堂式的幽默，钱锺书式的幽默，等等，都算得上老相识，"黑色幽默"则是初见。萨克雷的幽默是什么色的？灰色？白色？不知道，然"黑色幽默"既要打出"黑色"的旗号，总是与我们习惯的传统式幽默（姑且这么说罢）迥异其趣了——果然如此。"黑色"（black）在英文中含有阴沉、绝望之意，据说"黑色幽默"即是指该派作品于幽默中流露的对于这个世界的厌恶、绝望之情。我倒也没读出多少绝望，不过由那里发出的笑声很让人觉得异样又不是滋味：没有超然的优越感，也不是所谓"含泪的微笑"，读着的时候你倒也笑个不停，回过头来想想，有时竟不知在笑什么，唯剩下荒诞之感。不能说传统的幽默讽刺小说找不到"荒诞"的踪影，幽默讽刺就是冲着世上的荒唐事去的，然而在作者的笔下，那并非存在意义上的荒诞，即或书中的世界整个透着荒诞，那么作者也超然于荒诞之上，不像"黑色幽默"小说，作者就陷在荒诞之中，仿佛成为"荒诞"的一部分。

眼前的这部《冠军早餐》，其作者冯内古特就是"黑色幽默"派的大将。依稀记得读过他的《第五号屠场》和几个短篇，那是他较早的作品，《冠军早餐》是他70年代写的，书中的世界一如既往地荒诞，书中的叙述也还是那么不伦不类，没头没脑，没一句正经。若是想读到一个生动的故事，那你肯定找错了地方。

书一开始冯内古特就告诉我们："这是一个很快就要死去的星球上两个孤苦伶仃、瘦骨嶙峋的年纪相当老的白人见面的故事。"两个老人，一个是默默无闻的科幻小说家，一个是精神失常的汽车代理商。小说家很不得意，他的科幻小说通常被包装成淫秽读物，只能在色情书类里买到，可他突然交了好运：他忽然受到邀请，到密德兰市去参加一艺术中心的揭幕典礼。被邀的原因很曲折也很荒唐，向他发出邀请的人压根儿没读过他的作品（尽管那人保证他将会读的），所以请他是因为那人要向一位藏画者借一幅格列柯的名画到艺术中心展出，而藏画人出借名画的条件是，必须请"尚在人世的最伟大的英语作家屈鲁特"——就是写科幻小说的那一位——在艺术节上致词。于是小说家来到密德兰，而那位汽车商就生活在这个城市。在小说的结尾，冯内古特兑现了他的许诺，他让小说家和汽车代理商在一家鸡尾酒店里见了面。如果你愿意，你可以说会面的结局是悲剧性的：汽车商身上的"不良化学成分"突然驱使他向小说家追索"信息"，最终他在小说家带着的一部作品里得到他想要的，而得来的信息的唯一功用似乎就是使他陷入彻底的精神错乱，他开始攻击周围的人，小说家的一截手指成了他的疯狂的最后牺牲品。——完了，就这些。

两个毫不相干、八竿子打不到一起的老人偶然地碰上，而后，一个把另一个的手指咬掉了——这叫什么事儿？冯内古特在开篇就预言了结局，于是乎我们从一开始就在走向一个既定的目标，你总会以为作者要暗示二人的相逢有某种必然性存乎其间，或者，二人的相见有什么重大的意义，相见会引起什么非同小可的后果，可是没有。小说家接了邀请就向密德兰一路行去，那边厢汽车商的精神错乱在一步步加剧，作者就在这两条不相干的线索之间跳来跳去，直到最后，我们也没发现二人有什么相干。为什么汽车商要向素不相识的小说家讨"信息"？作者告诉你，那是他身上的"不良化学成分"起作用了；为什么汽车商彻底疯了——他读了小说家的书；书里写了些什么，有很多关于人与造物主的内容，还有这样的句子："你已筋疲力尽，你怎么会不筋疲力尽呢？当然，在一个并不要讲道理的宇宙中要一直不断讲道理，是一件令人筋疲力尽的事。"何以看了如此这般的内容就会疯呢？作者也许会说，是写书的我让他这样的，就像他在书中写到一个乘飞机的人物时说："我本可以宰了他，还有他的驾驶员，但是我让他们活了下来，因此他们的飞机安然降落。"每一处他都会一本正经地向你提供解释，但每一条理由在我们的常识看来都显而易见地不成其为理由，只是让我们愈发莫名其妙。事实上，"因为""所以"的论式在冯内古特的小说里是根本不存在的，他的小说是抽去了因果锁链的一堆碎片，靠不断的打岔连缀到一起。

对了，"打岔"——这是他小说叙述的秘诀，他就仗了不断地打岔来展开故事（如果可以叫故事）。打岔就是从某种合乎逻辑的线索一再逃逸，一而再再而三地扯进诸多不相干的人与事，还有不着边际的插科打诨。当冯内古特追随小说家的行踪，当他描述汽车商病情不断加重的过程时，他就是这么做的。他信手拈来一些片段，而后漫不经心地抛弃,他的小说被层出不穷的插曲堆满,以致找不到主导动机。其实,两个老人的见面也是插曲的性质。插曲是偶然性的,作者也并不认为它们有何意义。我们发现越是到后面,有一个词越来越频繁地出现,即是"如此等等",作者时常以该词来结束一个段落,最后干脆用它结束全书。"如此等等",叙述语气上即等于"如此而已","就这么回事",它杜绝了理由的追问,也取消了事情的重要性。

在津津有味地玩着打岔的把戏的同时,冯内古特也就在兴致勃勃地干着另一件事,那就是"亵渎"。他对种种被目为神圣的事物做鬼脸,吐唾沫,从国歌到星条旗,到"繁荣""进步"这类动听的字眼。他将最不可犯的东西与最易被看作肮脏污秽的东西并置一处,他用粗鲁的字眼加诸最不可犯的事物。有时候你竟或要怀疑,他所以要写小说,就是因为它为他提供了亵渎的机会。他将美利坚合众国的国歌录下,而后告诉你那是夹着不少问号的废话。你得承认他的"诋毁"不无道理,因为在书里我们看到的事实都是那庄严歌词的反面:犯罪,暴力,色情,人的冷漠、孤独,总之,没有亮色和希望。不过万勿以为作者面对这一切如何义愤填膺或是痛心疾首,他只在一边玩世不恭地发笑——所有的罪恶、丑陋在他笔下都以滑稽的面目出现。书中的幽默来自他一本正经地不正经,或者说,他在理当正经的地方嬉皮笑脸,在无须正经对待时却又一本正经,煞有介事。

就连小说中的插图也是煞有介事——要说这部小说与他的其他作品有何显著不同,那就是它有作者自绘的大量插图。顺便说说,我手里的这个译本是译林出版社出的(董乐山先生的译笔),出版者将其与作者的另一部小说《囚鸟》合为一编。若封面上小说名的排列顺序是某种暗示,《囚鸟》似乎更重要,因为"囚鸟"的字样比"冠军早餐"大得多也醒目得多。挑了《冠军早餐》来读,乃是出于对图的好奇。都说如今已进入"读图时代",冯内古特是否早已得了风气之先?至少他将插图视为小说不可或缺的部分,否则也犯不着在书名下面一本正经加上"附作者自绘插图"的字样。可他笔下的那些插图真是没一点正经。正像他的叙事荒诞不经一样,他的插图也莫名其妙,相信看了之后你会对"插图"二字以及插图的功用又生新解——我敢担保它们与你见到过的插图绝对两样。在"序幕"里他就给你一个范例:"为了使你对我为这本书作的插图的成熟程度有个大致了解,这里是我画的一个屁眼。"下面当真就画了一个抽象派的屁眼(没读过原文,不知用的是何字眼,不过照他一贯的亵渎精神,他肯定觉得 buttocks, behind, bottom 之类不过瘾,必要用上 asshole 之类才痛快,画也要画这个)。

  他的插图的出现(或者是安排)是极随意的,比如,提到绵羊,便告诉你,"它的形状是这样的",于是画一只绵羊;提到抽水马桶盖上的纸封条,他就画上一个;写到内裤("女孩子们想尽方法掩藏她们的内裤,而男孩子们则想尽办法要一窥她们的内裤"),便道"女人内裤是这个样子",于是画内裤……他画的物事委实不少,然而就是不画书中小说家、汽车商和其他的人物。那些插图画的都是无聊没要紧的,对我们了解小说的内容毫无益处,他把我们的视线往这些不相干的地方引,真是莫名其妙——他总不至于是要用小说来给我们上博物课。插图的出现并没有让我们对小说里的世界增加感性直观的了解,相反,它们将那个世界的意义弄得更加破碎了——你尽可以说那是在取消它的意义。一个没有意义的世界是荒诞的,冯内古特也正是要以书里的荒诞世界,以他莫名其妙的叙述来指涉书外荒诞的现实。

当然,冯内古特"满纸荒唐言"中也并非没一句正经,比如说下面的一段话时,他很可能就是有几分正经的:

> 一旦我明白了是什么东西使美国成为这么一个危险的、不幸福的人民的国家,他们与真正的生活没有任何关系,我就决定不再讲故事写小说。我要写关于生命的书。每一个人都同别人一样重要。对所有的事实也要给予同样的重视。没有东西可以遗漏。让别人为混乱带来秩序。而我则是为秩序带来混乱,我想这就是我做的。
>
> 如果所有的作家都这么做,那么文学行业以外的公民也许会明白,我们周围的世界没有秩序,我们必须适应混乱的要求。
>
> 要适应混乱是很困难的,但可以做到。我本人就是个活榜样:这是可以做到的。

这个"我"是常在书里出现的作者,种种迹象皆表明他与真实的作者很相像,包括岁数。那么,不妨把这段话看作冯内古特的夫子自道。鲁迅要以他的讥刺令"正人君子"在他们的好世界中不那么惬意,冯内古特之"为秩序带来混乱"似有异曲同工之妙,写这书岂不就是蓄意给自我感觉良好的美国人(泛而论之也是给主流社会)添堵?所不同者,鲁迅是愤世,冯内古特是玩世。

漫谈《第三个孪生子》

好像是在他的《手记》里，契诃夫有这么一句话，大意是，如果你写墙上挂着一杆猎枪，那这枪在故事结束之前一定要打响。这是他对叙事文学（戏剧或小说）的要求，意思当然是说作家对情节、人物，乃至细节都得有精心的设计，不可率尔下笔，即使最微不足道的道具也要在故事中发挥作用。以这标准去对照契诃夫本人的剧作或小说，我们多半要失望：不单小说，甚至他的戏剧都是开放的、"散文化"的，看上去充满了"闲笔"。作为态度严肃认真的作家，他的每一笔或许都有其用意，可这用意却是未聚焦的，或者是为塑造人物，或者是渲染气氛，或者暗寓褒贬，一读之下，未必看得出来——也许"枪"已响过了，我们还蒙在鼓里。

其实不单契诃夫，除了莫泊桑、欧·亨利那样在情节上惨淡经营的人，大多数严肃作家的笔下，我们都不会清晰地听见"枪"声，不会看见一杆枪就很有把握地等着"枪"声响起——至少在情节发展的意义上是如此。倒是在好莱坞电影和畅销小说中，如果我们就着字面的意思用上去，契诃夫的话几乎总能得到应验。通俗作家更重故事情节，而且故事通常高度地戏剧化，每一人物的出现，每一组人物关系的设置，细节道具的安排，作者都有明确的意图，读者稍加逼视，便即"图穷匕首见"。你不大可能看到"游离"于主要情节之外的"闲笔"，作者不敢如此随心所欲，观众、读者也没有这份耐心。——有时候我竟要以为，有无大量的"闲笔"是区分纯文学和通俗文学的一个标志，尤其是在"雅""俗"之界日趋明显的今日。

所以，当坐在电影院里看好莱坞情节片或是读一部美国的通俗小说之时，我们已经习惯于主动推断故事情节的发展，跟踪蛛丝马迹，一步步酝酿我们的预感，我们的预感多半不会错（总能听到一声又一声的枪响），因为我们看这类片子或是小说已经积累了丰富的经验，而预感的印证恰是阅读快感的重要来源。眼前的这部《第三个孪生子》可以再给你一个验证你的经验的机会，这本小说太像一部好莱坞情节片了，也许写的时候作者就在想着将其搬上银幕，也许书中的故事眼下就在好莱坞的摄影棚里演绎。

你很快就可以断定那位年轻的女科学家珍妮将是故事的头号主角，而那位学法律的大学生史蒂夫第二次出现你就会预感到，他将与珍妮走到一起，构成类于好莱坞惊险片里的那种搭档关系，一男一女，不仅"战斗"中双剑合璧，而且顺带着还可演出一幕浪漫的感情戏。史蒂夫法律系学生的身份也不是随便安上的，紧要关头他会充当珍妮的辩护律师，以他的法律知识，以他的辩才为他的盟友兼情人赢得主动。甚至珍妮的父亲，那位二进宫的偷盗之徒，当他从狱中出来，再度在珍妮的生活中出现时，我们也能预感到他会在故事的进展中扮演某种角色——作者在他身上花费笔墨总不至于是单单为了写出一个无赖父亲的形象——果然，珍妮走投无路之际，他的"绝技"派上了用场：他不费吹灰之力弄开了实验大楼密室的锁，帮助珍妮取回了那张对追踪犯罪线索至关重要的软盘……

且说这位珍妮·费拉米博士受聘到琼斯福尔斯大学任职,她的课题是从遗传的角度研究犯罪。虽说她提出了导致犯罪的种种遗传特质,她却相信后天的教育和环境可以抵消这些不良遗传因素的作用。为证明这一点,她要考察不同环境中长大的同卵双胞胎,如果她能找到一对对双胞胎,其中一个是罪犯,一个是良民,她的理论就有说服力了。她设计了一个检索程序,这程序可以搜索档案数据库,将一对对孪生子从人海里识别出来,据此她可以选定感兴趣的人来受试。史蒂夫便是她的一个受试者——一个很理想的研究对象,因为他的孪生兄弟是个罪犯,他则是品学兼优的好学生。可是珍妮的研究以及她本人很快陷入了一连串的麻烦。她所在的校园里发生了一起强奸案,受害者就是她的好友,据这位好友的指认,罪犯正是史蒂夫。她疑惑这是他的孪生兄弟所为,可那人正在监狱里服刑,根本没动过窝。更奇的是,这对双胞胎根本不知道对方的存在,他们的生日也不一致。由此,读者被引入到一个扑朔迷离的谜中去了。

史蒂夫要洗刷他的罪名,还要弄清他的身世之谜,珍妮则要澄清她的困惑,推进她的研究。然而自从她的顶头上司伯林顿在她的办公室里偶然遇见了史蒂夫之后,她的研究突然间变得阻力重重。先是一家报纸披露了她的课题,指责她的研究侵犯了隐私权,紧接着校方以保护学校声誉为由勒令她中止研究,伯林顿干脆将她解雇。她的办公室被搜查;她受到匿名电话的威胁;当她追踪线索到埃文坦诊所时,发现那里的一些医疗档案刚刚被销毁……一连串的怪事使珍妮意识到,她的研究已经让她卷入到一个重大的秘密中去。她越是想弄清真相,她的处境就越是危险,而她的疑团也随之越滚越大。当她找到了第二个与史蒂夫长得一模一样的人时,她疑惑她面对的不是什么孪生子,而是试管婴儿,可随后的调查中,她又找到了第四个、第五个……最后竟找到了八个,她终于明白了,这是克隆人!至此,一个重大的阴谋也就昭然若揭了。

原来,身为遗传学家的伯林顿与他的朋友普雷斯顿和吉姆几十年前就在军方的资助下从事一项秘密的研究,目的是借助基因工程来纯洁种族,造就合格的士兵。这项研究早已停止了,可是他们合伙开的生物技术公司仍在悄悄继续着研究。他们自命为"理想主义者","让中产阶级生出健康的婴儿,让穷人绝育,扭转美国种族失衡的倾向"是他们的目标。70年代他们的体外授精技术已经领先,他们用这项技术治疗不孕,赚来的钱用于研究如何成批复制"合格"的人。

于是克隆人诞生了:他们将一位体格健壮、头脑聪明、争强好胜的陆军少尉的精子与西点军校一女打字员的卵子结合,而后将胚胎多次分裂,植入八个根本不知情的求治不孕症的妇女的腹中,得到了八个一模一样的人。可惜没有政府的支持和足够的经费,他们的实验不能合法且大规模地展开。然而机会来了,从政的吉姆将参加总统竞选,一旦竞选成功,宏伟的计划就可放手实施。竞选的关键是经费,而正当珍妮追踪她的线索时,伯林顿们遇到了一个天赐良机:一家德国大公司出价一亿八千万美元收购他们的公司。看来成败就系于他们公司的出售是否顺利了。如果德国公司知道了他们不可告人的秘密,肯定将放弃收购计划,此所以他们那样急切地阻止珍妮的调查。像许多惊险小说一样,这个故事的结局是可以预料的,珍妮最后带着她掌握的材料出现在公司转让的新闻发布会上,并且设法让几个克隆人赶到这里，就在收购协议就要签署的千钧一发之际，揭出惊人内幕，终使伯林顿们的阴谋流产。

上述故事梗概已可让我们稍稍领略这部小说情节的曲折、复杂、紧张。像许多好莱坞惊险片一样，作者一开始就设置了一个悬念，作为读者，我们知道强奸案的真凶是哈维，可身在局中的珍妮不知道，其间的差异似乎可以让我们逍遥地作壁上观，看她如何把哈维给找出来。然而紧接着我们也陷入局中，迷失了方向，因为故事在朝另一个方向发展，那就是史蒂夫的身世之谜，这是真正的悬念，不仅对珍妮，对史蒂夫，而且对读者，它都是一个不可解的谜。起初我们以为这是一个简单的双胞胎"错认"的故事，可当珍妮在狱中找到史蒂夫的另一孪生兄弟时，我们的猜测落了空。我们对珍妮的优势不存在了，接下去我们就得追随在她身后去寻找谜底：为什么孪生子们不是同时出生？为什么不单他们自己，而且他们的父母也不知道孪生兄弟的存在？一个谜团引出另一个更大的疑团，而看珍妮一步一步地追索，就像是看福尔摩斯以不断排除可能性的方式破案。一旦史蒂夫的身世之谜揭开，事情也就真相大白，故事也就该终了了。

这故事的起点似乎是珍妮对双胞胎的研究。其实"研究"是假，作者真正感兴趣的是双胞胎带来的戏剧性——双胞胎可以说是这部小说的"戏眼"。有道是"无巧不成书"，双胞胎恰可为作者制造巧合、误会提供便利，而误会、巧合对于一部通俗小说实在是太重要了。中外文学中，利用双胞胎或准双胞胎的真假莫辨制造戏剧性的作品委实不少，不说60年代影片《哥俩好》那样"纯正"的双胞胎故事，诸如"双包案""真假孙悟空"之类，也都是对双胞胎变相的利用。

本书作者则更是变本加厉，克隆人就其提供的故事趣味而言，不过是双胞胎的延伸，从两个加到八个，真也热闹得可以。当然，八个当中真正提供戏剧性的，仍然是一个"双胞胎"组合，这便是史蒂夫和哈维。二人一善一恶，恰成对照，作者不避重复、几乎是有点笨拙地从二人外形的酷肖上生发情节。珍妮已经有一次将哈维误认作史蒂夫差一点受其侮辱，第二次哈维受伯林顿派遣到珍妮处打探底细，珍妮居然又投怀送抱，一时未能识破。而在关键时刻，史蒂夫也假扮哈维"打进匪窟"，到伯林顿身边去卧底，一度以假乱真。抽掉了这些"错认"的戏，真不知作者怎样去编织他的情节。

  准双胞胎的"错认"戏为小说平添了几分情节上的生动曲折，情节的曲折却不是这部小说唯一的"卖点"。这部小说所以能畅销，其最大的"卖点"是选中了克隆人的题材。惊险小说万变不离其宗，这"宗"就是紧张曲折的情节，"万变"的则是故事的题材和背景。在美国，畅销书写作的一个秘诀，是将曲折的情节与社会的某个热门话题嫁接到一起，或者说，将一个社会关注的热点布置成故事的背景。热闹的情节加上热门的话题（因此也就是重大题材）对读者的趣味具有双重的刺激性，最能耸人听闻，凑上热门话题，作者总能占上几分便宜。冷战时代，读者最关心的是美苏间的紧张关系，写美苏间谍战的间谍小说最是走红，冷战结束了，这一类的小说也就跟着式微；后冷战的时代，恐怖主义猖獗，成为美国人心头一大患，以恐怖活动为内容的小说也便走俏。近年来，"克隆"已成了人们耳熟能详的词，英国人克隆羊成功的消息在媒体刚一披露，立时在社会上引起一阵骚动，待到科学家谈论克隆人的可能性，待到某些科学家宣称要克隆人，更是激起了一片恐慌，并迅即引发对人类施克隆之术是否道德的争论。克隆人还没在现实中出现，却已在眼前这部小说里登场了，作者可说是很手脚麻利地搭上了"克隆"的班车。公众对克隆投注了如此热烈的关注，对《第三个孪生子》中出现的克隆人自然愿意看上两眼了。

不要指望从这书里能就克隆人问题得到什么启示，通俗小说从不真正深入地描写或讨论什么，也不会刺激读者去怀疑，去思考，它只将社会上流行的态度和观点反映出来。比如这部小说就分明传达出公众对克隆人前景的忧惧心理。我们从媒体关于克隆的讨论中知道，克隆的成功引起了一种担心：如果某个怀有野心或狂想的科学家克隆出希特勒那样的人物，世界岂不将陷入又一场浩劫？——西方人无法从记忆中抹去希特勒带来的那场灾难，一提起克隆人，很容易就触动了这根神经。《第三个孪生子》中写到伯林顿们的计划，正是这种忧惧心理的投射。他们想借科学技术"扭转美国种族失衡的倾向"，复制出他们心目中优秀合格的人种（其特征是聪明强壮、争强好胜），岂不就是纳粹鼓吹纯粹雅利安人理论的一种翻版？在这里，克隆人的危害不言而喻，这也成为小说无须明言的一个前提，所以珍妮、史蒂夫等人与伯林顿们的斗法顺理成章地成了一场正义与邪恶之间的较量，而且像我们通常在这一类小说中看到的那样，这较量被赋予了生死攸关的严重性，仿佛一旦伯林顿们得逞，世界的末日就要来临。——公众的忧惧以一种戏剧化的方式夸张地传达出来。

对克隆人前景的忧惧其实也是对科学技术带来的负面影响的担忧。伯林顿们的犯罪属高科技犯罪，相比之下，哈维式的犯罪给社会带来的危害简直算不了什么。美国是个高科技社会，美国人比别国人似乎更生活在高科技的包围之中,他们是高科技的崇拜者,之所以那里的科幻小说、科幻电影那么发达,就连《第三个孪生子》这样并非科幻类的小说,里面也有不少"科学"的内容,书中珍妮不断向周围的人解释她的研究,其实也是作者在向读者做科学普及,有意无意间,也是要让小说具有一点"科学味",这味儿是读者喜欢的。然而一面崇拜,一面美国大众也比别国人(比如说我们中国人)对科技盲目发展可能带来的后果多几分隐隐的忧惧,《第三个孪生子》多少也反映出这一点,只是这类小说最终总要向读者提供安慰的,珍妮、史蒂夫这些美国式的英雄不是让伯林顿们的阴谋破产了吗?

格林的故事

小说发展到今日，已经远远不满足于单纯讲故事了。现代的小说家热衷于探索小说的各种可能性，小说在走向诗，走向哲学，或是走向别的什么，以至于不少人觉得有必要提醒小说家不可忘本，有位英国学者就告诫说："不管小说家抱有什么样的野心，他最好还得记住：他开初是一个讲故事的人，而这个根源他是永远不能完全逃避的。"现代严肃的小说家中有多少人愿意接受类似的忠告，很值得怀疑。不过仍有不少小说家维持了对故事的兴趣。在我的印象中，大体而言，英国小说家显得相当"本分"（说是"保守"亦无不可），远不像他们的法国同行那样醉心于种种文体上的实验。1991年去世，被许多人认为是诺贝尔文学奖有力竞争者的格雷厄姆·格林便是一位不愿放弃小说故事性的作家。

格林不属于那种崖岸自高的作家，他写题旨严肃的作品，也写他所谓的消遣读物。尽管他自己做了这样的划分，二者之间的界限在他那里却并不十分清晰：他的"消遣读物"与我们通常所见的通俗小说相比仍不乏某种严肃性，而那些他自认足以当"小说"之名（在他的词典里显然"小说"才具有文学的尊严）的作品又有很强的可读性。就后者而言,格林的确善于在严肃的题旨与可读性二者之间保持一种微妙的平衡。他的小说的可读性来自他直爽、简洁、通俗的文体,也来自他故事的生动——这使他的小说即使在探索复杂的人生经验、讨论最沉重的道德问题时也能从容不迫地抓住读者。

不知格林将《名誉领事》归入小说还是消遣读物——想来应该是前者吧?格林一生到过许多地方,而他也乐于将他的故事安放在异域的背景上,非洲的刚果、亚洲的越南、南美的海地,他都写过,似乎陌生的地方更能刺激他创作的欲望。这部《名誉领事》写的又是一个异域故事:南美某国的革命组织的成员为营救被当局关押的政治犯,定计绑架美国驻阿根廷大使,不想阴错阳差,抓来了驻阿根廷某城市的英国领事;突击队员手中的政治筹码立时变得分量不足,英国方面对一个行将退休的名誉领事并不在意,突击队员在知道了实情之后已是骑虎难下。僵持了一段时间,当局侦知绑架人质的藏身之地,将其团团围住,名誉领事福特那姆终被救出,突击队员都被打死,而书中的头号主人公,那位严守中立、只想治病救人的普拉尔医生在混乱中中弹身亡,成为绑架事件的牺牲品。

这样的故事自有生动的情节,同时也使作品具有了类于惊险小说的外观,而格林从未打算同惊险、侦探一类的通俗形式划清界限,倒是倾向于有效的利用,只要能够抓住读者。他曾有言:"你如果首先激动观众的心弦,就可以使他们接受你所想要描述的恐怖、苦难和真理。"《名誉领事》确能抓住读者,那么通过不乏戏剧性的故事,格林想向我们描述什么呢?

《名誉领事》可作政治小说看(格林有言,他的作品"大多是政治小说")——书中写到的绑架原本就是个政治性的事件。热衷于写政治，当然是因为政治在当代的人类生活中仍然扮演着重要角色，在通常构成格林小说背景的第三世界，政治更有一种强制性的力量；20世纪充满着暴力、恐怖和残忍，而政治决然脱不了干系。不能下断语说格林对一切政治深恶痛绝，将政治视为肮脏、罪恶的渊薮，但显而易见的是，格林写"政治小说"，采取的却是非政治的立场。《名誉领事》并不提供政治意义上的是非判断，相反，在我看来，它倒是向我们披露了政治逻辑的无情、政治与人性的相悖。在小说中，意识到这一点的是普拉尔医生，陷入更深刻的内心冲突的则是劫持者的头目利瓦斯神父。

普拉尔是个人主义者，只听凭常识和个人的良知行事，他对政治不感兴趣，尽管他父亲早先因从事反对当局的活动被捕入狱，应算是绑架者的同党，而他对父亲有一份尊敬，对社会现实有自己的不满，对革命者的反抗也不乏同情，他却反感绑架之类的恐怖活动，尤其不能容忍出于政治目的对一个生命的随意剥夺。所以当其非己所愿地被卷入绑架事件之后，他关心的只有一件事，便是保住领事的性命，一方面，是阻止劫持者将人质释放，自己赶快逃命；一方面，是敦促有关当局采取措施营救领事，动员社会舆论迫使当局关注此事。"人命关天"，这是普通人的反应，普拉尔代表的也正是一种人之常情的立场。站在这样的立场上，他不明白何以劫持者明知抓错了人还扣着不放，并且随时准备撕票，尽管当真抓住了美国大使，他也不能赞同扣押、加害之类非人道的做法，但美国支持阿根廷当局，绑架犹有可说，加害英国领事却是绝对的荒唐。冤有头，债有主，既然并非原先的目标，领事在任何意义上都是无辜的。他也不懂英国当局何以对自己的领事被绑架表现得无动于衷，听任福特那姆身陷险境，就像一切都未发生，似乎（事实上也确实）准备将名誉领事抛弃。

然而不管普拉尔是否接受，这恰恰是政治的逻辑。在书中，体现了政治逻辑的是劫持者的头目利瓦斯神父、佩来兹警长，以及英国政府的官员们。他们都按照某种超越个人意志、道德原则的更高原则行事，在佩来兹和官员们，那是社会秩序、国家利益之类，在利瓦斯神父，那是革命。国家利益、革命仿佛是一种绝对命令，以国家或革命的名义，可以使用一切手段——利瓦斯神父与佩来兹等人是政治较量中的对头，遵循的却是同样的逻辑。在普拉尔眼中，福特那姆是个有血有肉的具体的生命，在劫持者眼中，他则像是一个抽象物，手中有最后可以利用的一张牌；在英国政府那里，名誉领事的生命必须服从利益的权衡。于是福特那姆突然间落入了一种无助的境地，普拉尔则感到他挽救其性命的个人努力像是撞在了一堵无形的墙上，毫无反应。令他诧异的是，政治的考量同时也在改变（或者说毒化）私人间的关系。他与利瓦斯神父是学生时代的朋友，与佩来兹警长私交也不错，甚至不乏某种思想上的沟通，然而当他们按照他所不能理解的更高原则行事时，好像都带上了一重面具，僵硬，冰冷，无情。他对利瓦斯神父向他隐瞒父亲已在一次越狱行动中被打死的真相感到愤怒，难以容忍，然而在劫持者看来，为争取普拉尔站在他们一边，那么做理所当然，所以面对他来势汹汹的质问，利瓦斯神父答来心平气和，对朋友并无愧疚。在劫持事件中，二人之间至少部分地已变成利用与被利用的关系。

政治逻辑的无情、荒谬，它的不由分说的性质，尤见于故事的结局——最具讽刺意味的是，福特那姆获救（尽管警方采取行动时，对他的死活事实上是听其自然），从劫持者存身处走出来准备向警方说情的普拉尔却被警方的枪弹打死了。普拉尔一直在为福特那姆操心，出于人道，他甚至也挂怀劫持者的安危。他总以为在双方的对峙中他是最安全的——他不过是一个医生，事件中最超然、最无政治色彩的人，怎么会想到自己会成为牺牲品？莫名其妙地卷进来，毫无意义地丧生，他的死是读者最难以接受的，然而格林以他冷静的现实主义逼使我们接受这样的结局，不仅如此，他还要添上冷嘲的一笔：现在轮到福特那姆为普拉尔鸣不平了，他向英国使馆的官员述说事情的真相（警方对外宣称普拉尔是被劫持者打死），可来人并不在意，正像先前对名誉领事的性命漠不关心一样，你可以说，当局宁可不知道真相，那是在一桩了结了的事情上节外生枝——这就是所谓政治。

如此描述这部小说，也许会使读者得出一个错误的印象，即该书类于西方常见的暴露政治黑幕的小说或影片，事实上格林却还别有寄意。中国现代作家张爱玲曾提到过格林的一个术语——"通常的人生的回响"，不知格林此语出现在怎样的上下文中，不过从中已可揣知格林对普遍的人性状态的关怀。政治是他觉得必须面对的，而与政治相比，"人的因素"，每个人都会面临的善与恶的抉择，才是他关注的"问题的核心"。在《名誉领事》中，情节与人物虽以绑架事件为线索组织起来，格林的笔墨却大多用在了绑架始末以外的别的所在。事件本身并不复杂，复杂的是由此牵出的人的种种心态，他们面对的道德难题，而绑架事件使这一切在相当程度上戏剧化了。

绑架事件为形形色色的人物提供了表演的舞台。在勾勒这些人物时，格林通常冷静、超然、不动声色。有时他的笔触幽默风趣，比如写到那位过气的小说家萨维德拉博士。福特那姆性命交关之际，普拉尔邀他在一封公开信上签名，以期引起社会舆论的注意，他对动议大表赞同却不肯"贸然"从命，理由是医生起草的信文体太拙劣，若署名其上必坏了他一世英名。他可以重新写过，不过那得假以时日，容他字斟句酌。福特那姆性命悬于一发，普拉尔心急火燎，萨维德拉的好整以暇委实令人哭笑不得。他后来的举措则更像一个过气人物希图重新唤起世人注意的荒唐努力（所谓"作秀"）：他在报上宣称他愿代替英国领事，让劫持者将他作人质。对这位以自我为中心、想入非非的小说家，格林可说是挖苦到家，而这也成了书中最具喜剧色彩的一幕。

萨维德拉是一幅漫画像，利瓦斯神父则是不折不扣的悲剧人物。他给读者带来的沉重感来自他痛苦的内心冲突，这种冲突因其在绑架事件中面临的非此即彼的抉择而更具戏剧化的紧张。利瓦斯神父似乎是个被憎恶武装起来的人，这个世界的邪恶、残忍和不公令他愤怒，也令他远离教会的上帝，他以对人间丑恶的不断提示来赋予自己以恶抗恶行为某种正当性，在很多情形下，他仿佛说服了自己，个人良知的指引与冷酷的行动逻辑似已合而为一。所以面对普拉尔的诘问他毫无理屈之感，反倒振振有词，而且他的回答（不如说是反问）自有一种难以抗拒的力量。他和普拉尔关于上帝、宗教的一番讨论（不如说是质疑）多少令人想起《卡拉玛佐夫兄弟》中伊凡与阿辽沙之间关于上帝的争论（虽说格林式较为冷静的叙述、他的距离感都使得这一幕不可能像陀思妥耶夫斯基的笔下那样具有天问式震撼人心的效果）。

然而尽管是个已被逐出教会的神父，利瓦斯却是个有着深厚的宗教感的人，即是说，终极的善恶问题一直困扰着他，他以自己的方式理解上帝，而且他并不能彻底地以政治的"上帝"取代宗教的上帝。作为一个有怀疑倾向的知识分子，他不能像他的手下、那个被憎恨牢牢掌握的亚基诺，盲目信奉复仇的逻辑，就像他不可能像淳朴简单的玛尔塔虔诚地相信上帝一样。尤其当他与他的人质相处了数日，日渐感觉到面对的是一个活生生的人之后，他的观念演绎越发难以转化为果断、无情的行动。他一再延宕，不肯对福特那姆下手，这可以理解为绝望中对绑架仍存侥幸，但何尝不是因为他经历着自我的挣扎？在绑架事件的最后一幕，他放下了枪，对着亚基诺赶快下手的催促，他怪异地笑了，这笑是对失败的接受，也是精神崩溃的先兆（可以想见，倘若杀死人质而又没有被警方击毙，他也将被罪恶感长久地纠缠）。这时的利瓦斯神父更像个业余的杀手，而不像职业的革命者。事实上，不单利瓦斯，即使面露凶光的亚基诺也显得业余，格林甚至通过福特那姆事后同情的辩护引导我们从人之常情的角度理解他。业余色彩使劫持者通向了普通人，这正是格林希望的：即使在这样高度政治化的事件中，他所瞩目的也是普遍的人性，是人性的考验。

　　当然，说到普通人，书中最好的标本还是普拉尔。一种微妙而荒唐的关系将这二人联系在一起——他们共有一个女人。这是小说中的另一条线索，与绑架事件游离而又穿插其间的"私人生活场景"，格林在此花费的笔墨一点也不少于"政治生活场景"，我得说这条线索（围绕一个女人展开的对二人的描写以及二人位置的转换）比绑架事件本身更引人入胜。三角关系、私通对于很多小说都是必不可少的调味品，该书中的描写却不同寻常，因为这里面没有一点通常所谓"情场角逐"的意味。已到退休年龄的福特那姆娶了操皮肉生涯的克莱拉为妻,而年轻的普拉尔在认识了夫妻二人之后很快便将克莱拉弄到手,克莱拉则心甘情愿地投怀送抱,这显然不是一场对等的较量,而且福特那姆似乎并不知情,通奸一直畅通无阻。然而得手的普拉尔一直不自在,"也许这是因为他难以摆脱那种原罪的感觉,也许是福特那姆的自鸣得意使他恼火——福特那姆对自己的妻子的忠贞不渝似乎毫不怀疑"。他之急于救出福特那姆是出于人道,部分地也是要摆脱罪恶感,可他的真正问题不在于他是多么邪恶(较之书中的大多数人,他更具个人良知),而是他茫无目的的生活状态。他行医救人,乐于为穷苦人服务,可他自己知道,在内心深处,他对一切感到漠然。在他与克莱拉的关系中并无"爱情"可言,吸引他的是肉体,而肉欲对他同样无可无不可,他竭力逃避私通可能给他带来的责任,他从未打算结婚,也不想要克莱拉怀上的孩子。在绑架事件中他挂虑的一件事竟是福特那姆若被杀死,克莱拉的将来就落到自己身上,那可如何是好?私通恰恰集中地暴露出他的生命状态,他丧失了对生活的热情,即使私通这样最富刺激性的事情也不能激发他全身投入。正因如此,下意识里他需要福特那姆的愤怒来给他一种虚荣的满足(似乎唯有胜利者的快意才能让他赋予私通进而是他的生活以"意义"),福特那姆的泰然处之则让他兴味索然,如入无物之阵。通奸者暗自得意,当了"乌龟"不免痛苦愤恨,这是常情。出人意料的是,普拉尔与福特那姆在这桩私通事件中的位置完全颠倒了。普拉尔最后竟对福特那姆承认,自己嫉妒他。无需怀疑这表白的真实性:他从福特那姆对克莱拉命运的关怀中看到了自己身上匮乏东西——后者能够对生活投入,他拥有爱的能力,一种内心的力量。

普拉尔曾经看不起福特那姆,他也完全有理由不屑以致鄙视其人,不光因为福特那姆作为情场对手简直不堪一击,更因这位领事怎么看都是个浑浑噩噩之辈。除了喝得烂醉,他唯一关心的事似乎就是因职务之便隔一年就可以进口的一辆高级轿车,甚至娶回烟花女子克莱拉也是徒增笑柄,似乎只能视为老来发昏、有失体统的荒唐之举。然而普拉尔最后发现,克莱拉在福特那姆绝非只是一个肉欲的对象,而是他从空虚生活中找到的一个目标,对克莱拉的爱赋予了他的生活一种意义、一种真实感。当普拉尔意识到福特那姆知道那桩奸情,而在生死之际仍对克莱拉的未来命运念念不忘时,他更有一种挫败感——人生的挫败感。不管怎么说,福特那姆有他的生活目标,在某种意义上,他能够忘我地投入,而他不能。小说的最后一幕令人感动:当克莱拉小心翼翼地为自己辩白时,福特那姆说道:"爱并没有什么错,克莱拉。这总是会发生的,至于爱的是谁并不要紧。我们都会陷进去的。"他竭力让克莱拉相信,普拉尔对她并非没有真情,当他发现克莱拉咬定她不爱普拉尔又不禁真情流露时,他甚至感到了安慰:"在这样一种婚外私情中,说谎并没有什么错。福特那姆一时感到非常舒坦,就好像在一个候见室里等了不知多少时间后,有人走到他面前给他说出了他一直没有指望能听到的好消息:一个他爱恋的人会活下去。他意识到,克莱拉以前从来没有跟他像现在这样靠得这么近。"克莱拉的真情流露似乎给了他某种证明:她有爱,能爱,推展开来,是世间有爱。这就够了,有爱,人生即有了意义。

这不是"正大综艺"里唱的那种浮面、甜蜜的爱,不是人们可以轻巧挂在嘴边的"爱心",那是一种对人生的郑重,更内在的生命体验。将福特那姆的爱说成是基督之爱也许是过分了,格林在这部小说里也无意宣传什么爱的哲学,他只是将人的状态描写给我们看。若问格林究竟想告诉读者些什么,将书中的"政治生活场景"与"私人生活场景"合而观之,我们也许应该去重温小说卷首的题词,这里引用的是哈代的一段话:

> 世间一切都彼此交融——善融于恶,宽宏融于正义,宗教融于政治……

"海滩"存在吗？"海滩"在哪里？

不知从何时起，"另类"一词在我们的口头与书面表达中出现的频率越来越高，以至于舍此似乎已不能给一类人、一种生活方式确切地命名。我不知道该词是否就是从英文 alternative 而来（有本叫作《格调》的书就是这么译的），如果是，那么"另类"当有"多种选择"之意，从这里生发，"另类"是否就意味着对与众不同的非主流生活方式的选择？

即使找到了"另类"的出处也不能帮助我们了解该词的准确含义，不过凭着直觉下判断，就事论事时我们倒也不难"心知其意"。比如，撕心裂肺唱摇滚是另类，含情脉脉"明明白白我的心"就不是；往"酷"里打扮是"另类"，往"靓"里穿戴则不是；像韩寒那样我行我素是另类，循规蹈矩的好学生则不是……借着循规蹈矩与否、从众与否的划分，我们几乎可以在人的所有行为所有活动上都做出另类与主流的区分。就说旅游吧，乱发粗服，住最便宜的客栈，或者干脆风餐露宿，背着小山一样的旅行袋尽往人迹罕到之地进发，那显然属于另类；反之，跟着旅行社蜂拥至名胜之地，住星级宾馆，忙于购物、搜集旅游纪念品，不忘在名胜标志前留下"到此一游"

式的照片,那就肯定不是。(前者是"背包族"backpackers,可与"另类"画等号,后者则是观光客tourist。)如果这样的划分大致不差,我们可以说,美国作家亚历克斯·加兰的小说《海滩》是一部关于"另类"生活的小说,因为它说的是一个关于"背包族"的故事。

比起观光客,背包族显然更适于充当冒险故事的主人公:背包族将自己抛掷到一个完全陌生的环境中,失去了熟悉的世界的庇护,一次出行往往就是一次充满了新奇与刺激的历险。毫无疑问,冒险的快感,冒险的紧张,《海滩》的主人公理查德都着着实实地,最终是加倍地体验到了。这个二十岁出头的年轻人只身来到东南亚,寻求一种类于流浪汉的漂泊生涯。在曼谷的一家下等旅馆,他遇见一个与他分享大麻的怪人,此人自个儿念叨着"海滩",后来又将一张标示出"海滩"方位的地图装在给他的匿名信中,还没等弄清其中原委,理查德就意外地发现,那个后来从旅馆登记簿上才知其名为"鸭子先生"(显然是个绰号)的怪人割腕自杀了,没人知道他为何自杀,也没人知道他为何要留下那张谜一样的地图。理查德奇幻的冒险之旅由此拉开序幕,他并未将那地图当作一次天启,可那个与神秘的死亡连在了一起的神秘"海滩",其诱惑是难以抗拒的。好奇心受到撩拨的不仅是他,与他同住一家旅馆的一对法国情侣(显然也属背包一族)艾蒂安和弗朗索瓦斯从他口中得知"海滩"的消息,立时蠢蠢欲动。

纸上谈兵很快演化为真实的探险行动,三人结伴而行,先是雇私船至一小岛上,又从那里泅水渡海,其历程纵使说不上艰辛,对于现代的都市人而言,总也充满了惊险色彩。最终,他们居然真的找到了叫作"海滩"的地方,湛蓝的海水,白色的沙滩,美丽的珊瑚礁……如诗如梦，恍若仙境。他们意外地发现，这里栖息着一个另类的群落：来自不同国度的一小群人聚在一起，过着一种远离文明、近乎原始的群居生活。没有电话，没有电灯，没有汽车，没有一切对于现代都市人几乎是必不可少的设备，这些人自己盖屋，自己种菜，用叉子捕鱼，闲暇时在沙滩上快乐地嬉戏。也许对观光客而言，这是难以想象同时绝对难以接受的，然而对于背包族而言，这样无拘无束、怡然自得的生活不啻上天之赐。可以想见，理查德们以怎样的欢欣迅速融入了这个似乎除了快乐还是快乐的群体。

正像不时出游观光显示了中产阶级生活的水准和趣味一样，背包族的流浪漂泊标示着某种另类的选择，如果其本身还不构成一种生活方式的话，那它至少暗示了对循规蹈矩的中产阶级生活方式的拒绝，在此意义上，一次出游就是一次短暂的出走——尽管其实也许只能算是保险箱里的冒险。理查德们大都出生在70年代，大都有中产阶级的家庭背景，对于这一代年轻人，生活似乎显得尤其乏味。二战过去了，越战也打完了，甚至冷战也已结束；科技发达，资讯发达，全球化的时代已经来临，这个世界已无神秘可言，一切仿佛都是已知的，生活中再无令人兴奋的事件出现。对于理查德们，一生的履历表似乎早已填写完毕：受教育，进大学，拿学位，找到一个收入颇丰的职业，按部就班地工作，职位的升迁……没有什么比这程序化的刻板生活更让人沮丧。之所以书中的艾蒂安要抱怨："我想与众不同，人人都想与众不同。而我们大家都做同样的事。哪里还有什么奇遇？"

这是在影视文化、大众媒体、电子游戏、卡通漫画等大众文化熏陶下长大的一代人，几乎不可避免地，大众文化营造出的虚拟世界支配并且覆盖了他们对于生活、对于真实的世界的想象。在虚拟的世界里寻求"奇遇",获得一种替代性的满足,是最自然不过的了。这部小说似乎在开篇的引子里就有意让我们辨认出所谓"X一代"的身份:理查德的冒险史就是从电影给他带来的越南战争的幻象开始的("酸雨纷纷落在湄公河三角洲上,在来复枪管上吸大麻,驾驶一架喇叭里正大声播放歌剧的直升机,追踪弹和水稻田的场景……"),显然,《现代启示录》《野战排》一类的越战片导引并构成了他想象的布景。这令他向往的"久违了"的画面过后,响起的是理查德坚定的旁白:"纵然穿过死亡峡谷,任何邪恶我都无所畏惧,因为我叫理查德。我出生在一九七四年。"——他可以"无所畏惧",因为那是想象,一切都在一个虚拟的世界里进行,一如电子游戏里的战争。

当然,理查德们还可以通过另一种较为"真实"的方式去寻求冒险和"奇遇",寻求一种新的生活经验,那就是旅行。事实上,在"海滩"之行的前几年,十七岁的理查德就有过印度之行,他和一个朋友将大麻制剂带上飞机,期待着完成一次惊险的体验,他甚至"干了件顶了不起的事",即告诉一个从未谋面的人,他背包里藏着毒品。然而什么都没发生。——生活中实在太缺少刺激,太无戏剧性了,理查德不得不在一场人为的冒险中将自己制造成戏剧的主角。如果印度之行让他失望,这一次的"海滩"之旅似乎应该令他得到一些满足,因为不仅路途上不乏惊险色彩,而且他的目的地也在四伏的危机中充满了凶险,海滩上有出没的鲨鱼,而与他们的背包族伊甸园相去不远,就是荷枪实弹的制毒者守护着的大麻地。关键是,他在"海滩"发现了一种全新的生活。

从某种意义上说,《海滩》的作者亚历克斯·加兰与他的主人公们不乏亲缘关系。他也是 70 年代出生的人,如他在一次记者访谈中所说,图像文化就是他的文化,他的父亲是一位卡通画师,他从八岁起就开始玩电子游戏,并且一直乐此不疲。上大学,拿学位,可是他不是个好学生,及至大学将毕业,他突然发现周围的人都已有了一份工作,或是做律师,或是干其他什么,而他的人生经验还是一片空白。虽然如此,他显然无意进入周围那些人的生活轨道,于是他开始写小说。《海滩》即是他的处女作。不可不提的是,他也属于背包一族,虽然《海滩》的故事更多利用的是他的背包族朋友的经验和想象。写作成为他获取人生体验的一个通道——也许是进入电子游戏之外的另外一种想象游戏,尽管其中不乏严肃性。

加兰并不否认图像文化对他的影响,相反,他承认自己从影视、卡通乃至游戏中获益不浅,比如情节的推进之类。如果你愿意,你可以把《海滩》看作一部小说化的电影,甚至你也可以将其想象为文字版的大型电子游戏,看着主人公如何一次次身历险境而又渡过难关。有意思的是,小说的最后一章就叫作"游戏结束"。有些论者意外地发现,《海滩》是唯一一部屡屡写到电子游戏之类而作者并不出之以嘲弄口吻的书。据此似乎有理由怀疑,加兰是否要状写"X一代",并且成为其代言人?然而,若是加兰对图像文化并无讥讽之意,那他对这代人的生活和幻想却不乏嘲讽。证据是,在小说的结尾,他让"海滩"的梦想彻底破灭了。事实上,《海滩》的主题关涉的不仅是某一代人,如他自己所言,其中的处境是 50 年代、60 年代的人都共同面对的,那就是人们对新奇的生活的向往,一种朦胧的、潜在的乌托邦冲动,以及此种梦想的虚幻性。

理查德们的海滩生活确乎具有乌托邦的性质——当然,这是一个另类生活的天堂，除了背包族醉心的原始主义之外，其明显的标记是漂浮着的大麻烟雾（"海滩"令理查德神往的一个方面即是这里可以敞开来吸大麻）。孑然独存，与世隔绝，切断了与外部世界的联系。现代文明的痕迹似乎限于他们不时用以消遣的游戏机，与外部世界的联系则仅限于偶尔出行运回粮食和必需品。对于生活在伊甸园中的人们，物质上的奢华享受是多余的，而返璞归真的生活一直是人们的梦想，即使对于都市文明中的人这梦想是那样奢侈，不切实。与伊甸园的仙境般的自然景色相应，海滩的人们建立了一种近乎自然的人际关系，没有等差，相互关爱，一同劳作，一同嬉戏，无忧无虑，怡然自得——尽管不是出于有意识的设计，尽管显得简单幼稚，但你可以说，所有乌托邦幻想共有的一些基本要素这里都具备了。

然而加兰与其说是在渲染伊甸园生活的美妙，不如说是在为其最后的倾覆做铺垫，"失乐园"的过程显然是他措意的所在。他向读者展示了"海滩"的生活是如何的脆弱。来自外部的不安因素始终威胁着伊甸园的存在，有时它化身为凶猛的鲨鱼，更多的时候（事实上一直存在）则是文明人"入侵"的可能。显然，一旦"海滩"被外人知晓，越来越兴旺的旅游业造就的观光客必会蜂拥而至，而这意味着"海滩"这方净土的被污染。难怪海滩人那样异常警觉、小心翼翼地守护着他们的秘密。纵使如此，"入侵"还是不可避免地到来：理查德留下的一张地图（这似乎喻示着他不能全然割断与现实世界的联系）还是招来了外面的人，由此触发了一连串的悲剧事件，按图索骥，前来寻找海滩者的被杀戮，一直与他们"划疆而治""和平共处"的大麻守护者因不法行为可能走漏消息而生的愤怒，随之而来的营地遭袭击……最终导致"海滩"共同体迅速瓦解。

在现代社会中,长久地保持一种隔绝状态几乎是不可想象的。然而这个小小共同体面临的危机不单来自外部的"入侵",更来自它自身。这小群人来自不同的国度,素不相识,互不了解,没有沟通,除了共同生活的模糊梦想,就再也找不到多少共通之处。他们隐去了各自的背景,放弃了自我来适应一种自然人的共同生活,似乎也由此获得了自然人的身份。也许从一开始他们就已隐约意识到彼此间的距离,越是如此,他们就越发要以加倍的小心来维持住表面的和谐关系(这恰恰是伊甸园梦想的核心),就像他们对外界小心翼翼守护着"海滩"的秘密一样。所以越是到后来,我们就越发感到"海滩"和谐气氛的人造性质。倘若沙滩上大家的嬉戏在初来乍到的理查德眼中洋溢着轻松欢乐的话,那么这样的嬉戏,连同晚上时而要做的喊口令式的孩童式游戏很快就演变为空洞的欢乐,一种勉强、刻意维系成员共同感的仪式。

随着"意外"事件的发生,伊甸园的蛇出现了,这蛇实际上就蛰伏于人的内心。海滩人依性之所近形成了小团体,裂痕像瘟疫,无法遏止地蔓延,而每一次变故都带来危险的震荡。权力欲、虚荣心、嫉妒、自私、猜忌……都从人性隐秘的角落浮出水面,因为是在群体生活之中,原始的状态下,它们以赤裸甚至是粗鄙的方式显现出来。不可否认的是,不单萨尔(她可说是"海滩"共同体的缔造者和领袖),其他的成员也在竭力掩饰,或是有意无意地忽视这一切。可是人人都意识到(虽然他们宁可视而不见)表面的轻松祥和下面潜伏着的一触即发的紧张。外部的威胁无疑加剧了这种紧张,同时也诱发了对"海滩"生活的怀疑,动摇了对"海滩"的信念。

"海滩"之梦迅速掉彩褪色,对于理查德这样地道的背包族,忽然间这种生活中物质的简陋、原始也变得难以忍受。种种的烦乱、恐惧、厌倦加在一起,结果是理查德如此急切地想逃离"海滩",一如当初急切地想寻到这里。"海滩"确乎由一个美好幻想变成了一场不折不扣的梦魇:理查德们想逃离,萨尔等人则试图阻止,冲突中叛逃者用钢叉扎进了萨尔的胸膛,而在此前,为了说服朋友一起赶快离去,理查德硬下心来让那个被鲨鱼袭击已奄奄待毙的同伴窒息而死。即使那些留下的人对"海滩"也不会再抱有什么幻想了,在扎死萨尔血腥暴力的一幕中我们看到所有的人都陷入了狂乱、恐惧、神经质,而理查德从留下来的人的眼中看到的,分明是呆滞和厌倦。

也许是因为最后的狂乱场面,以及此中显现出来的人性不可测的一面,有外国评论者论及这部小说时提到康拉德的《黑暗的内心深处》。该书对伊甸园失落的描写则又让人联想到戈尔丁的《蝇王》。我不知道这样的类比是否适当,不过加兰的确以他的方式探测了人性,而背包族天堂陷落的故事在他的笔下描绘得丝丝入扣,令人信服。《海滩》起于背包族的冒险,终于现代伊甸园的覆灭,也许冒险与伊甸园之间并无必然联系,"海滩"对于理查德不过是一次意外,事实是,"游戏结束"之后,理查德又回到了现实秩序之中,"海滩"之行于他似乎是一场游戏一场梦。然而从别一意义上说,"海滩"的出现又并非全是意外,冒险常与幻想结伴,而形形色色的乌托邦梦想往往正是幻想的终点。加兰经由理查德由天堂堕入地狱的奇特经历道破了现代人生活与幻想的虚幻与脆弱。正是此中的反讽赋予《海滩》中的冒险故事以不寻常的意味。

当然不同的读者可以从《海滩》中读出不同的东西，不少西方读者就宁可忽略书中的奇幻象征色彩（比如那个形迹可疑的自杀者，常常在理查德的幻觉中出现，实为其内心投射的"鸭子先生"的存在）和反讽，将其当作一部小说化的旅行记来读。有关《海滩》的议论时而出现在网站的"旅游"栏目中，作者则常常不得不回答诸如"海滩"是否实有，"海滩"在哪里的追问，小说由《猜火车》导演与迪卡普里奥在银幕上演绎之后，更引发众人对书中化外之地的向往。这样的读法或者不足为训，这样的向往不啻为加兰对现代人生活与幻想的反讽又下一注脚。不过在隐喻象征的意义上，我们也不妨"将错就错"地发问：

"海滩"存在吗？"海滩"的存在是可能的吗？"海滩"在哪里？

物化的生活，物化的人

德国小说家似乎从未给我们留下过"人多势众"的印象。不仅此也，作为国别文学，德国比起其他文学上的超级大国，如英、法、俄，还有后来的美国，其整体形象也要模糊得多。就当代的小说家而论，不管美国的、法国的还是英国的，我们都可以举出一大批，相比之下，记忆中的德国小说家可就为数寥寥，不成"气候"了。其实80年代以降，大陆译介的德国小说家数量可观，只是他们不像美国、法国、拉美地区的作家那样，对中国作家具有巨大的感召力。德国人不像法国人那样标新立异，不像美国人那样耸人耳目，不像拉美人那样有特异的"魔幻"背景，也不像英国人，一概地保守，以其纯正的"英国味"赚来一批忠实的读者。因为与各种在国内曾经无限风光的"主义"（比如存在主义）、手法（比如意识流、魔幻现实）均无一望而知的关系，或者不够典型，德国小说家在我们的记忆中多呈现为个体性的存在，不易构筑起一个群体的概念。作为个体，德国小说家亦不属抢眼的一类，伯尔、格拉斯的名字固然知者甚众，但那是因为诺贝尔奖的缘故，大多数作家端的"默默无闻"，至少除了上述二位之外，还没有哪位交过那样的好运，名头盖过作品，未见其书已然喧腾众口。相反，我们往往会在读了一部上好作品之后发现书上的名字很陌生。这里就有一现成的例子：我敢保证乌韦·提姆这个名字对绝大多数人一定很陌生，此外，还可以担保的是，他的《猎头人》是一部好书。

乌韦·提姆1940年生于汉堡，曾先后在慕尼黑和巴黎研究哲学。1971年，他在慕尼黑大学获哲学博士学位。在研究哲学的同时，他已开始涉足文学创作，他第一部诗集出版与他获学位是同一年。从那以后他似乎完全移情于文学，只是小说成了他新的选择。自1974年发表第一部小说后，他又陆续写出了一些作品使他跻身德国当代最著名的小说家之列。他得过不少奖，比如慕尼黑文学奖、德国青少年文学奖、不莱梅市文学奖，不过令他赢得世界声誉的则是他一部并未获奖的小说《咖喱香肠的诞生》(1995)。1994年问世的《猎头人》也和奖不沾边，不过得到的评价却高于此前的小说，被认为是《咖喱香肠的诞生》之外的又一力作。

乌韦·提姆属于战后婴儿一代，这一辈人成长于60年代，60年代后期席卷西方世界的青年反叛浪潮构成其抹不去的思想背景。乌韦·提姆参加过西德的学生运动，他的第一部小说就直接利用了他的个人经历，其中写到了青年人的反叛，以及随之而来的幻灭。在后来的创作中，提姆转而关注其他的主题，比如殖民主义、环境问题等等，不过疏离、批判的调子还是贯穿其中：对社会的关注，对历史的反思；对现代文明、对资本主义秩序的怀疑。《猎头人》尤可见出作家对当代生活的透视。

《猎头人》写的是诈骗犯瓦尔特的逃亡经历。此人与一同伙开了一家做期货生意的公司，帮助委托人做各种期货方面的投资。起初他们还算是守规矩，然而一次偶然的操作失误让他们看到了无本万利赚大钱的可能性，于是无心之失迅即演为有意识的犯罪，委托人的钱一笔一笔进入他们的私人账户，委托人则一次次被告知投资失误，如欲挽回损失只有追加投资。就仗着如此骗术，两个骗子一夜暴富。只是好景不长，故事开始时二人已然东窗事发，踏上了逃亡之途。其中之一也即故事的叙述者先是逃到西班牙，后又逃到巴西，最后来到因曾经居住着食人族而令他入迷的复活节岛，也就在这岛上终于束手就擒。

逃亡故事因其冒险色彩总是引人入胜的，叙述者绘声绘色的描述有时甚至令人联想到好莱坞惊险片中的紧张场面，比如两个骗子居然在法庭上越窗而逃，还有德姆布洛夫斯基之驾滑板逃出东德，换种表现形式，他们就可以是惊险片中的英雄。然而作者当然无意于制造传奇或是制造英雄般的骗子，一如小说结尾处骗子的穷途末路并非是作者在伸张法律所代表的正义。提姆通过主人公的逃亡历程和内心告白想要告诉读者的，毋宁是德国社会的种种情状，进而言之，是高度物化的现代生活中人的迷失。

逃亡的经历并非故事的全部。这部小说采取的是自述体，从头到尾皆为骗子的夫子自道。与逃亡过程相交织的，是他对个人经历的回忆。这些回忆穿越了二战以后德国历史的各个时期，由此旁涉到作者感兴趣的诸多话题：不同的人对战争的不同记忆，穷人和富人，东德人和西德人，西方人和"第三世界"……相关的故事和细节也许与主旨并无直接联系，却使该书意蕴更丰富，同时也给读者带来更多的阅读情趣。

别指望从主人公的经历中找到什么足以解释其日后走上犯罪道

路的依据,他由一个汉堡底层人家的孩子,失学的青年,到在百货店里打杂,做大楼清洁工,再到推销杂志、推销保险,开期货公司,再到最后行骗,就这么走过来了,没什么特别。叙述者的语调自始至终从容、冷静,甚至很有几分幽默——既无忏悔之心,也无辩解之意,仿佛一切都是自然而然。作者在小说里安排了出生于体面人家的"舅舅"一角,其功用不仅在于同主人公形成对照,更在于他的作家身份,从某种意义上说,他也是个猎头人,瓦尔特就是舅舅正在追逐的猎物,他可借写他轰动一时的罪犯外甥博得名声,而瓦尔特的一大恐惧就是在舅舅笔下面目全非:"我第一次有意识地把钱放到新开账户上去的时候,良心有没有感到不安以及怎么感到不安,写书的舅舅对这个问题一定会很感兴趣……但我对这个好奇的玩具兔子只能说:没有任何不安,我夜里没有梦见鬼,内心也没有一个声音对我说:停住,如果你这么做,你就是个混蛋。"

正像叙述者拒绝"舅舅"对其犯罪动机可能做出的一厢情愿的解释一样,作者也拒绝对笔下人物的违法行为提供戏剧化的心理演绎。《猎头人》并非一部分析犯罪心理的小说,尽管小说未尝不可看作是主人公犯罪前后的一段心路历程,作者对犯罪心理却不感兴趣。也许在一个高度物质化的时代,穷究犯罪心理原本就显得奢侈。在主人公那里,拉斯科尔尼科夫式善与恶之间的苦苦挣扎是没有的,"我"之开诚布公声明全然没有舅舅悬想的负罪感,并非刻意为之的戏剧性反叛姿态,亦非玩世不恭、插科打诨,不过是心平气和地如实道来。瓦尔特的诚实的确耐人寻味,要说作者也希望读者打量主人公的内心,那他想让我们注意的,恰恰是瓦尔特那份浑若无事的"平常心"。舅舅对犯罪心理可能的虚构与叙述者自供之间的悖反(包括其他一系列相关的有趣对照）固然是作者涉笔成趣写出真实与虚构之间的吊诡，另一方面，更重要的，是作者借此描述了物化社会中人的真实状况，在这里犯罪与其说是一个心理的过程，不如说是一个物理的过程。像故事叙述者形容的那样，从合法的生意到犯罪，其间的过渡是"很流畅的"，"一个手势就引发了后面所有的一切"。

如此将罪犯与"物化社会中的人"联系起来，似有任意将个别泛化为一般之嫌，然而事实上，作者并不特别强调二骗子的罪犯身份，相反，他蓄意让他们成为普通人的代表。他们是不法之徒，这是毫无疑义的，可像所有具有真正的道德视景的优秀作家一样，提姆在其作品中关注的不是法律意义上的审判，而是对人性、对人的生存状态的审视。就生存状态而言，他笔下的罪犯实在与常人无异。我们发现这二人身上找不到一点反常的东西，没有反社会的倾向，没有"局外人"式的疏离，甚至没有一点"另类"色彩。你可以说他们倒属于这个社会的"主流"，他们毫无保留地认同这个世界的游戏规则，并且别有会心。他们的"平常心"源于这样一个事实：这个世界在他们眼中一切正常。对欲望的追逐是正常的，想方设法地赚钱是正常的，因此违法也是正常的，因违法而被指控是正常的，设法逃避法律的惩罚也一样是正常的。总之，一切都很公平，符合公平交易的原则。

"正常"的世界就是一个充满了欲望的世界，金钱便是欲望的象征。一切都围绕着金钱旋转，他们的观察一点不错：好像全世界都在用钱赚钱——用钱赚钱岂不就是高度资本化社会的特征？于是乎所有的人在故事叙述者那里大致被归为两类，一类是金融界的那些直接操作资本的人，还有一类则是为这些人提供服务的人，律师为其提供咨询、为其辩护，传媒广告提供各种信息，为其寻找好的广告用语，医生则提供健康保障，为这些人"检查身体，拍 X 光片，做脑电图，开药方"。欲望的潮汐、资本的洪流，所有的人都身在其中，被席卷而去，主人公周围的那些人物，包括他的受害者，那些受骗上当的投资人，皆被金钱牵引，就对欲望的追逐、生活的物质化而言，他们与主人公那样的"弄潮儿"并无区别。一切的意念皆转换为对金钱的向往，道德、艺术、幻想都须接受金钱的度量衡，也都可以转换为某种金钱话语，是故我们从叙述者对钞票相当"审美"化的赞叹中领略到的，就绝非单单是荒唐滑稽："不仅仅钞票上印的图像、图案设计、纸的质量和印刷的质量是艺术品，而且钞票里内含的看不见的价钱也是艺术品，因为这种价钱是一种并非必要的东西，它象征着一种更多，如果人不相信政治局和上帝，就会为它而活着——起码我是这样。而这种东西就依附在钱上，千真万确。"

不相信上帝的不仅是叙述者，在高度资本化物质化了的生活中，上帝之死已然不是预言，而是不争的事实；上帝也不仅仅是上帝本身，它还喻指了传统的道德和价值。使人们对生活抱有希望和信心的不是"上帝"，而是从老的欲望派生出来的新的欲望以及渴望越来越快地得到的欲望满足。"这样的发展速度会越来越快，只要旧的道德偏见瓦解得越厉害。"——书中一人物如是说。

要说不信上帝的是西方世界的人，那"不相信政治局"就该落实到德姆布洛夫斯基身上了，作者挑了这个"遭到社会主义伤害的人"（叙述者提到他时不止一次用了这样有些调侃意味的修饰语）做"我"的搭档兼犯罪同伙，当非率尔为之。此人在柏林墙拆除之前即从东德逃到西德，可以视为东德人（广而言之也可说是东方阵营中人）欲望的一个缩影。在书中作者通过他就西德人与东德人做了不少有趣的对比，然而关键是他抛弃"政治局"后对西方市场逻辑五体投地的崇拜。金钱拜物教真是深入人心，德姆布洛夫斯基急不可待地加入到追逐金钱的浩荡人流中去，他与西德同胞的差异仅在于，也许是来自一个匮乏的社会，他的欲望更强烈、更具体，他的追逐更理直气壮、更无所顾忌。由此东德、西德两个猎头人的联手不妨看作作者制造的黑色幽默：西方的"上帝"和东方的"政治局"均遭抛弃，谁也不能一统江湖，而今，金钱这个真命天子君临天下了。世界的一体化莫非从这里开始？

　　果真如此，主人公可说是洞烛先机了。其实洞悉时代真相的不单是主人公，书中的一位经济杂志的编辑库宾曾有这样一番宏论："今天我们必须研究的是牛顿观察过的那个落地苹果和牛顿在做投机生意时所受的损失之间的关系，当南海公司破产时，牛顿蒙受了损失。那个苹果小人，是混沌理论的象征。这就是我们的形而上。我知道上帝在哪里：在华尔街。这就要求有一种混沌的道德。""混沌的道德"为何，库宾未加发挥，不过主人公事实上已然身体力行地实践了，他"混沌"地因而"很流畅地"越过了法律的边界："什么是合法呢？这是个模棱两可的东西。如果我们明明知道，这个人早晚会失去这些钱，那为什么不把这些钱有组织地放到安全之处呢？"何以"早晚会失去"？因为华尔街上帝"主宰"的资本游戏实质上就是一场大鱼吃小鱼的变相掠夺，二猎头人谋人钱财不过是华尔街逻辑的一个小小的变奏，"合法的"谋人钱财与"非法的"谋人钱财，其间相去几何？

　　妙的是所有人都服膺华尔街的逻辑，接受这个世界的合理与正常。我们发现，除了几个瓦尔特们的牺牲品，没有谁将二骗子视为罪犯。二骗子在法庭上得到的，大多是对他们有利的证词，不论是不知情的还是知情的，都将其描述为勤勉能干、很有职业素质的生意人。这里面有一位瓦尔特手下的高级雇员萨尔丁先生是值得一提的。据瓦尔特的猜度，萨尔丁对他的违法行为心知肚明，但他并不道破，他继续帮助瓦尔特完成骗局，甚至，在瓦尔特对被坑害者稍动恻隐之心的当儿，他还暗示后者从事这职业绝不可多愁善感。萨尔丁的行为可说相当职业化，而他的职业化可以使他得到百分之二十的佣金，"他没有感到良心上的不安，他也没有感到不安的必要"。萨尔丁是合法地谋人钱财的绝好例子，该他知道的他就知道，不该不愿知道的他就不去知道，"良心"之类，恰恰是物化社会中人们可以但不愿知道的。必须知道的是法律，萨尔丁就很明白合法与非法之间的分际，所以他可以掠取了他人的钱财而仍不失为受人尊敬的经纪人。然而抽空了伦理意涵的法律是不负载任何"形而上"的像石头般坚硬的东西的，它是物质化的世界的一部分。

物质化的东西是可以用物质来交换的，比如不义之财就可以用短暂的坐牢来换取。其实瓦尔特们也是懂法的，否则就无法解释他们在犯罪后感到的不安："使我们夜不能寐的原因只有一个，那就是我们不断地在问自己，什么时候我们做的事会暴露？什么时候我们会被逮捕？什么时候我们会坐牢？这种不安两年来没有一天离开我们。"问题是——瓦尔特很坦率地承认——"作为弥补，我们确实度过了非常丰富、非常富裕的两年。"不仅如此，他们还可以想象辩护律师布兰克博士提供的远景：几年后换个名字，他们可以重新开业。此外，如果他们能够脱逃呢？看看瓦尔特与看守他的法警的对话是极有意思的。那法警对瓦尔特们颇为敬重,因为他们不是上路子的打手、骗子,也不是抢银行那样"过时的家伙",而是"一伸手就是两千六百万"的大人物,瓦尔特无意透露他的生财之道,然而这位练达的法警说他知道,如果是他的话——他说道——"我把钱放到瑞士或者卢森堡,放在被密码保护着的户头上,然后坐两年监牢,放出来后就可以去加勒比海过好日子。"这一幕很有家常风味,极富世态喜剧色彩。从中可以得到的暗示是,这个社会已然接受了一种游戏规则,不论瓦尔特还是其他人都一样:犯罪不是一个伦理的问题,而全然是利弊的权衡,罪与罚在此形成了某种交换关系。

等价交换是市场经济的原则,这个原则已然渗透到生活的每一角落,渗透到人们的思维方式之中。不妨称作生意人的思维罢——我们发现《猎头人》中挤满了生意人,生意人原本就是发达资本社会的主角,即使与生意不沾边的人也懂生意经,比如那位法警,可见不管从事什么职业,这个世界里的人都具备着生意人的潜在身份。生活就是一部生意经,物与物的交换;整个社会也就是一个生意场,一部巨大的赚钱机器,人已沦为这机器上的零部件。是故我们不可将德姆布洛夫斯基在法庭上的高谈阔论仅视为作者的调侃:德姆布洛夫斯基以为他已找到了进入这个世界的一个关键词——"所有的解释实际上都体现在贸易这个词里了"。

除了欲望、金钱,生活里还有什么呢?现代派作家笔下人物承受的异化的痛苦,那种尖锐的疏离感这里是没有的,也许这就是所谓"后现代"的特征?不过倒也有那么一回,瓦尔特感到了无聊与空虚。一度他突然醉心于走路:"我的愿望就是走路,为的是找回我的自我，在走路中感觉到自己。"并且，有个晚上，他漫无目的地登上了一列火车，开始了一次没有目的地的旅行。这是对"正常"状态的一次偏离，从物的世界的一次"出走"，可是，他马上就意识到了，"那是一种疯狂的想法，一种情绪，一种昂贵的情绪"，两个小时以后他便回到了他想逃脱的住所。瓦尔特的短暂出走实在可以看作一个小小的寓言：现代人是逃不脱这个世界的，即使出走，最后也是无奈地回来，因为他没有真正的家园，无处可去，这是他的宿命，他也只能在他的愚蠢中得到休息。

当然，"出走"只是书中小而又小的一段插曲，真要说这部小说的讽喻，我们该到作者关于现代人生活与猎头人族生活之间的类比中去寻找。要说瓦尔特有什么明显异于众人之处的话，那就是他的人类学兴趣了，小说一开始，作者就以那个鸟人提示这一点，与逃亡生活相伴随，瓦尔特一直在写一部关于复活节岛的书（这个岛上曾有人肉相食的陋习），并且，解开复活节岛之谜的强烈冲动还使他选择这里作为逃亡旅程的最后一站。我们发现，瓦尔特搜集到的相关资料及他对岛民生活的研究穿插在故事中，构成了与逃亡故事相平行的另一条线索。显而易见，这与其说是塑造人物的需要，不如说是满足作者讽喻意图的精心设计。

在乌韦·提姆的笔下，对复活节岛的人类学描述构成他观照现代生活的一个参照物，二者之间隐然存在着某种类比的关系。欧洲人对"化外"之地初民社会的兴趣早已有之，十八、十九世纪，伴着对欧洲文明的怀疑，呼应原始主义的思潮，还产生过"高贵的野蛮人"的神话，太平洋岛上土著淳厚的天性、怡然自得的生活相对文明人造作纷攘的世界显出无比的优越。作为现代人，乌韦·提姆当然无意续写这样的神话。他笔下的复活节岛土著的生活毋宁是叫人困惑和沮丧的。最令人困惑之处当然是猎头人族的食人陋习和那些巨大的石像。瓦尔特得出的结论是，每种文化里都存在着一种对奢侈品的消费渴望，复活节岛的土著就有这种渴望，同时，岛上既无外部敌人，也无须艰苦的劳作，所以为了能消耗人的无穷无尽的精力，只能发动吃人的战争和摆放巨大的石像。此话无须当真，不必推敲，纯学理的探讨不是小说家的任务，引发读者对现代人生活的联想才是作者的本意——它们与其说是对初民社会的究诘，不如说是对物化社会中人的状况的暗讽。土著人的生活浑浑噩噩，毫无方向感，现代人的生活岂不也是一样？土著人人肉相食而浑然不觉其残忍，瓦尔特们不择手段掠人钱财而毫无负罪感，其间有何差异？进而言之，现代人对欲望的疯狂追逐是否是另一意义上的人肉相食？

当然，如此大谈小说的题旨与讽喻，也许令《猎头人》显得过于沉重了，同时，上面的分析也还无法印证前面的担保，即《猎头人》是一部上好的小说，毕竟，"意义"的承载不是好作品的全部条件，甚至不是首要条件。事实上，乌韦·提姆对现代人生活的描述是喜剧性的，此外尤须一提的是，他的叙述相当精彩。尽管是学哲学出身，他的小说却毫无观念演绎的痕迹。《猎头人》首先是个生动的故事，其中对节奏的控制，对距离的把握，在在表明作者叙事的从容老练。他像笛福、马克·吐温、塞林格这些自述体的高手一样，能将一个故事讲得兴味盎然，同时又将一种超乎叙述者意识的意涵不着痕迹地放入到特定的、与本人相去甚远的叙述者的叙述中去，暗示给读者。显然，瓦尔特不是一个对其叙述有着充分自觉的叙述者，究其实，我们听到的是一种混响,当我们领略他自说自话的讲述时,乌韦·提姆的声音也隐约可辨:轻松诙谐、玩世不恭的后面有怀疑,有嘲讽,有针砭,也有无奈。这种调子在很多杰出作家描述现代人生活的作品中都可听到,它是一种叙述姿态,同时也不妨看作是一种面对现实的姿态。也许,这是我们面对物质化社会高压唯一可能采取的姿态?!

"人之子"的还原

至少从表面上看,在中国做圣人要比在西方容易得多。虽说照孟子的说法,要成圣人必得经过"劳其筋骨,苦其心志"的磨难,得有"虽千万人吾往矣"的勇气,可儒家的成圣之道通常体现在日常的道德实践中,所以"人皆可以为尧舜"。基督教的圣人则要经历炼狱般的痛苦挣扎,关键是,他得彻底放弃世俗生活才能获得灵魂的救赎。孔子在我们心目中是蔼然长者的形象,与之相比,戴着荆冠、钉在十字架上的耶稣令人惊悚、战栗,不敢逼视,而耶稣的形象就定格在这惨淡的画面中。也许这一幕太震撼人心了,它曾经支配了西方众多文学家、艺术家的想象,直到20世纪,它仍不乏诱惑力,希腊作家卡赞扎基斯写于20世纪50年代的小说《基督最后的诱惑》即选择了耶稣的故事作为创作的素材。

卡赞扎基斯以他的体悟和想象重新演绎了耶稣走向十字架的"天路历程"。该书的序言中写道:"这本书不是一部传记,它是每一个痛苦挣扎的人的自白。"显然,作者无意将圣经故事复述一遍,他要将耶稣写成真正的"人之子",写成人类的缩影和象征,让他经历"挣扎中的人类经历过的所有阶段"。于是,"诱惑"二字顺理成章成了这部小说的结穴点。

与我们熟知的耶稣不同,卡赞扎基斯笔下的耶稣面对尘世的诱惑并非无动于衷,圣经故事中的诱惑是轻描淡写的:撒旦的试探对于耶稣完全无效。当他在荒野里饥饿难耐之际,撒旦以食物、荣华富贵相诱之时,他很坚定地拒绝了,没有丝毫内心的挣扎——耶稣根本无须聚集全部的意志去反抗肉身的欲望,因为他生来就是"属灵的",视一切物质如无物,你可以说,"诱惑"还没有开始就已经结束了。然而"诱惑"到了卡赞扎基斯的笔下却是浓墨重彩,具有了生动、真实的含义。这里的耶稣竟是同诱惑结伴而行,诱惑几与生命相始终。

他之踏上天国之路并非义无反顾。"有一位站在你们中间的,你们并不认识他",这是《新约》中最早的传道人向他的听众介绍耶稣的话。在《基督最后的诱惑》中,耶稣周围的人固然肉眼凡胎,认不出他来,耶稣本人起初也不愿认出自己的"真身",尽管一切的征兆都在向他提示他是上帝选中的"那一个",面对着"天降大任",他却长久地踟蹰疑惑,毋宁说,有意无意间,他是在躲闪、逃避——逃避崇高,逃避成圣的宿命。冥冥中他意识到,认出、接受那个"属灵的"自己,听从其召唤,意味着他将要踏上荆棘丛生的路途,再不会有常人的生活,这令他生出"高处不胜寒"的恐惧和孤独感。而从肉身中认出那个"属灵的"来,这本身已经是对灵、肉二分的承认,预示着灵与肉在其身上无休止的冲突了。

"肉"代表着对世俗生活的眷恋,直到生命最后的一刻,世俗生活仍然以其温暖的人情味向耶稣频频招手。这时的耶稣已被钉在了十字架上,痛楚使他昏晕过去,接着,幻觉出现了:十字架幻化为缀满繁花的大树,"守护天使"带着他回到人间,他与马大、马利亚结为夫妻,他在"时候到了"时所依恋的壁炉、工具、家用器皿、灯、纺织机,还有女人,这些世俗生活的标记复又回到他的生活中,现在它们已然不是标记,而是鲜活的生活本身了。真是"山中十日,世上千年",一刻的幻觉竟是几十年的尘梦:生儿育女,播种,收获,酿酒,采橄榄……总之,是凡人经历的全部内容,最后,他像一位心满意足的祖父,坐在葡萄架下,听着孙子孙女在院中的嬉戏声,看着房子,对他亲手缔造的一切感到欣慰。唯一令他感到悲哀的是衰老,是将临的死亡——这已是地道的"凡人的悲哀"了。

卡赞扎基斯将"诱惑"一直延续到最后,乃是基于他对人的了解,他经由对人性的体悟认识并塑造了一个新的耶稣。在他看来,"基督身上深厚的人性的一面帮助我们理解他,爱他,对他的受难感同身受。如果基督身上没有这一温暖的人的因素,他就永远不会这样令人哀悯地深深感动我们的心",而人性的奥秘正在于灵与肉的相持不下,于是他将人的内心挣扎放大在了耶稣的身上。

读这样一本书,《圣经》故事总是要作为参照物出现的,而我们阅读兴味的一个来源便是丈量二者之间的距离。两相比照,你会发现作者的全部努力都指向了"人之子"的还原:耶稣不单有一个凡俗的起点,而且到最后,他都在与凡人的欲望挣扎。假如你对耶稣的受难仍感到几分隔膜,那么下面的一幕也许会让我们有似曾相识的亲切:当保罗在梦幻中出现,声称要拯救世界时,耶稣以过来人的身份说道:"我的好孩子,我已经从你要去的地方回来了。当我像你那样年轻的时候,我也出去过,我也要拯救世界,谁年轻的时候不梦想拯救世界呢?……我现在再也不去想它们了……我差一点被钉上了十字架。我的好孩子，你也会遇到同样的结果的。"对基督教的陌生感在此不会妨碍我们将也许是属于神学的内容转化为理想与现实、善与恶之类普遍性的人生命题，只要不是行尸走肉，谁没有体验过追寻理想过程中的疲惫，没有体味过对现实的失望呢？当然，书中的耶稣最后从幻觉中醒来了，他战胜了一时闪过的俗念，在十字架上叫出了胜利的呼喊：已经完成了！——否则耶稣也就不成其为耶稣了。

事实上，不单是卡赞扎基斯，许多西方作家都曾对耶稣做过现代意义上的诠释，希望证明这位圣者对我们并非遥不可及。不过在宗教界人士看来，卡氏这一回实在是走得太远了：书中的人物、事迹可说无一没来历，然而经了他的解释，整个面目全非。使徒们都被"丑化"了，彼得、马大、约翰们暴露出身上的胆怯、自私，千夫所指的犹大则被写成了意志坚强、堪当大任的超人（作者竟让他向着流连不舍世俗生活的老师耳提面命："叛徒！逃兵！你的地位是在十字架上！"），关键是，怎能想象一个贪恋"老婆孩子热炕头"的耶稣，怯懦、动摇的耶稣，即使是片刻的动摇？难怪此书一出，卡氏即被教会中人视为大逆不道，而80年代根据此书改编的电影上映，在西方又引起一阵轩然大波。

作为中国读者，我们当然不会有类似的愤慨，倒是有可能对书中的结尾意下未足：耶稣对最后的诱惑的胜利似乎太飘忽了，缺少必要的心理过程。然而我们不能忘了该书的神话背景，我们不能在一个神话的框架中要求心理现实主义。某种意义上说，神话以隐喻、象征的形式反映人的意愿，即此而论，这结尾毋宁是卡氏以自己的方式宣布了他对人的灵魂终得拯救的信心。

贵族之家的一曲挽歌

很有趣,一位美国学者在讨论钱锺书时提到了伊夫林·沃,大意是《围城》中的讽刺,钱氏机智俏皮的风格与伊夫林·沃的某部小说(可能是《衰弱与瓦解》吧)颇多相似处。既对钱氏小说大为倾倒,当然也就由此勾起对伊夫林·沃的兴趣,想不到近日读到的却是他的另一个长篇小说《旧地重游》。

据说早期的沃醉心于高级喜剧,老于世故的社会讽刺是其特色,而讽刺的根底是他个人独具的对人性的蔑视态度,大约这正是论者将他与钱锺书做比的原因。虽未读过其早期作品,然从论者的评述中可以想见《衰弱与瓦解》等作中居高临下、俯视众生的超然姿态。《旧地重游》给予读者的却是不同的印象,并非沃已全然放弃了讽刺,事实上许多段落里都可读出作者的讥嘲,不过这里的讽刺已被一种挽歌的调子大大地中和,至少沃身上嬉笑怒骂、玩世不恭的一面已经变得隐约模糊。

沃的收敛锋芒显然与他的主题有关,小说主人公查尔斯·赖德称"我的主题是回忆",这也是沃的主题,只不过是借助虚构展开的"回忆"。往事因为距离的缘故总有它令人愉悦的性质。即使酸楚的回忆也伴着温馨，你不可能沉浸在哀婉的回忆中而唇边一直挂着冷笑，何况沃让读者进入的是赖德的回忆，里面有赖德逝去的青春以及他对之入迷的一个贵族之家无可挽回的衰落。事实上赖德的个人回忆与马奇梅因家族的命运即令不能说是一而二二而一，也是时而重叠在一处，他在书中并非作为一个旁观的证人出现，他的生命与这个家族有某种斩不断、理还乱的关系，不仅如此，这个家族连同它拥有的那个巨大的布赖兹赫德庄园，那座巍峨的宫殿式建筑，还对他构成了某种难以抗拒的魅惑。

古今中外的文学作品中，写旧家败落的故事委实不少，《旧地重游》的特别处也许在于它并不正面写败落的过程，与此相关的是，一切都是通过赖德这个"外人"的回忆展开的。占据他回忆中心的无疑是塞巴斯蒂安和朱莉娅，前者联系着他在牛津那段无忧无虑、寻欢作乐的美好时光，以及青春时代才会有的近乎透明的友情（这友情甚至有几分准同性恋的性质），后者则与他共有一段酸涩的爱，差一点就成为他的妻子。二人都是贵族之家的叛逆。这个家族早已被父母的丑闻、被虔信天主教的马奇梅因夫人制造的阴沉压抑的气氛包围。塞巴斯蒂安是病态生活结出的一枚苦果，他被家族的耻辱也被母亲加予他的责任苦苦折磨而无力挣脱，只能以酗酒、以一再地出走在酩酊大醉中求得逃避。相比之下，朱莉娅更像是一朵"恶之花"，她以她的放荡不羁，以她在婚姻上的冒险来反抗家族有形无形的种种规条，塞巴斯蒂安最终流落到突尼斯，在一修道院里做了守门人，朱莉娅则终不能摆脱罪恶感的纠缠，斩断了与赖德的恋情，精神上近乎遁入空门，更糟的是，不管他们怎样远离布赖兹赫德，可以料想，关于家族的痛苦回忆将始终纠缠着他们，如同宿命。

万勿以为沃将赖德的回忆写成了一纸贵族之家病态生活的控诉状——远非如此。他对马奇梅因家族的命运寄予了深切的同情，他的同情不仅施予了他所钟爱的塞巴斯蒂安、朱莉娅，同时也部分地施予马奇梅因勋爵，甚至那位扮演专制家长角色的勋爵夫人。事实上，除了寡陋愚顽的长子布赖德，这个家族的每一成员对赖德都有着莫名的吸引力，其气度做派、怪异的性格、有几分乖张的行止，包括他们之间淡漠而又紧张，有时充满了敌意的关系，在在令他入迷。而他愈接近那个谜一样的家族，他似乎就越发生出不可遏止的同情。沃用讽刺笔调打发了赖德身边出现过的绝大多数人，包括他的牛津同学、他的表哥、他的妻子，对他的父亲也绝不宽容，而对马奇梅因家的人他则表露出了解的愿望，往往是讽刺与理解兼重。只有布赖德是一个例外，而布赖德似乎是这个家族里性格气度上最平民化的人物。

我们不得不说作者对贵族之家、对贵族的生活方式有着某种迷恋，迷恋它的庄重、风雅、高贵，以及它所具有的某种神秘气息。不要忘记赖德是在1943年铺陈着他的回忆，在那个大战将临、风雨飘摇的年代里，布赖兹赫德式的生活已然音沉响绝，大英帝国的辉煌也已成为过去了。此所以《旧地重游》更弥漫着不胜低回的哀婉情调，像是一曲贵族之家的挽歌。当赖德结束回忆，面对颓败的庄园之际，他发出的不是愤恨之语，而是世事无常的感叹："空虚的空空，一切都是空虚。"

霍尔顿长大以后

保罗·亚历山大的《塞林格传》与伊格纳季耶夫的《伯林传》，两本书我是同时读的。传主一为文学家，一为思想家，水米无干，同时展卷，只因二书同时到手。照一般的想象，文学家的传记有趣，思想家的传记枯燥，因为文学家的生活通常更富传奇色彩，至少是更为感性，思想家的生涯近于学者，青灯黄卷，波澜不惊，康德即是典型。然而这两本书读下来，倒是《伯林传》活色生香，引人入胜，《塞林格传》反显得清汤寡水，呆板拘谨。固然是因为传主性情有异——身为思想家、大学教授的伯林跳挞活跃，交游甚广，小说几度高踞畅销书榜的塞林格倒是孤僻内向，与世隔绝——然而亚历山大写来过于小心，不敢越雷池一步，也是一因。只是又不可全然据此推断两作者的写作路数和才具高下，盖因亚历山大之小心翼翼、缩手缩脚，多半起于对塞林格处处设防，起于对他生硬的不合作态度心存忌惮。对于那些想"潜近"塞林格的人，此种态度实已构成其写作的前提和背景——说是阴影也无妨。塞林格拒绝外界知晓他的生活细节。据亚历山大书中所言，此前有位叫汉密尔顿的作家应兰登书屋之约，写过一部题为《J.D. 塞林格：写作人生》的传记,甫出清样,即引塞氏大发雷霆,最后因书中引用未经塞氏许可的私人书信三百余言而被禁止出版。有此前车之鉴,亚历山大自然战战兢兢,书出版后未见塞氏发难,他与出版社或者就该额手相庆了。

我们实在应该对《塞林格传》的作者大表同情:给死人做传那份放言无忌的自由他当然没有(不得不顾忌传主的反应),给活人写传的便利(看看伯林在谈话中给伊格纳季耶夫提供的大量第一手材料)他则分毫未得。比之于《伯林传》的作者,亚历山大简直就是在做无米之炊。前者有那么多的机会亲炙伯林,听他纵论天下,闲话平生,后者与塞林格的全部接触,仅限于多年前带着几分朝圣心情驱车塞林格隐居地,向其背影远远投去的一瞥。

塞氏的拒人千里,是他遁世姿态的一部分,在读者那里,他的离群索居,又构成了"塞林格之谜"的核心。亚历山大的书以大量具体事实向我们描述了塞林格的疏离倾向,此种倾向虽是"于今为烈",却也属早已有之。比如塞早年与环境的格格不入,比如他自《麦田守望者》一书起即拒绝出版商对其作品的宣传,破坏出版的惯例,不允许登作者像或是提供有关作者的其他信息,比如他之对外界如临大敌,采访者、仰慕者一次次受冷遇,吃闭门羹,领受种种的尴尬和难堪。

一部现代传记当然不能满足于罗列事实,它还得对传主的性格、生活提供某种解释。就塞林格而言,最需解释的也许是,他何以早早选择了遁世独立的生活?要在他本人那里讨"口供"是异想天开(他唯一一次非正式的说明——他写作时不能受一点打扰——近乎"大事化小"的敷衍搪塞),好在身为作家,不可能"不落言诠",亚历山大也就将解读其书当作了一条理解其人的便捷通道。我们发现,作者在很大程度上将塞林格看成了长大了以后的霍尔顿,塞的时间已经在笔下主人公行将告别少年时代的那一刻永远地冻结。塞林格成名后返璞归真的乡村生活正是霍尔顿的幻想(霍尔顿梦想买下森林中一间与世隔绝的村舍让他和莎莉可以远离城市),塞的一再钟情少女(即使隐居多年后也还是如此)则说明所谓"少年情结"他到老也挥之不去。《麦田守望者》以主人公一次未遂的离家出走结束故事,塞林格的故事则是长久的象征意义上的离家出走。这个"家"即是人群、社会、现代文明。"他人即地狱"?塞林格没说过,然而他对人群的不信任,对社会(当然是成人社会)的反感,对现代文明的厌恶不言而喻。拒绝接受现实,"生活在别处"是典型的年轻人心态,多数人随年岁的增长而与现实达成和解,塞林格则从来都没有想到过和解。以他对周围人事怒目金刚式的反应而论,到老年他身上似乎也还有几分"愤怒青年"色彩。

当然,成年塞林格不可能像少年霍尔顿那么单纯,亚历山大一面追索他隐居的动机,一面就在他决然的姿态后面寻找破绽:他躲避公众的视线,却又让作品的献词中出现注定会引起热心读者想更多知道关于作者种种的语句;他自1965年后即拒绝发表任何作品,却又透露他一直在写作,等等。尽管说得不那么醒豁,亚历山大还是借助他找到的一些蛛丝马迹将读者引向怀疑:塞林格是不是一个真正的隐士?他独标孤高是否只是一场欲擒故纵的表演?——"有什么能比避开注意更能保证那种注意会继续下去呢?"对此我只有两点感想,一是现代人的生活太乏味、太"一体化",以致隐居成了传奇;二是果如书中的大胆假设,我们就该对塞林格高超的演技五体投地——他真沉得住气。

似曾相识的"房子"

奈保尔是 2001 年诺贝尔文学奖得主；奈保尔是个祖籍印度，生长于特里尼达，最终成为英国公民的移民作家。这两点均值得大书特书，但是作为一个读者，我并不特别关心。第一点当然说明了国际文坛对他文学成就的肯定，同时也使他成为媒体关注的焦点，不过说实话，他的小说究竟比他的同侪高出多少（比如说与同他并称"英国文坛移民三雄"的另两位拉什迪、石黑一雄相较），我实在无从判断，尽管奈保尔更对我的胃口。第二点在批评家那里，自然会引出"身份"问题，后殖民理论大可一展身手。说此话并无讥讽之意，因为从作者"身份"切入，也许最具高屋建瓴之象，其效类于打牌时的"抠底"，只是我个人阅读的兴奋点不在这里。

好在并非绷紧神经、用理论"武装到牙齿"我们才可以打开一部小说，除了价值判断和理论批评，我们也可换一种读法——将一部作品当作欣赏的对象。或许这是最"原始"的读法，不过我相信，要说阅读是一种不乏愉悦成分的活动，那其中的愉悦多半是从欣赏而非对"身份"的辨析中产生。有些书恐怕只配充当某种批评理论的靶子，但奈保尔的小说不是，至少《毕司沃斯先生的房子》不是。

《毕司沃斯先生的房子》被认为是奈保尔小说中最成功的一部（虽说他获诺贝尔奖不仅是因为小说），1999年，该书在美国入选二十世纪百部最佳英文小说，想来不仅仅是因为它给各种批评理论提供了练摊的机会。

如果不避高攀之嫌，我要说我的读法是普鲁斯特式的。普鲁斯特有言，"我们每次读小说时，必然会从女主人公身上看到自己情人的特质"。其实何止是联想到情人？普鲁斯特读小说或观画，每每从中读出自己熟悉的人与事，这是在现实与艺术之间建立某种联系的方式。借艺术观照我们的生活，岂不正是读小说的意义所在？一部小说总是能令读者对人生对自己获得更多的了解——只要它是一部好小说。不过较之许多西方当代经典小说，《毕司沃斯先生的房子》也许更容易令中国读者生出似曾相识之感。此书与其说写的是特里尼达，不如说写的是印度人的生活，毕司沃斯身处其中的移民世界就是个封闭的、微缩版的印度。书中写到的印度移民，尤其是毕司沃斯入赘的图尔斯家族显然将印度传统的生活方式原封不动搬到了海外，他们并不理会外面的世界，兀自关了门过自己的日子——奈保尔更多处理的不是移民与外部环境的冲突，而是其生活方式内部的腐烂。奈保尔对他笔下人物过的那种生活毫无同情之意，他以多少有些刻薄的笔调将这个封闭世界中的贫穷、偏见、迷信、种姓、残忍、虚伪、道德败坏等等，表而出之。借此他向读者展示了一个衰竭、颓败的文化：停滞、窒息，缺少旺盛的生命元气，没有真正的创造性。你尽可说图尔斯家族是一个文化的残骸，这里人挤着人，人挨着人，猜忌、倾轧，你坠着我，我坠着你，一起往下沉而不自知。奈保尔尤善以喜剧方式（有时甚至不乏闹剧色彩）描写大家族中人与人之间关系的荒唐可笑，他对生活的喜剧洞察力有一部分就表现在这里。

奈保尔对人与人之间关系的洞察固然可以也应当在泛人类的层次上去理解，不过我总想，较之西方人，中国读者对书中的描写也许倒更多几分感性的了解——不说是感同身受，至少是更有会心。印度人与中国人的生活方式实有相通处，奈保尔极传神地写出了印度人生活中的拥挤、纷攘，人际关系的荒唐滑稽，对此中国的读者是再熟悉不过了。若是将我们当下的生活"对号入座"尚有困难，我们不妨回想一下钱锺书、张爱玲对中国旧式家庭生活的描写。读《毕司沃斯先生的房子》，我的乐趣之一就是不断发现其中与中国作家笔下相映成趣的生活画面。奈保尔写图尔斯家族迁居新地，很快将那里的游泳池变作牛粪处处的养殖场，这让我想起《茉莉香片》中主人公的父亲在香港宅院的网球场上晒鸦片；图尔斯家族各房相互间的较劲，令我想到《围城》中方鸿渐携柔嘉省亲的那幕喜剧，当然还有白公馆（《倾城之恋》）、姜公馆（《金锁记》）里的明争暗斗；甚至毕司沃斯太太对娘家的回护、依傍以及毕司沃斯由此而生的愤懑，也像煞孙柔嘉的挟娘家人自重和方鸿渐的不平之气。有论者称道奈保尔在《毕司沃斯先生的房子》中创造了一个"独立而完整的世界"，这恐怕与印度移民的前现代生活的完整性（或曰封闭性），与他对此种生活的完整体验不无关系，正如张爱玲对旧式家庭生活有一份完整的了解一样。不过风格上，奈保尔显然更接近钱锺书：嬉笑怒骂，极尽嘲讽之能事。只是钱锺书对人性的缺陷更多智性的鄙视，因而透着矜持，奈保尔的笔端则于超然之外偶或流露出愤激。

说到愤激，书中的毕司沃斯先生正是一个对自己的生活环境充满愤激的人物。拥有一所自己的房子是他的梦想，他对"自己的房间"的寻觅过程充满喜剧意味又透着沦肌浃髓的悲剧性。这里的"房子"已非单纯的住所，它代表着毕司沃斯企盼的摆脱了"拥挤"的个人生活。就其在生活中的边缘状态而言，毕司沃斯甚至可以看成另一个方鸿渐，但是中国读书人的玩世不恭他没有，他身上更有一种本能的挣扎、反抗的冲动。奈保尔对其他的人物纯然是嘲讽的态度，唯独对他未免有情。除了价值取向的缘故外，这里还有一份斩不断理还乱的情感，因为毕司沃斯先生正是奈保尔父亲的写照。这位做着文学梦而终无所成的父亲将梦想寄托在奈保尔身上，他给儿子的信读来令人动容。父子间的通信已结集出版，假如日后有中译本问世，我们也许可以看看，那像不像特里尼达版的《傅雷家书》。

两种暴力

一位导演拍出影片而后又自己把自己给禁了，这样的情形在电影史上即使有也肯定不是很多。好莱坞大导演库伯里克在自己的《发条橙》公映 61 周后就来了一回自我否定，将其打入冷宫，理由是"放映时机未到"。这"时机"遥遥无期，因为直到去世，他仍没有给自己开绿灯。无须库伯里克夫子自道，看过这部片子的人也能料想他担心的是什么：对片中浓墨重彩渲染的暴力，公众是否会消受不起，生出反感？该片据以改编的底本——英国作家安东尼·伯吉斯的小说《发条橙》——似未闻遭逢被禁的噩运，至少伯吉斯从未想到过自禁，显然他对小说的道德意涵连同社会效果均怀有足够的信心。然而，他笔下的暴力也已是令人瞠目的了，尽管电影的确使得小说微妙的道德内涵某种程度上变为粗俗，而库伯里克铺张扬厉的手法使暴力更加耸人听闻。

不管怎么说，伯吉斯在小说中着力表现的，正是暴力。在这部只有十来万字的小说中，暴力几乎无所不在。起先是亚历克斯将暴力加于他人，后来则是他被施以暴力，一度成为暴力的牺牲品。亚历克斯之所为显现的是更为赤裸、原始的形式，他之所受作为一种暴力则要隐蔽得多，所以我们最初是因亚历克斯及其同伙一连串的施暴感到惊悚。有人说，坏人不爱看好人的故事，好人偏喜欢看坏人的故事，果真如此，也得看那"坏人"坏到何种程度。《麦田守望者》主人公也属"问题少年"之列，该书连同主人公不难被众多的读者接受，亚历克斯的"问题"则要严重得多，这个人物身上几乎没有一点可以被我们这些自居为"好人"的读者能够认同之处（也许唯有作为古典音乐的发烧友他才使人觉得有望得到一丝"人性的证明"，可贝多芬的交响乐在他那里居然充当了施暴或是暴力幻想的华丽的背景音乐），此所以不论影片和小说都招致不少人的反感。关键是亚历克斯残暴、嗜血的冲动令人感到格格不入，甚而毛骨悚然。因为采取了幻想的形式，不乏寓言的题旨，伯吉斯浑不费力将此种冲动夸张、渲染到了极致，事实上，从寓言层面看，亚历克斯已非写实人物，而成为人性某一面的象征。

这一面即是人的邪恶，或者说，人的动物性。伯吉斯令其落实到一个"问题少年"身上，也许是因为在躁动不安的青春期，人的动物性更易得到原本的、没遮没拦的释放。亚历克斯并非有心为恶——伦理道德对亚历克斯似乎根本就不存在。抢劫并非为了谋财，施暴也不是对其牺牲品怀有怨毒之意，漫无目的，不择对象，就像一连串的恶作剧。由于小说通篇是亚历克斯的自述，这一点就更见分明：那些在读者眼中加诸"毫无人性""令人发指"之类语汇亦不为过的残忍行径，在他津津有味的描述之下，竟像是一次次兴高采烈的暴力狂欢。力比多的释放，肆无忌惮的发泄——伯吉斯正是这样解释笔下主人公的（虽说不乏戏谑的意味）："无谓的暴力是青春的特权，因为青少年能量充沛，却没有从事建设性活动的才能，其精力必须通过砸电话亭、撬火车铁轨、偷窃并破坏汽车来发泄,当然,摧毁人命更是令人满意的活动啦。"这番解释或许会让我们从亚历克斯这个看似与我们毫无类似的人物身上依稀辨认出自己,或许我们也会联想到,许多成长小说都少不了暴力。王朔将他一部描写青春期的小说命名为《动物凶猛》,实在不为无因,在那部小说中王朔以较为温和的形式写了暴力,只是怀旧感伤的调子终使其幻化为"阳光灿烂的日子"。伯吉斯毫无怀旧之意,也不肯以青春的名义赦免暴力,相反,他顺笔写出"青春"这个动听字眼下潜藏着的残忍。青春是盲目的,正因盲目,其破坏性有时相当可怖。

然而比之于亚历克斯们的肆意发泄,另一种暴力在伯吉斯看来更难以容忍。这便是政府以社会、国家名义加于亚历克斯的暴力。我指的不是古已有之的监狱制度(尽管伯吉斯对此种专政的成效一点也不乐观),而是政府采用生物技术来改造罪犯。落入法网的亚历克斯不幸被选中为试验品,你可以说试验大获成功:两周的时间即让亚历克斯提前十多年出狱,成了一个"好人"。他出狱后的遭遇与他过去的作恶构成了某种对称,他与先前的施虐对象一一相逢,此番是他一次次成为任人宰割的羔羊,因果报应之说在他身上似乎毫厘不爽地得到应验,令人联想到中国古代的果报故事。可读者丝毫没有惩恶的快感,面对终遭报应的亚历克斯,我们只觉不是滋味。倒不是对已成"好人"的亚历克斯生出怜悯之心,而在于我们现在面对的已经不像是一个"人"。他之不再为恶乃因生物技术的改造令他对暴力产生了条件反射,一有暴力欲望,剧烈的生理反应即随之而来,最荒唐的是,听到贝多芬的音乐,看见妖娆的裸女,他也直想呕吐。在人文主义者看来,人的本质规定性,并非他充满了善,而在于他有自由意志，在于他于善恶之间的自主选择，被条件反射之类机械律支配的只能属于"物"的范畴。也许从社会犯罪的角度说，亚历克斯已经不是恶人，但他却变成了非人。不夸张地说，政府完成了对其大脑的阉割——强行剥夺人作为主体的选择权利，将人变为物，这是真正的"超级暴力"。被强制过"物"的生活生不如死，幸好在生死之间亚历克斯还有选择权，于是他选择了高楼上的纵身一跃。

伯吉斯并未让主人公以自杀来结束他的故事，令人意想不到的，被救之后重蹈覆辙的亚历克斯有一天突然对打打杀杀的暴力心生厌倦，渴望正常人的生活了。这一"光明的尾巴"在小说最初的美国版和电影中都被腰斩，伯吉斯对此一直耿耿于怀。他并非硬性地为他阴暗的反面乌托邦制造些许亮色，照他自己的说法，他是要表明"主角或人物有道德改造、智慧增长的可能性"。说实话，亚历克斯的幡然悔悟并不令人信服，除非从寓言的角度去理解：青春的狂野可以随着年齿加长不治而愈。由此倒是更反衬出作者对另一种暴力即以科学技术对人实施强行改造的忧惧。无论如何，他所说的"可能性"绝不存在于这样的改造中。伯吉斯并无消除暴力、救治亚历克斯们的良方，然而他深信，采取控制物的手段来控制人绝对违反人性，技术对人类生活的彻底统治将是世界的末日。

畸恋·谎言·罪与罚

如果"动人"一词尚不算是"磨光的二戈比",我想说《朗读者》是一部动人的小说。加诸"发人深省""启人深思"之类似乎都嫌过于堂皇、严肃了,没有"动人"二字来得贴切——虽说这显然是一部严肃的书。

从某种意义上说,作者告诉我们的,是一个畸恋故事:十五岁的少年主人公米夏尔巧遇公共汽车售票员汉娜,由此引发出一段暧昧曲折的恋情。这样的恋情自然不寻常,《朗读者》的故事因此也就不乏可读性。事实上,纳博科夫的《洛丽塔》所以闻名遐迩,很大程度上不就是因为中年男子与少女的不伦之恋有几分"耸人听闻"?当然,《朗读者》更容易让人想起的是瑞典故事片《教室别恋》(在那部片子里,三十七岁的女教师爱上了年方十五的小男生)。二者甚至在某些题旨上也有重合之处,比如,一个少年在一个成熟女人身上获得了成长。米夏尔原本体弱多病,羞涩,内向,与汉娜之间的恋情却使他摆脱了他的自卑,他学习成绩的迅速上升令教师感到吃惊,他在女孩面前的胆怯变作了泰然自若("曾经沧海"之后,同龄人在女孩面前变的把戏已成小儿科),汉娜居然给了他那么多的自信,连他自己都感到惊讶。他"成长"之顺利显然得益于汉娜温厚的天性。有意无意间,汉娜扮演了情人与母亲的双重角色,作为情人,她满足了米夏尔同时也满足了自己的情欲,还时常让对方有机会品尝"男子汉"的成就感;作为母亲,她照顾他、督促他,在恋爱中给了他某种安全感。以年纪论,她的确可以做他母亲,他们愉快的出游就是以母子的名义住进旅馆,正像《洛丽塔》的主人公带着小情人以父女的名义四处漫游。不同的是,汉娜不像《洛丽塔》中的中产阶级主人公,受到礼俗道德的拘范,被罪恶感苦苦纠缠。她的经历、她的下层出身使她有一份《教室别恋》中女教师所无的实际和由务实而来的平衡,不像后者,全然封闭在一己的情欲之中,终至陷入变态与疯狂。汉娜身上没有任何神经质的东西,作者也没有赋予她一丁点人造的浪漫,她很现实地面对她与米夏尔之间的关系:起初是宽和而不无愉快的接受,后来则平静地选择了离开。比之于《教室别恋》戏剧性的决裂,米夏尔与汉娜的一段恋情可说是无疾而终,性并未表现为一种破坏性的力量,也正因如此,这个故事给人温馨、浪漫之感。我们在一个畸恋故事里看到的不是病态,倒是意外地发现了正常、自然和健康。将一段畸恋写得微妙而又平实,于平实中见出优美动人,这如其不能称作可贵,至少也是难能。

假如作者在第一部结尾(也即汉娜的离开)处让他的小说收场,我们看到的将是一个抒情性的、带有怀旧色彩的故事,然而他显然无意于怀旧。男女主人公的畸恋了而未了:多年以后,作者让他们在法庭上意外地重逢,其时米夏尔已是一个反叛的大学生,来帮助法庭完成对纳粹罪犯的控诉,汉娜则是作为纳粹集中营的女看守接受审判。汉娜的身世之谜就此掀开了神秘的一角,而米夏尔亦因此骤然陷入了道德的困境。此前他一直是一个一厢情愿的忏悔者,他认定自己的背叛导致了汉娜的离去,并为此深深自责。现在汉娜新被发现的罪人身份使得往日的恋情变得可疑,也使他的忏悔变得复杂了。从这一刻开始,伴随着审判的进程,作者将一连串的道德难题抛掷到米夏尔面前:他是否与罪恶有了某种牵连,尽管他过去不知道汉娜的底细?集体犯罪中受命行事的人是可以原宥的吗?人们应该怎样面对他们的记忆?等等。当汉娜回答法庭质询时不按牌理出牌,困惑地问法官"要是你,你会怎么做"之际,她也将这难题推到了每一个读者面前。这笨拙老实的一问真是直指本心,它使我们每个人都不再能够置身事外——难道我们在不同的意义上不都曾经面对过类似的选择?

倘若有些问题还可以在思辨的意义上进行的话,另一个问题则是米夏尔必须直面的:他终于发现,汉娜不识字,而且一直在掩饰这一点,为此她甚至承认一份对定罪至关重要的报告是她的手笔,那么,他是应该说出真相,还是尊重汉娜的意愿,缄口不言?他最后选择了沉默。他的动机已经显得不是那么重要了,因为汉娜的选择如此强烈地震撼了我们,她执意要隐瞒她的文盲身份,她的大半生都建立在一个巨大的谎言之上,相比之下,她之一度成为集中营看守不过是个小秘密,而且这段插曲还是她为维持这个谎言付出的巨大努力的一部分。我们发现,她的种种令人诧异的举动和反应都指向了这个谎言。假如因为怕出丑,她过去的所为犹有可说,那她在法庭上的选择还是令人震惊:她认为做一个文盲比做一个罪犯更丢脸吗?她比暴露自己是个罪犯更害怕暴露自己是个文盲吗?

有罪就有罚,汉娜最终被判了终身监禁。说不清这是对她的罪行还是她的谎言的惩罚，如果是前者，那样的重判对于她是冤枉了；如果是后者，她为谎言付出的代价过于惨重——罪与罚在这里简直不成比例。然而汉娜义无反顾认了罚。我得承认，这恰恰是书中最令我感动的所在。不识字是她最大的羞耻，泄露这个秘密对于她无异于丧失全部的尊严。不管她的做法看上去多么荒唐，汉娜是在以她的方式顽强地卫护着她可怜的自尊。在这里，判断这么做是否值得，她是否应该做更合理的选择都已无关紧要，甚至是煞风景的了——我们唯有感叹。

可能性的探寻

我相信卡尔维诺成为中国文学圈中的偶像，还是近几年的事，尽管有些作家（尤其是被归为先锋派者）可能早就在向他"偷招"。"昆德拉热""王小波热"可说是"卡尔维诺"的前奏：前者曾表露过对卡氏的推崇，后者径直自认是卡氏的私淑弟子。既然昆德拉、王小波颠倒了无数读者，仅仅是出于好奇，人们也就想见识见识，二位如此激赏的对象，究竟是哪路神仙。至少我就是因为这二位才去将卡氏的书找来看的。一见之下，并未产生惊艳之感，相反，首先感到的倒是困惑。以我之见，卡尔维诺的写作比昆德拉、王小波更接近纯诗学。我相信昆德拉的多数读者像我一样，首先是对他小说里"重"而不是"轻"产生共鸣，对王小波也一样。不管做了怎样的"变形"处理，我们总是倾向于"还原"（似乎也有可能还原）二人笔下的社会／历史图景，而唯有将"轻"转换为"重"（不论是社会、历史，还是哲学意义上的"重"），我们似乎才能赋予我们的阅读以意义。面对卡尔维诺，社会、历史的维度消失了，无法完成轻与重的转换，我们处在了失重的状态，和没有重量、没有质感的影子周旋。简言之，卡尔维诺的"轻逸"令我在他的小说迷宫里茫然失措。

"迷宫"用以形容卡氏的小说，无疑是个恰当的比喻。不管是《看不见的城市》还是《寒冬夜行人》，他的叙事脉络似乎都是清楚的，然而他笔下的世界仍然显得扑朔迷离，捉摸不定。正因如此，看到一篇介绍文字说卡氏小说"既生动有趣，又明白易懂"，不免就要怀疑自己的理解力是否出了问题。但不管怎么说，我还是得承认理解的困难。尽管80年代以降随现代派（后来是后现代）的译介，我们的阅读与写作方式一再受到冲击，卡尔维诺仍然构成了新的挑战。

小说在卡氏手中成了一只变幻无穷的魔方，几乎每一部小说，他都要玩出新的花样，此种游戏似乎带给他不尽的乐趣。在《命运交叉的城堡》中，他以算命纸牌随意的排列组合引导叙事，将脑中已成形的故事掰开，建立新的秩序；在《看不见的城市》中他将一种类乎《天方夜谭》的说故事框架与似是而非的游记、见闻录结合杂交，在小说的边缘地带催生出新的暧昧不明的文体；到《寒冬夜行人》更绝了，他让我们跟随一个小说读者费尽周折去读一部部总也没法读完的小说，到最后，卡氏留下十部小说的开头，丢下那个倒霉的读者也丢下我们，飘然隐去，而那些毫不相干的开篇看上去像是对现代派小说、魔幻写实小说、侦探小说、社会小说等种种叙事模式的戏拟。卡尔维诺似乎在处心积虑地戏弄批评家，戏弄我们的种种分类原则。他的小说诚然不是写实的，也不是乔伊斯、卡夫卡等人为标志的现代派，后现代等名目皆难以让他"就范"。他以他的写作不断地要求我们给小说（同时给写作的本质等问题）重下定义。正像他一变再变的写作方式提示的那样，他的写作原则盖在一个"变"字：卡氏醉心于探究小说的可能性，而小说的可能性在他看来几乎是无限的。

像其他的人群一样,文学家可以有多种分类,比如,他们当中有些人就被称作"作家中的作家","诗人中的诗人"。能够戴得此项桂冠者,其作品自然已达于完美的境界,好到足以充当写作教科书。当然,大凡优秀的作家,其作品对他人的写作都有示范之意——它们以不同的方式暗示人们应该写什么,应该怎么写,然而在"写什么"愈来愈被"怎么写"的问题消解、包容,"写什么"在纯文学写作中日渐沦为一个物质性命题,"怎么写"才更能见出某种精神指向的今日,显然是直面了后一命题且将其引向更广阔空间的人,才更有资格当得起"作家中的作家"之号。鉴于纯文学作家的写作日趋专业化的事实,当代的大师们似乎比他们的前辈更像"作家的作家"——我的意思是说,他们更多地属于作家,他们对于同行的意义大于对一般读者的意义。如果将卡尔维诺归入此一行列,相信不会有什么人提出疑义。

《本能》证明了什么？

波兰籍的英国作家约瑟夫·康拉德有部蜚声世界的名著叫《黑暗的内心深处》，眼前这部电影换上这名字也无不可。虽然导演的意图、才力、趣味都注定了《本能》不可能专注于"内心"，因此也就不可能进入甚至接近康拉德的那个"深处"，而且片中那些好莱坞特有的"味之素"——扑朔迷离、故布疑云的悬念，刺激性的火爆镜头，硬行加上的动作（比如惊险的追车）——也多少遮挡了观众的视线，但是导演希图向观众证明人性的黑暗，这却是无可怀疑的。

用来证明人性黑暗的是性与暴力——据说这是导演拿手的题材。饮食男女，人之大欲，性本身并不说明人性的阴暗，性与暴力结合到一起，才有阴暗的嫌疑。从影片一开始，性与暴力便结伴而行：我们看到的最初一幕是前摇滚歌星强尼在一场带有施虐、受虐色彩的性狂欢之后被性伙伴用冰凿疯狂地连捅了数十下。在其后的情节发展中，或者是暴力尾随着性爱出现（雀曼尔的同性恋女友目睹了她与尼克、与白斯做爱时举动的野蛮粗暴），甚至那个癫狂的迪斯科舞的场面也包含着对性与暴力的隐喻——也许性在这里是一目了然的，而疯狂摇摆扭动着肢体，其本身不也是以一种虚拟、象征的方式发泄受到压抑的暴力欲望？编导似乎在向我们暗示性与暴力的内在联系：二者都是发泄，都是人的本能，而性欲在其本质的意义上不过是以另一种面目出现的暴力；在高压的现代生活中，它们差不多已经重合在一起了。而且即使是外表斯文高雅的人，其实内心深处也蛰伏着凶险的暴力。

能证明这一点的最触目惊心的例子当然是白斯，她是心理医生，这重身份表明她应是健全的心理的守护神，她的职责是把变态或有变态倾向的人从反常的危险状态拉回到正常的秩序中。而且她是警局的心理医生，应该接受过更严格的考验和审查，她也一直给我们心平气和、通情达理的印象，但是在故事的结尾我们发现，制造了那些血腥残暴场面的凶手原来是她。

只是白斯过于明显地充当了编导选择悬念片模式这一意图的牺牲品，也就是说，他们故意制造假象，想方设法将观众的怀疑引向错误的方向，而到结尾时才令真相大白，让观众拍案惊奇。为此，白斯必须是一个前后判若两人、简直叫人不可思议的角色。其结果，白斯的行为在逻辑推理的意义上固然能够解释得通，但从人性、心理的角度看却毫无说服力，除了让人惊呼"原来是她"之外，观众很难从她身上真切地体验到人内心深处潜伏的蛮暴的可怕，从而产生不寒而栗的紧张与恐怖。显然，我们在影片中领略到的紧张与恐怖来自其他人物——来自雀曼尔，甚至来自尼克。他们是影片的主人公，他们二人之间的较量是影片的主干，也是影片中真正具有戏剧性的部分，可以说，编导对于人性阴暗面（即人内心的暴力倾向）的证明正是通过他们的那场较量才得以具体展开。

这场较量是从身为警官的尼克将女作家雀曼尔当作那桩谋杀案

的嫌疑犯，对其进行调查开始的。雀曼尔是他的猎物，理应心虚胆怯，但是从第一次见面开始，她便有恃无恐摆开咄咄逼人的进攻姿态。她为写小说而掌握到了尼克的隐私，这使得二人之间展开了一场"猫和老鼠"的游戏，表面上尼克是猫，她是老鼠，实质上尼克是她逗弄戏耍的一只耗子，因为她不光了解尼克的过失，而且从中窥视到了尼克内心的暴力倾向。她用她的性感蛊惑他，她分析他的过失杀人实质上里面有他受到压抑的暴力欲望在作祟。她像一个现代的施展催眠术的巫婆，不断地用心理暗示刺激、诱惑他，要唤醒他心中沉睡的猛兽。可怕的是尼克身上的兽的确有点苏醒了——至少证明了兽的存在。从某种意义上说，警官是秩序的化身，尼克内心蠢动的欲望却时时要冲破秩序。因为从前的过失，他戒烟，戒酒，少和女人睡觉，总之是尽力地禁欲，为的是管住自己，不去刺激那头兽。可是在雀曼尔的攻势面前，他给自己设置的防线很快瓦解，他又抽烟了，又喝酒了，而且恰好是在受到雀曼尔的诱惑之后，他在与白斯做爱时有了二人性交史上从未有过的粗暴举动（白斯当时抗议道：你根本不是在做爱），到最后他已经束手就擒，他允许雀曼尔做爱时把他的双手缚在床上，因为他贪恋受虐以至危险中的快感，他本能地寻求这样的刺激。假如雀曼尔真地下手，那他早已没机会看到凶案的真相大白了。

在这场较量中，雀曼尔无疑是个大赢家。她同时也是一面镜子，一个测谎器，作为一个作家，她的那些小说已经照出了人的天性中的残忍，而尼克心中的隐秘欲望在她面前也暴露无遗。片中关于测谎器的细节极富暗示性，警察局的测谎器对雀曼尔失败了，过去它对尼克也没起作用，可是雀曼尔总是能道破尼克的谎言：他说他不抽烟，雀曼尔说，你抽的——他的确很快就抽了；雀曼尔说他对她有欲望，他自己和自己挣扎着不肯承认，雀曼尔断言他有的——他果然很快就同她上了床；雀曼尔说穿他的过失杀人时的下意识，他后来也默认了。往好听里说，测谎器是科学的结晶，这些细节暗示了，科学再发达也无法洞悉人的本能和欲望，当然更无从去调节和控制，而雀曼尔所以能充当一个准确无误的测谎器，不过是因为她自己心中也有着同样的本能冲动，她小说中写的那些性+暴力的火爆场面，以及她对自己笔下情节的戏剧性的模拟，无疑是她内心欲望的折射，她与白斯的不同仅仅在于，她以幻想的方式来满足自己的欲望。

雀曼尔这位大赢家赢得了什么呢？如果说影片中一再出现的闪着寒光、令人心悸的冰凿是人本能的暴力倾向的象征，那么最后的一个镜头恰恰是，雀曼尔悄悄地把它放下了。我们也还应该记住，有两个地方，在二人的性爱场面过后，跟着出现了一丝柔情，一次是在雀曼尔得知女友的死讯之后，另一次是尼克击毙了白斯之后，两次尼克都说道："我们就像水貂一样做爱，生一大堆小老鼠。"柔情正是暴力的反面，柔情的出现或者是因为男女主人公被人的本能所具有的破坏性震慑住了，或者是编导暗示我们，一个完全为性与暴力笼罩的世界也是他们所不能接受的。果真如此，《本能》向我们证明的将不仅仅是人对性与暴力的本能欲望，它同时还证明了人对柔情的需要。不管柔情、爱是多么的脆弱和不可靠，在这个越来越被种种有形无形的暴力充斥着的世界上，它们仍然是人的安全感的真正的源泉。

血·杀人·西部神话

李白《侠客行》中有两句诗："十步杀一人，千里不留行。"顶真算起来，这一路行去，杀人何止千百？然而我们不觉恐怖，倒要赞佩侠客的身手和豪气，因为那是美学上的杀人，闻不到杀人的血腥气。读武侠小说，看美国西部片，我们也有同样的感受，但凡主人公大开杀戒之际，多半正是我们吐气扬眉、击掌称快之时。有两个不可或缺的因素使我们愉快、痛快的心境得以维持不坠，其一，我们毫不怀疑好汉的对头罪不可赦，死有余辜；其二，作者或是编导不让我们去面对被杀者的痛楚。可是在《杀无赦》中，这两个因素都不存在，至少是残缺、破碎、不成形的了，于是传统西部片营造的那个善有善报、恶有恶报，好汉纵横驰骋的神话世界罩上了浓重的阴影：当威廉·蒙尼显出杀手本色，荡平小比尔一伙，策马消失在茫茫草原之时，观众心中并无因为正义得到伸张而产生的快感——这个结局唤起的毋宁是一种较为复杂的，甚至是惨淡的心境。

心情沉重，首先是因为是非、善恶、忠奸的二元对立在这里变得混淆不清，我们不能斩截地肯定那些处在"恶人"位置上的被杀者是否真的不可饶恕，该当死罪。警长小比尔严刑逼供，将蒙尼的朋友尼德折磨致死，理当招来我们的愤慨，可是他并不知道尼德无辜，按照他的逻辑，他不过是在以他的铁腕维持着镇子上的安宁和秩序——在片中，他的全部努力仅在于防止镇子上发生杀戮事件，而且至少有一次，他的所作所为给观众带来了快意：他尽情地调侃和羞辱了那个自命不凡、满口"女王"的"公爵"。两个醉酒后将妓女迪莉拉毁容并割伤其全身的牛仔是否该杀，甚至更值得怀疑。如果编导希望将二人填入恶人的模子，就当极力形容他们的刻毒、残忍，以期激起观众的愤怒，可是编导偏偏轻轻放过了他们身上凶残的那一面，反倒暗示以至强调他们作为普通人的一面。在影片开头那凶暴的一幕过后，他们再出现时已经与普通人无异，我们看到年轻的牛仔牵着马向妓女赔罪时，脸上露出负疚、悔过的表情，我们也能大致同意小比尔与酒店老板说到两个暴徒的话：他们在平时不过是老实本分的庄稼汉。编导的意图是不言而喻的：人性中隐伏着某种凶残的东西，异地而处，遇到适当的机会，寻常的人也有可能像两个牛仔一样成为凶手。我们完全可以想象，自命为秩序化身的小比尔在某次醉酒之后可能也会做出同样犯法的事来，我们更知道，在最后的复仇中扮演了正义者形象的蒙尼曾经是个杀人越货的江洋大盗，许多无辜的妇女、儿童成了他的残忍、他的酗酒恶习的牺牲品，被他杀死的牛仔哪里及得上他的罪孽深重？假如因为如今的忏悔，他可以得到人们的原宥，那么，小比尔，尤其是那个已有悔意的年轻牛仔，岂不更有理由指望人们的宽恕？由此人们不禁要去究诘片名的含意，原名 *Unforgiven* 译作"杀无赦"诚然更耸人听闻，可另一译名"不可饶恕"也许更能传达出编导的用意。接下来的问题是，不可饶恕的究竟是谁？牛仔，小比尔，还是蒙尼？或者，是那个一心想当好汉的斯考菲德小子？谁能说得清？

因为不能明确地指认谁是英雄，谁是坏蛋，观众被剥夺了惩恶扬善的快感，与此同时，我们多少也知道了，真正的杀人是怎么回事。编导至少给我们两个机会来正视杀人的事实。我们目睹了年轻牛仔痛苦的死亡——杀人意味着死亡，而蹬动挣扎着的双腿，他脸上痛苦、恐怖的表情，皆让我们从被杀者的角度体验到杀人死亡的真实含义。在后面的情节中，我们又从杀人者的角度真切地意识到这一点：一心想当枪手的斯考菲德小子吹嘘他杀过五个人，也许他想象中的杀人如同儿戏，或者已经定格为好汉一个潇洒漂亮的快速出枪的身姿，可是当他真的结果了一条性命，近在咫尺地看到死者扭曲变形的脸，看到身上分明的弹孔，他才终于明白，杀人，那是一个活生生的生命的结束。他被这可怕的真相惊呆了，从他的脸上，从他不要赏金、悄然离去的举动中，我们看到了惶惑，看到了恐怖。惶惑、恐怖不是因为他缺少面对江湖险恶的勇气，而恰恰是因为，他知道了杀人意味着什么。

对于杀人死亡的近乎写实的描绘更添了几分沉重，然而影片中也有令观众捧腹开怀的时候。笑料出在斯考菲德小子和原先追随"公爵"的那位小文人身上。这两个人都把幻想当现实，被西部枪手的神话迷得颠颠倒倒，而在这片真实的西部的土地上，他们想象或是模仿心目中好汉的举措无一不显得荒唐滑稽。小文人是个崇拜英雄神话又添枝加叶参与制造神话的人，可是小比尔耳提面命地给了他一通教训，他心目中高贵体面的英雄在小比尔的嘲弄和拳脚之下出丑卖乖，鼻青脸肿丢尽了脸；取而代之，他把小比尔充作了新的英雄，可是没隔多久，这位好汉还没来得及在他面前露一手，已经被打得动弹不得。

斯考菲德小子眯缝着高度的近视眼踏上旅程去圆他的枪手梦，正像堂吉诃德挺着瘦骨嶙峋的胸脯为"圣洁的杜尔希尼亚"而战——除了他没有后者崇高的理想主义。他幻想中枪手是八面威风、纵横天下的好汉，而他的第一次杀人是对他的幻想的最无情的嘲弄：没有西部片中惊心动魄的追杀，没有较量勇气的面对面的决斗，相反，他是以极不光彩的方式杀了一个毫无反抗能力的人。《水浒》中的好汉往往要以杀人一命充作入伙的通行证，而在这小子的想象中，杀人也许正是他成为一个真正的枪手所必需的洗礼。然而就在似乎已经得到了枪手的合格证之时，他突然洗手不干了。因为他目睹的死亡让他震惊，因为一切与他的想象天差地远。他的动摇暗示着他心目中的西部神话的崩溃。

事实上，《杀无赦》也正是一部有意与西部神话唱反调的影片，用时髦的话说，这叫作"解构"。编导制造的笑声多少使我们想起用笑声埋葬神话的光辉范例——用讽刺结束了骑士神话的《堂吉诃德》。可是伊斯特伍德笑得不彻底，因过分渲染蒙尼的忏悔情绪而导致的观众对这个人物的认同（以致他的罪孽似乎不是"不可饶恕"的了），使影片在破除神话的同时，隐然通向了一种新的神话。尽管如此，传统西部片的格式的确是瓦解了。传统西部片大团圆结局的含义在于，好汉的替天行道、行侠仗义最终带来了和谐的秩序，《杀无赦》告诉我们的则是，暴力只能摧毁秩序，却根本无法建立新的秩序。镇上的人都说小比尔不是个好木匠，盖不好房子，此话颇有暗示性，木匠以其规矩方圆，是一个建设者，而应该是秩序建设者的小比尔只会破坏。蒙尼凭着手里的一杆枪，同样不能带来正义和新的秩序。倒在血泊中的小比尔分明说着："我会在地下见到你。"这咬牙切齿、恨恨不已的声音传达的信息是，仇恨在继续，流血、杀戮也将继续……而那正是不可饶恕的。

《状元境》中的两个世界

当今世界,寻找男子汉呼声日高。文学家为大众立言,小说中、舞台上便有形形色色的男子汉披挂上阵:或桀骜不驯、头角峥嵘,或杀伐决断、心如铁石。叶兆言的中篇小说《状元境》(载《钟山》1987年第2期)中的张二胡大约算不得一条好汉,但他的确是一个男子,而《状元境》的确是一篇男人的故事。"状元境的境原作獍""獍又通镜"。作者要替男人照镜子么?镜子可以正观,亦可如《红楼梦》中风月宝鉴一般地反照,状元镜正耶?反耶?

《状元境》和盘托出一个男人的世界。这里有英雄慷慨赠姨太的豪举,有老三的敢作敢当,有老伍的路见不平、拔刀相助。尽可指斥这里的劲道用得不是地方,尽可指斥这里散发的都是些"歪气""邪气""江湖气",不过你得承认我们称之为"男子气""丈夫气"的某些素质也就在其中。石秀、武松身上倒是标准的江湖气,你敢说那不是男子汉之气么?奇怪的是作者将一条条好汉搁置一旁,倒让毫无男子汉气概的张二胡做了男人世界的中心。问题不在于《状元境》实为张二胡的传记,其他角色只是在他的生命里出入,而在于,我们是通过张二胡的感应才最终触摸到男人世界的质地:这世界重叠着具体而微的社会加于一个男子的种种要求,就是这些要求构成了男人的处境。张二胡身为男子,就得满足这些要求:是儿子,他必须能够镇住媳妇,让老娘摆足婆婆的威势;是丈夫,他在床上必须能满足三姐的欲望,在人前必须让她享有足够的体面;是汉子,他必须有本事不让外人染指老婆,必须在粗野场合有胆量梗脖子、挥老拳。能够从容应付这些要求,他才算保住了男子汉的尊严。不幸张二胡是个彻头彻尾的孱头,这里的每一要求都成为一重难关,男人的日常处境在他成了窘境、困境,即使"事业"的成功也未能改变他的困窘。发财还乡,王矮子照样敢欺负他,三姐看他依然不入眼——以男人的尺度来丈量,二胡依旧是个比王矮子不如的侏儒。不妨说《状元境》前半部简直就是对张二胡作为男人的困境的披露,他之不能维护自己的人格皆由其男人特性的丧失而起。

听惯了妇女的苦难,再来听二胡的一腔幽怨——恰是其男子身份所派生——令人有新鲜之感:一个男子居然必须承受种种的压力。假如是个强健的性格,他根本感觉不到压力的存在,他多半也意识不到单是给他带来优越感的性别,就使他处在外界种种要求织就的罗网之中。张二胡柔弱的气质却把各方面加于男人的每一种要求都呈现为某种压力,于是男人世界通常隐而不彰的另一面悄然浮现出来。

张二胡后来总算有所长进。暴打王矮子使他举手挥拳之间获得了男人的资格。此后二胡之所为也许可以视为某种暗示:二胡逐渐接受了男人世界的种种规范,或者说,他在向通行的男人标准靠拢。众人的轻侮、三姐的贱视、老娘的怒其不争,无一不提示这标准的存在,而张二胡床笫间"精神越来越好",敢和老伍厮拼,吃花酒、嫖妓皆属证明其男人特性"复活"的必要步骤。那标准在人们心理背景中的根深蒂固则尤其表现在三姐的矛盾态度中，一方面她担心二胡的嫖妓将危及自己的地位，另一方面她潜意识里又觉即使这有害的举动也使二胡更像个男人，故而她的醋意中带着几分勉强的通情达理："你是个爷，那地方本是爷们的去处。"

照此说来，张二胡是当真被人视为男人、视为爷们了。《状元境》或许就是这样一个故事：一个窝囊废最后成了男人？

然而故事归故事，小说潜藏的寓言结构还须向作者不动声色的褒贬中去寻找。张二胡与老伍、王矮子之流原是对头，"不打不相识"，一打之下，他倒走进了他们的世界。可是作者对这个男人世界却趋向于否定，他对英雄司令、老三、老伍等一概出之全然的反语笔调便是明证。不过状元镜中并不存在贾宝玉认定的女儿与男子分别代表着的高洁与卑污的对立，对男人世界的否定在这里并不意味着对女性世界的肯定与赞美。这就使人怀疑那男人世界形而上的意蕴。在我看来，《状元境》既是男人世界自身，又象征着人性飞扬跋扈的一面，恃勇、好斗、用强、自大都是人性这一面之具象化的表征。这是一个淡色的、充满尖利高音的世界，作者对男人世界的否定恰恰是对人性这一面的否定。

张二胡是与那男人世界相对立的形象，作为有形的存在实在渺小、孱弱、微不足道，可他在某种意义上又代表着作者对人生、人性的选择，于是也就不容忽视。尽管作者从不放弃对二胡的揶揄、调侃，张二胡却是他在状元镜中唯一可以表示认同的人物。二胡被男人世界同化的结局未必使作者感到欣然，他之越来越明显的回护之意多半因为张二胡骨子里还是张二胡。说到底，张二胡之为张二胡，乃是他有自己也未必了然的慈悲心肠，如泣如诉的胡琴声道出的才是他性格的主调。这是有他对人生说不清、道不明，然而又无疑是悲剧性的感受：有感伤，有怅惘，有无奈，更有哀怜。他将这哀怜施之于老娘，施之于三姐。他对三姐的情感与其说是爱，不如说是怜，至少后者所占比重更大。二胡嫖妓后深感内疚，这里起作用的绝非道德感、是非心，而是恻隐之心。奥尼尔名剧《大神布朗》中的地母冲人嚷道："我替你们难过，你们每一个人，每一个狗娘养的——我简直想光着身子跑到街上去，爱你们这一大堆人，爱死你们！"张二胡毕竟是中国人，悲悯没有把他推向疯狂、超越的爱，他止于疼惜，唯有疼惜——对老娘，对三姐，对人生，对这个世界。

然而话不可说绝，二胡最终还是二胡。在时下的南京方言中，"二胡"是谐谑性的骂人话，意谓懵懂、呆傻、不清楚，张二胡也唯有在一团痴傻中表示他对人生的悲悯。或者那疼惜更多地倒是作者通过人物与人生的对话，或者那不过是我们从张二胡性格中剥取的"合理内核"，也未可知。张二胡的痴傻令人联想到陀思妥耶夫斯基笔下的白痴梅斯金公爵。二人在世人眼中皆为糊涂虫、窝囊废，以作者的价值标准却又高出常人。不同处在于梅斯金公爵是个狂热的布道骑士，一再徒劳地、却是积极地寻求殉道的机会，张二胡只能在消极的自惭自伤中完成自己的爱。"白痴"的道德勇气中，寄托着陀思妥耶夫斯基的人道理想，"二胡"则绝非特立独行之士，他之沾染男人世界的秽气说明他仍然是一个写实的人物。但是同情、怜悯最终还是让两个人物相通，更重要的是，二人的怜悯之心都与他们智力的低下不无关系："白痴"的痴傻使他有勇气独自与丑陋污秽的世界抗争，"二胡"的懵懂使他没有被男人世界彻底同化。从这个角度看去，张二胡感受到的外界压力便不仅是对男人的要求，它代表着某种压迫心灵的强制性力量，损伤人的敏感、仁慈，使人心变得粗粝、麻木。它的难以抗拒可以从张二胡的变化中得到证明，如果不是个"二胡"，他的一点哀怜、疼惜之情也许将沉沉睡去，再不苏醒。

假如说张二胡的窝囊无用构成了他与男人世界形而下的对立，那么他于懵懂中对人世表现出的悲感，哀怜疼惜之情则构成他与男人世界形而上的对立。胡琴声象征着人生的另一面，清冷、低回，略带凄凉，它展现着一个阴柔、富于同情心的，但未必就是廉价温情主义的世界。那旋律在男人世界的喧嚣中时隐时现，若断若续，即使沉没了，它也还存在。以作者的眼光，人生的这一面更着实、更沉稳，甚至更接近人生的真谛。这恐怕也就是《状元境》潜藏的寓言结构。于是状元镜从开始时的喜剧以至闹剧气氛中悄悄立起来，不仅照着好汉，照着废物，同时也照着人性和人生。

《状元境》写了一个陈旧的故事，其手法也许同样地旧。在这探索呼声响彻文坛的年头，它也许难免不赶趟之讥。幸而越来越多的人认定创新首先在意识的更新，这或者能给《状元境》带来好的际遇。而且西谚云"太阳底下无新事物"，说不定还真有永恒主题一说，谁知道呢？